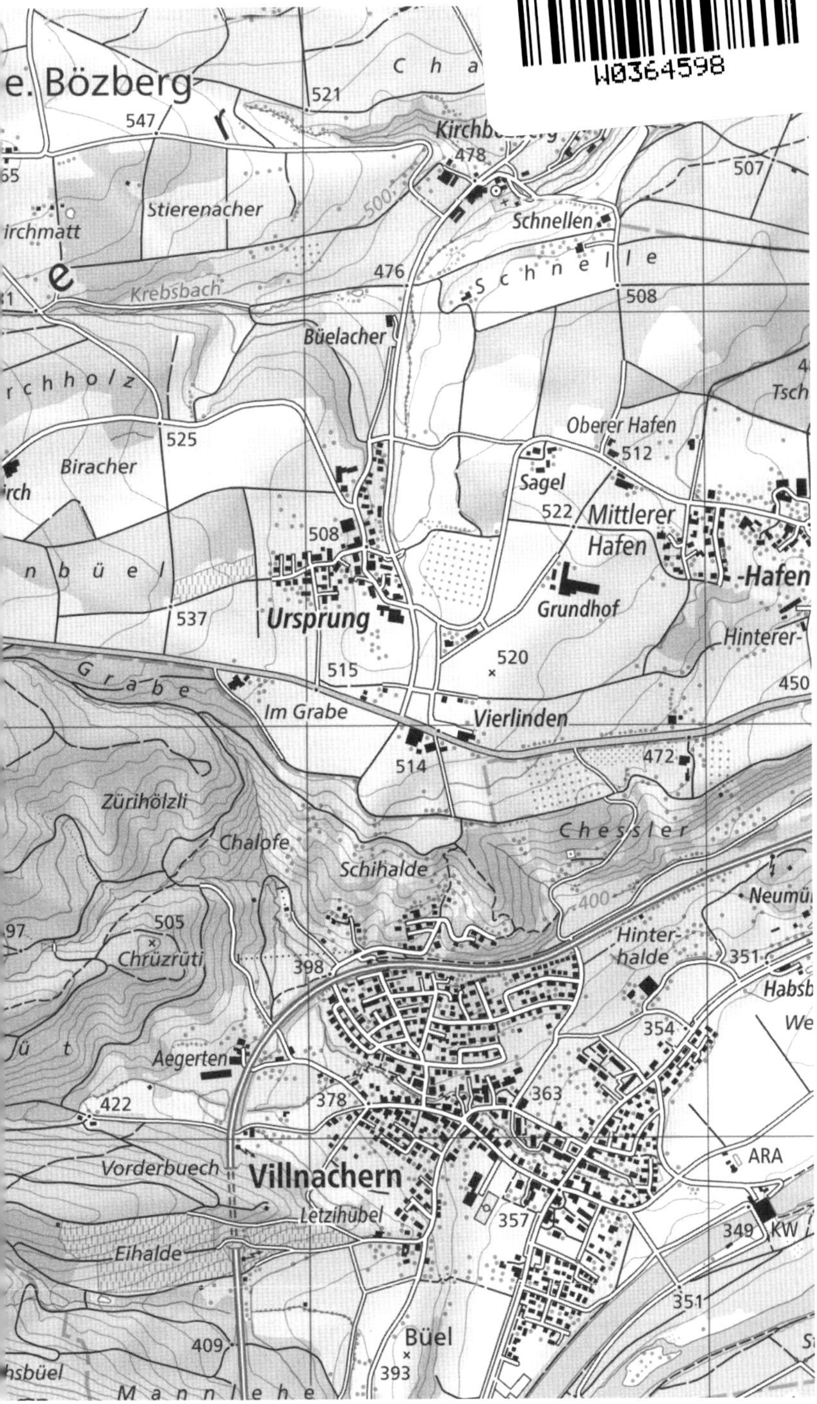

e. Bözberg
521
547
Kirchb
478
507
Stierenacher
irchmatt
Schnellen
500
476
Schnelle
Krebsbach
508
Büelacher
rchholz
Tsch
Oberer Hafen
525
512
Biracher
Sagel
irch
522
Mittlerer
Hafen
508
-Hafen
nbüel
Grundhof
537
Ursprung
Hinterer-
520
515
450
Grabe
Im Grabe
Vierlinden
514
472
Zürihölzli
Chalofe
Chessler
Schihalde
400
Neumü
505
97
Hinter-
halde
Chrüzrüti
398
351
Habsb
354
We
Aegerten
422
378
363
ARA
Vorderbuech
Villnachern
Letzihübel
357
349
KW
Eihalde
351
Büel
409
393
hsbüel
Mannlehe

Therese Bichsel

Unter der Linde

Autorin und Verlag danken für die Unterstützung:

SWISSLOS
Kultur Kanton Bern

Kultur
Stadt Bern

Burgergemeinde
Bern

Der Zytglogge Verlag wird vom Bundesamt für Kultur mit einem Strukturbeitrag für die Jahre 2021–2024 unterstützt.

FSC www.fsc.org
MIX
Papier aus verantwortungsvollen Quellen
FSC® C083411

Lektorat: Thomas Gierl
Korrektorat: Anna Katharina Müller
Umschlagbilder: Therese Bichsel
Umschlaggestaltung: Isabelle Breu
Vorsatz: Landeskarte, Quelle: Bundesamt für Landestopografie swisstopo
Layout/Satz: 3w+p, Rimpar
Druck: CPI books GmbH, Leck

ISBN: 978-3-7296-5136-4

www.zytglogge.ch

Therese Bichsel

Unter der Linde

Die Linde Linn und ihre Menschen einst und jetzt

Roman

ZYTGLOGGE

Für Menschen, die die Faszination für alte Bäume teilen –
und speziell für alle, die je unter der Linde saßen,
und jene, die dort noch sitzen werden …

Inhalt

«Bäume sind Gedichte,
die die Erde in den Himmel schreibt.»
Khalil Gibran «Sand und Schaum»

«In ihren Wipfeln rauscht die Welt,
ihre Wurzeln ruhen im Unendlichen …»
Hermann Hesse «Bäume»

Susann, 2021

Ende Mai
Endlich wieder Sonne im Gesicht nach dem vielen Regen. Die Strahlen wärmen ihre Haut. Sie beugt sich über den Lenker des E-Bikes, das sie in der Innenstadt gemietet hat, hält Ausschau nach dem Veloweg, folgt ihm. An diesem Freitag hat sie ein Ziel.

Die Marktstände des Wochenmarkts von Brugg tauchen auf. Sie steigt ab, flaniert an den Auslagen vorüber, kann sich als Farbenliebhaberin nicht sattsehen am Purpurrot der Radieschen, am vollen Rot der Erdbeeren und Rotgrün der Rhabarberstängel. Ihre Augen wandern weiter zum gebrochenen Weiß des Blumenkohls und des Spargels, zum hellen Grün der Blattsalate und dunklen Grün der Mangoldblätter, Braun der Morcheln und Goldgelb des Honigs. Was für ein Farbenfest nach all dem Regengrau in diesem Mai! Die Bäuerinnen der Gegend preisen ihre Waren an, tauschen sich mit den Kundinnen aus. Scherzworte fliegen hin und her, man kennt sich. Gern würde Susann zugreifen, sie hat sich aber eine Tour vorgenommen, kann die Velotasche jetzt nicht mit Gemüse füllen. Die rote Farbe des Hauses gegenüber fällt ihr auf – das Hotel-Restaurant heißt passend *Rotes Haus.*

Sie schwingt sich wieder auf den Sattel, folgt der Signalisierung, gelangt endlich über die Aare, die hier viel weiter ist als in Interlaken, blaugrün und mächtig fließt sie dahin. Sie fährt durch das Dorf Umiken, der Weg steigt an, irgendwo liest sie Galgenacher, eine Ortsbezeichnung, die sie unangenehm berührt, dann aber folgen Orte mit den versöhnlichen Namen Hafen und Ursprung, Wiesen und Wälder ziehen sich der Straße entlang. Einzelne Bauernhöfe und Weiler tauchen auf und schließlich nach verschiedenen Steigungen und Biegungen das Ortsschild Bözberg. Das muss die Passhöhe sein. *Bären* heißt das Gasthaus, das aus der Zeit gefallen wirkt und geschlossen ist, wohl schon seit Langem.

Einen Moment überlegt sie, was sie hier will. Der Sinnspruch fällt ihr ein, der ihr gestern beim Blättern in einem Buch begegnet ist: «Ich komme, ich weiß nicht, von wo? Ich bin, ich weiß nicht, was? Ich fahre, ich weiß nicht, wohin? Mich wundert, dass ich so fröhlich bin.» Heinrich von Kleist hatte diese Zeilen bei seinem Aufenthalt in Thun an einem Haus entdeckt. Nachdenklich hat sie das Buch weggelegt. Wie soll man wissen, wer man ist, woher man kommt, wohin man geht? Meist stellen sich die großen Fragen nicht, man kommt und geht fraglos.

Die Passhöhe ist menschenleer. Früher war der Bözberg eine wichtige Verbindung zwischen Basel und Zürich, hat sie vorhin auf dem Smartphone gelesen. Wo sind all die Leute hin? Susann schließt die Augen, hört Pferdegetrappel, Wiehern, das Knarren von Kutschenrädern, Knallen von Peitschen, «Hü-hott»-Rufe, ein Stimmengewirr vor der Wirtschaft, es wird angestoßen. Sie öffnet die Augen, blickt auf die kaum befahrene Straße und das verlassene Gasthaus, das schon lange keinen Gast mehr beherbergt hat, und besteigt von Neuem das Fahrrad.

Vieles ist ungewiss, Fröhlichkeit vielleicht fehl am Platz. Aber Neugier? Neugier darf sein. Sie ist 57 und immer noch neu-gierig. Bis jetzt hat sie über das Wort nie nachgedacht: Aber ja, sie ist gierig auf Neues. Neugier packt sie, wenn sie am Morgen im Laden die frisch angelieferten Bücher auspackt, die Umschläge mustert, blättert und den unverwechselbaren Geruch des bedruckten Papiers einatmet. Oder wenn sie an einem Ferienort ankommt. Oder wenn jemand eine Geschichte erzählt.

Jetzt ist sie neugierig auf die Linde und folgt dem Wegweiser nach Linn. In einem Artikel ist sie auf die Linde Linn gestoßen, deren Alter man auf bis zu 800 Jahre schätzt. Die Gründung der alten Eidgenossenschaft 1291? Die Linde war vielleicht schon da, ein kleiner, zäher Baum. Die mittelalterliche Pest, die sich 1348/49 in Europa und auch in der Schweiz ausbreitete? Die Linde war fast sicher schon da. Unglaublich, sich diese Zeitläufte vorzustellen, in ihrem Kopf rauscht es. Sie radelt durch den Wald auf die Wiese hinaus.

Die Linde taucht auf, hinter einem hellgrünen Gerstenfeld. Der Baum wird immer größer und stattlicher, je näher sie ihm kommt. Sie stellt das Velo neben dem Autoparkplatz ab und nimmt ihr Ziel in Augenschein.

Da bin ich, Linde, weiß nicht woher, weiß nicht, wohin. Mir scheint aber, dass das in deiner Gegenwart nicht zählt. Du bist da, ein alter, mächtiger Baum, spendest Schatten in der hellen Frühlingssonne, breitest deine Äste über den Besuchern aus, ich darf mich bei dir ausruhen.

Sie gleitet mit der Hand über die weichen Gerstenähren des Ackers, nähert sich dem Baum. Der Stamm der Linde ist unglaublich breit, knorrig, mit Schrunden übersät. Im Zeitungsartikel waren ein Mann und eine Frau abgebildet, die den Baum umarmen und sich an ihn klammern. Jetzt spürt sie das gleiche Bedürfnis, sie möchte sich an den Stamm lehnen, ihn spüren. Sie wird es nicht tun, nicht jetzt. Die Bänke unter dem Baum sind besetzt, die Leute betrachten die Neuankömmlinge, sie will sich nicht lächerlich machen. Alles hat seine Zeit. Jetzt wird sie erst einmal ihr Picknick auspacken.

Auf einer Bank sitzt ein einzelner Mann. Sie fragt ihn, ob das andere Ende der Bank frei sei, er nickt abwesend. Sie packt ihr Sandwich aus, hofft, dass ihn das Rascheln des Papiers nicht stört. Es ist aber sowieso recht laut unter der Linde, die Leute essen und sprechen durcheinander. «So schlimm wie die Pest im Mittelalter war Corona niemals», sagt eine Frau. «Es war schlimm genug», meint ein Mann, «sogar die Linde haben sie zu Beginn der Pandemie abgesperrt.» Die Gespräche drehen sich nun ausschließlich um die Linde. Und von der Habsburg wird gesprochen, die von hier zu sehen sei.

«Können Sie mir die Habsburg zeigen?», fragt sie den Mann am anderen Ende der Bank. Er hat graumelierte Haare, trägt Brille, ist in Gedanken versunken, wahrscheinlich stört sie ihn.

Er erhebt sich, geht ein paar Schritte über die Wiese, winkt sie zu sich. «Da drüben auf dem Hügelzug ist sie, grau, eine Trutzburg. Sie ist so alt wie die Linde. Die beiden stehen sich schon ewig gegenüber, nur durch wenige Kilometer Luftlinie getrennt.»

«Die Burg wirkt abweisend.»

«Im Sommer kann man sie besichtigen, sie beherbergt ein Museum. Jetzt ist sie noch geschlossen. Fahren Sie mit dem Auto hin – die Aussicht ist gut, man kann von dort auch die Linde erkennen.»

«Ich bin mit dem Fahrrad da, so schnell komme ich nicht zur Burg.»

Er zuckt die Achseln, sie setzen sich wieder.

Susann nimmt ihr gekochtes Ei hervor, merkt, dass sie den Salzstreuer vergessen hat, fragt ihn nach Salz. Etwas widerwillig zieht er eine Plastikschale mit Esswaren aus seiner Tasche und überreicht ihr seinen Salzstreuer. Sie würzt ihr Ei, gibt ihm das Salz zurück, das er für seine Tomaten braucht. Schweigend essen sie.

«Woher kommen Sie?», fragt er schließlich.

Die Frage erinnert sie an Kleist, ist aber ganz einfach gemeint. «Aus dem Kanton Bern, von Interlaken.»

«Was bringt Sie hierher?»

«Die Linde, was sonst? Ich habe in einer Zeitschrift über sie gelesen. In meiner kleinen Buchhandlung in Interlaken habe ich kein Buch gefunden zu diesem Baum. Sie sind auch wegen der Linde hier, nehme ich an?»

«Natürlich. Meine Frage vorhin war dumm. Ich kenne die Linde schon lange und komme oft hierher, fast immer an Freitagen.» Seine Augen sind klein hinter den Brillengläsern, er blinzelt.

«Der Freitagsmann», sie lächelt. «Und ich bin die Freitagsfrau, weil dies mein freier Tag ist, nur Freitag und Sonntag arbeite ich nicht in der Buchhandlung.» Sie erwartet, dass er von seiner Arbeit spricht, das tut er aber nicht. Er versorgt seine Plastikschale, lehnt sich zurück. Fällt sie ihm lästig? Sie erhebt sich, räumt ihre Sachen in die Tasche. «Ich fahre den Berg hoch, um die Linde von oben zu sehen. Wenn ich zurück bin, sind sicher alle Leute weg.» Einige Bänke sind bereits leer, das Stimmengewirr ist leiser geworden.

«Es ist eine gute Idee, auf den Linnerberg zu fahren, Sie werden die Aussicht genießen. Ich bin aber wohl noch da, wenn Sie zurückkehren, Sie werden die Linde nicht ganz für sich haben.» Er mustert sie. Herausfordernd? Gleichgültig?

«Ich heiße Susann. Ich teile die Linde gern mit anderen, habe kein Anrecht auf sie.»

«Mein Name ist Georg – ein altmodischer Name, ich weiß.»

«Vielleicht sehen wir uns noch, Georg.» Sie besteigt ihr Bike, fährt mühelos den Berg hinauf, der, wie sie jetzt weiß, Linnerberg heißt. Die Linde wird kleiner, je höher sie gelangt, sie gleicht sich den beiden anderen Bäumen in der Nähe an, auch dies wohl Linden, aber jüngere Bäume. Susanns Blick schweift über die Landschaft, Felder, Wälder und Wiesen breiten sich vor ihr aus, soweit das Auge reicht, vom Dorf Linn, das sie noch besuchen will, sind nur die Ziegeldächer zu sehen. Sie kommt in einen Laubwald und fährt immer weiter bergauf. Das Sträßchen ist nicht mehr geteert, das Velo rutscht. Sie hofft, aus dem Wald herauszukommen, hofft auf einen Blick vielleicht bis zum Schwarzwald. Oder liegt sie falsch, ist dieser von hier nicht zu sehen? Sie erfährt es nicht, denn es gibt keinen Ausblick, sie bleibt im Wald gefangen, dreht schließlich um, saust die Kurven hinunter und aus dem Wald hinaus, nähert sich den drei Linden. Die alte Linde macht sich breit und steht im Zentrum, nur ein einziger Mensch ist dort noch zu sehen. Georg.

Sie stellt das Bike hinter der Linde ab. Die Sonne brennt heiß wie im Sommer, sie ist müde und sehnt sich nach dem Baumschatten. Sie geht nicht zu Georg, sondern auf die andere Seite, um den Baum zu umarmen. Sie will nicht, dass er das sieht. Sie breitet die Arme aus, umfängt den rissigen Stamm, lehnt ihre Stirn an ihn, fasst mit den Händen in seine Schrunden, schließt die Augen. Eine ganze Weile bleibt sie so, löst sich dann langsam und öffnet die Lider. Georg steht in einigem Abstand zu ihr und schaut in die Weite, hat sie wohl beobachtet. Der Wind streicht kühl über ihre Arme, sie fröstelt.

Er tritt zu ihr. «Hier ist fast immer Wind, oft die Bise, vom Juratrichter begünstigt.»

Ihre Arme sind von Gänsehaut überzogen, sie tritt aus dem Schatten in die Sonne, mustert den Baum. «Die mächtigen Wurzeln erinnern an Elefantenfüße. Der Stamm verzweigt sich in so viele Teile.» Sie geht um die Linde herum, mehrmals, zählt laut, kommt auf sechs Stammteile, dann acht, schließlich sieben.

«Es sind sieben Stämme», bestätigt er. «Die Linde ist uralt und durch ihre Lage auf der Kuppe fast ständigem Wind ausgesetzt. Vielleicht haben Wind und Wetter den Baum gestärkt, er ist nicht verzärtelt, ist Widerstand gewohnt. Sturm

Lothar entwurzelte viele Bäume um die Jahrtausendwende, die Linde hielt stand. Früher hat sich die Dorfjugend im hohlen Innern vergnügt. Das ist nicht mehr möglich, zum Glück.»

«Wird der Baum gepflegt, braucht er Hilfe, um zu überleben?»

«Die Linde ist stark, sie erneuert sich ständig. Wenn man zu viel eingreift, nimmt man dem Baum die Eigenständigkeit. Das war früher der Fall, sie schnitten zu viel an ihm herum, verschlossen die Wunden mit Holzschutzmittel und sicherten einzelne Baumteile mit Verstrebungen.» Er zeigt nach oben, im Blätterwirrwarr nimmt sie dünne Stahlseile wahr.

«Bist du Baumpfleger, dass du das alles weißt?»

«Ich bin Ingenieur, baue Brücken.» Georg schaut auf seine Uhr. «Meine Zeit bei der Linde ist um, ich muss mich beeilen.» Er kramt die Schlüssel hervor, blickt zu ihr. «Vielleicht ist die Freitagsfrau an einem anderen Freitag wieder hier?»

«Vielleicht», antwortet sie überrascht und fügt an: «Im Juni bin ich in den Ferien.» Sie fragt sich sofort, warum sie das sagt, sie ist nicht den ganzen Juni weg.

«Und ich bin im Juli unterwegs. Also wird es möglicherweise August», sagt er leichthin und ist schon bei seinem grauen Auto, winkt ihr zu, steigt ein und fährt los.

Susann setzt sich auf die Bank, wo sie das Picknick eingenommen haben, und schaut über das Gerstenfeld in seinem fast unwirklichen Frühlingsgrün. Die Ähren schimmern in der Sonne und bewegen sich im Wind, sie glaubt, ihren Geruch zu riechen.

Stimmen nähern sich, drei sportliche Velofahrer ohne E-Antrieb bewältigen die letzte Steigung, legen die Räder und Helme ab, setzen sich auf eine Bank, trinken aus ihren Flaschen und unterhalten sich über ihre sportliche Leistung. Ein

Auto fährt auf den Parkplatz, zwei ältere Frauen steigen aus, umrunden bewundernd die Linde, setzen sich, kommen mit den Sportlern ins Gespräch, diskutieren das Alter des Baums.

Sie erhebt sich, will endlich Linn besuchen, schlägt den Weg hinunter ins Dorf ein. Stattliche Häuser säumen die Straße, ehemalige Bauernhäuser, geschmackvoll renoviert. Eine Tafel erklärt, dass hier vor 200 Jahren Holzhäuser standen, der Bözberg sei schon im Mittelalter besiedelt gewesen, für den Hausbau Holz, Stroh und Lehm verwendet worden. Ein zweiteiliger Brunnen plätschert beim ehemaligen Milchhaus, gegenüber steht ein großer Hof mit gerundeten Stalltüren. Pfingstrosen, Schwertlilien und Glyzinien blühen in den Gärten des schmucken Dorfes, das allerdings keinen Laden und keine Wirtschaft vorweisen kann. Durstig geht sie zur Linde zurück, ihre Flasche ist bereits leer.

Die Besucher sind verschwunden, sie setzt sich noch einmal unter den Baum, auf einen seiner Elefantenfüße. Die Lindenblätter rascheln, der Wind hat zugelegt, er biegt die Gerstenähren, zeichnet Muster in die Felder. Das Blätterdach über ihr ist dicht, auf dem Lindenfuß fühlt sie sich sicher.

Zeitlos ist der Baum, zeitlos das Dorf. Menschen sind gekommen, haben sich hier getroffen und sind gegangen, über Jahrhunderte hinweg. Der Baum war schon immer ein Treffpunkt. Sie spürt seine Stärke im Rücken, den Wind im Haar.

Magdalena, 1349

Der Himmel bleicht aus. Ein Hahn kräht. Die Habsburg zeichnet sich schwarz ab in der Ferne. Sie bekreuzigt sich vor dem Heiland auf dem Kreuz am Wegrand. Das Gras ist kühl und nass unter ihren Füßen an diesem Morgen im Herbstmonat. Bald kommen die Bauern auf die Felder. Sie will nicht, dass man sie entdeckt. Die Kühe hat sie bereits gemolken, sie weiden beim Hof.

Die Sonne schiebt sich über den Horizont, nimmt alles in Besitz mit ihren hellen Strahlen. Ergriffen betrachtet sie diese Herrlichkeit. Dann erträgt sie das gleißende Licht nicht mehr, dreht sich um. Der Baum mit seinem dichten Blätterdach ist überschwemmt vom Licht. Die Linde steht schon so lange hier, dass niemand von ihrem Ursprung weiß, auch die Alten nicht. Sie nähert sich dem Baum, lehnt sich mit dem Rücken an seinen Stamm, gleitet an ihm zu Boden.

Seit dem Unglück kommt sie jeden Morgen hierher. Die Pest. Zehn Haushalte gibt es in Linn, Bauern, Kleinbauern, Taglöhner. Ihre Familie traf es und jene eines Taglöhners. Wieso gerade diese beiden? Im Dorf sagt man, dass Gott schon wisse, warum – er strafe die Sünder. Magdalena hat Gespräche mitgehört. Sie habe zu viel gewollt, habe als Tochter eines kleinen Bauern den Sohn von einem großen Hof geheiratet. Mehrmals habe sie sich eitel mit einem purpurnen Rock herausgeputzt, sei zum Markt in Brugg gegangen. Auch Taglöhner Ruedi sei in Brugg gewesen, habe dort Werkzeuge geflickt in vornehmen Haushalten. Die beiden hätten die Pest nach Linn gebracht, zum Glück aber nur ihre eigenen Leute angesteckt.

Sie gräbt die Zehen in die Erde. Ist es vermessen, wie sie gelebt hat? Sie weiß, wie man über sie spricht im Dorf. Bei den Schwiegereltern, die jetzt schon einige Jahre auf dem Friedhof liegen, war sie nicht willkommen, da sie nichts eingebracht hat. Weil sie viel arbeitet, haben sie aber die Meinung geändert.

In ihrem Garten erntet sie mehr, als die Familie verzehren kann. Wie in früheren Jahren, wenn die Ernte reichlich war, hat sie sich an einem Markttag im Erntemonat auf den Weg nach Brugg gemacht, um mit dem Verkauf von Kraut, Rüben, Erbsen, Bohnen und Frühäpfeln ein Zubrot zu verdienen. Sie schließt die Augen vor der blendenden Helligkeit, hört den Handwagen rumpeln, den ihr Sohn Melcher, der sie begleitete, mit sich zog.

Sie hatte eine frische, weiße Haube angezogen und dazu ihren purpurnen Rock. Die Stadtfrauen erkannten sie an diesem auffälligen Rock, erinnerten sich, gerade bei dieser Marktfrau das beste Gemüse erstanden zu haben. Am Arm trug sie einen Korb mit Beeren. Es war ein sonniger Tag, mit großen Schritten zogen sie aus, um frühzeitig in die Stadt zu gelangen. Wie immer hielt sie vor jedem Wegkreuz kurz inne und bekreuzigte sich, während Melcher ungeduldig weiterschritt. Kälte war über die bloßen Füße in ihren Körper hochgekrochen, dann war es wärmer geworden. Über Stalden, Ursprung und Hafen waren sie bis zur engen Stelle der Aare gelangt, wo die hölzerne Brücke über den Fluss zum schwarzen Turm und in die Stadt Brugg führt. Die Wächter beim Torturm hatten einen Blick auf ihre Ware geworfen und sie in die Stadt eingelassen.

Auf dem Marktplatz lud Melcher die Kisten ab, lehnte sich an die Hausmauer, kaute auf einem Grashalm. Am Verkauf beteiligt er sich nicht, das ist Weibersache, er ist ein junger Mann. Sie rückte die Kisten zurecht, um die verschiedenen Farben der Gemüse und Früchte zur Geltung zu bringen:

blaue Beeren, hellrote Rüben, weißgrüne Krautköpfe, rötliche Äpfel, grüne Erbsenschoten und Bohnen. Und schon hatte die erste Hausfrau aus Brugg vor ihr gestanden, ihre großen Heidelbeeren gelobt und gekauft. Eine Magd vornehmer Herrschaften hatte prüfend auf die Naht einer Erbsenschote gedrückt und die runden Erbsen im Innern der Schote wohlwollend gemustert, sie hatten sich auf einen guten Preis geeinigt. Die Sonne hatte Magdalena erfasst, während sie Käuferin um Käuferin bediente. Schließlich füllte sie die letzten Frühäpfel in den Korb einer Magd und wischte sich unter dem Rand der Haube den Schweiß von der Stirn. Melcher war nicht da – wo blieb er nur? Sie hob die leeren Kisten auf den Handwagen.

Auf einmal drang eine Stimme in ihr Ohr. Sie folgte dieser dunklen Stimme, wie viele andere auch. Der Bänkelsänger, um den sie sich scharten, erzählte von einer unheimlichen Krankheit. Von schwarzen Beulen sang er, die Arm und Reich wüchsen, die von der Pest befallen seien. An einem Tag seien die Leute gesund, am andern sterbenskrank. Das Wehklagen sei groß, die Totenglocke bimmle ohne Unterlass. So geschehen in Bern, der Stadt, die er zuletzt besucht habe. Seine Augen rollten unter dem dunklen Hut, den er tief in die Stirn gezogen hatte. Die Leute erschauerten, Magdalena auch, sie warf ihm einen Kreuzer zu und entfernte sich, um nichts mehr hören zu müssen von dieser schrecklichen Krankheit.

Um die Ecke erklangen ganz andere Töne. Ein Musikant hüpfte mit dem Bogen über die Saiten seiner Fiedel und wiegte sich vor und zurück, ein anderer drehte die Leier, im Zusammenspiel ergaben sich Töne, wie sie Magdalena noch nie gehört hatte. Sie bewegte sich zu der Musik und wäre den Musikanten und ihren Klängen gefolgt, wohin diese sie auch geführt hätten. Sie hatte alles um sich herum vergessen.

Plötzlich war da ein Schnaufen an ihrem Ohr, Arme legten sich von hinten um sie. Sie wandte sich um, nahm einen nach Branntwein stinkenden Mann wahr und schob seine Arme weg. Der Mann lachte gurgelnd und umfasste sie gleich von Neuem. «Schöne Marktfrau im Purpurrock, du entkommst mir nicht!» In diesem Moment sprang wie aus dem Nichts Melcher herbei. Er stieß den Mann so kräftig, dass dieser taumelte und in die Knie sank. «Na, du Bauerntölpel, dir will ich es zeigen», rief der Mann und versuchte torkelnd, auf die Beine zu kommen. Melcher verschwand aus dem Kreis der Leute und griff nach der Deichsel des Handkarrens. Sie folgte ihm, schnellen Schrittes verließen sie die Stadt und atmeten erst auf, als die Brücke weit hinter ihnen lag.

Melchers Gesicht war verkniffen. «Man kann dich keinen Moment aus den Augen lassen», fuhr er sie wutentbrannt an.

«Du warst nicht da, ich habe nur der Musik zugehört», verteidigte sie sich.

«Meine Mutter zieht sich auffällig an und lässt sich von einem fremden Mann an den Rock greifen. Schändlich ist das!»

So hatte sie ihren Sohn noch nie erlebt. Meist war er schweigsam, selten unwirsch und aufbrausend. Tag für Tag zog er mit seinem Vater aufs Feld, keine Arbeit war ihm zu schwer. Ihr selbst ging er oft zur Hand, spaltete Holz und half beim Anfeuern. Und nun das? Ein Lied – mit einem Lied könnte sie ihn erreichen. Beim Binden der Garben klang manchmal ein Lied in ihr auf. Maria und die Frauen der Taglöhner stimmten mit ein, abends vor dem Haus öfter auch die Männer. Kaum waren ein paar Töne aus ihrem Mund gedrungen, wies er sie barsch zurecht: «Kein Lied jetzt!» Mit großen Schritten war er davongezogen, der Handwagen rumpelte hinter ihm her, er verschwand um die Wegbiegung.

Als sie den Hof erreicht hatte, war er mit Werner auf dem Feld, sie sah die Gestalten der beiden Männer, die sich gegenüberstanden und Worte wechselten. Melcher war schon gleich groß wie sein Vater. Ihre Tochter Maria war ihr ein paar Schritte über die Wiese entgegengelaufen, ein Lächeln auf dem Gesicht. Sie erzählte ihr vom Mittagsmahl mit dem Vater, das sie zubereitet hatte. Maria war erst zehn, aber eine verlässliche kleine Person.

Magdalena hatte den purpurnen Rock ausgezogen und war in den üblichen braunen geschlüpft. Zusammen mit Maria hatte sie das Mus für das Abendbrot zubereitet. Schweigend beugten sie sich über das Essen, das Kratzen der Löffel in der Schale war das einzige Geräusch am Tisch. Andere Male hatte sie vom Markttag erzählt und später die Batzen und Kreuzer vor Werners Augen gezählt, er hatte sie gelobt.

Melchers zusammengezogene Augenbrauen warnten sie jedoch vor dem Erzählen. Sie hatte das Geld in den Beutel gleiten lassen und in der Truhe versorgt. Wie immer zog vom Feuer Rauch durchs Haus, ihre Augen tränten. Dennoch hätte sie sich an diesem Abend glücklich schätzen müssen. Zwei Tage später war alles anders gewesen.

Magdalena hört Männerstimmen, rappelt sich hoch, greift nach ihrem Korb. Sie huscht den Abhang hinunter und schreitet den Männern entgegen, als ob sie aus dem Wald unter dem Lindenacker käme. Man kann nicht einfach so Zeit vergeuden bei der Linde, auch nicht, wenn man trauert.

Johannes nähert sich mit einem Ochsengespann und Pflug. «So früh schon in den Beeren, Schwester?» Anerkennung liegt in seiner Stimme.

«Pilze», berichtigt sie, «ich war bei den Pilzen.» Sie hat ein Tuch über den Korb gelegt, niemand sieht hinein. Später wird sie in den Wald gehen und so viele Pilze und Beeren zurückbringen, dass es keine Fragen gibt. Sie wird auch Johannes und der Schwägerin davon bringen.

Johannes ist gut gelaunt, der Grund ist klar: Melcher hat ihm einen von Werners Ochsen ausgeliehen, zusammen mit seinem eigenen Ochsen verfügt er so über ein volles Gespann. Bei den Arbeiten, die alle Bauern von Linn zeitgleich auf ihren Feldern verrichten, kann der erfahrene Onkel dem Neffen zur Seite stehen. Falls Melcher die Hilfe annimmt. Er folgt hinter dem Onkel mit seinem eigenen Ochsengespann, für seine Mutter hat er keinen Blick. Die Mahlzeiten, bei denen sie sich stumm gegenübersitzen, zehren an Magdalena.

Sie geht durchs Dorf, die Hühner gackern, die Bäuerinnen und Frauen der Taglöhner arbeiten in ihren Gärten, nicken ihr zu oder drehen sich weg. Seit den Pestfällen geht man ihr aus dem Weg, keine kommt zum Zaun, um ein Wort zu wechseln, wie sie es vor dem Unglück getan hätte. Ihr graut vor dem leeren Hof, der auf sie wartet. Ganz leer ist er zwar nicht, die Schweine grunzen im Pferch, die Hühner gackern, die Schafe blöken, die Kühe muhen. Diese Geräusche klingen wie Hohn in ihren Ohren.

Da ist die Marienkapelle, sie liegt dem Hof gegenüber. Dort kann sie Schutz suchen, Zeit gewinnen. Sie stößt die Tür auf, lässt sie hinter sich zufallen, nimmt vom Weihwasser, bekreuzigt sich, im Namen des Vaters, des Sohnes und des Heiligen Geistes. Vorne in der Kapelle, gegenüber der Statue der Heiligen Muttergottes, fällt sie auf die Knie und beginnt zu beten. Sie bittet die Muttergottes um Verzeihung für den purpurnen Rock, für ihre Schwäche, ihren Hochmut. Vielleicht hat sie tatsächlich den Zorn Gottes auf sich gezogen, und das Unglück, das ihre Familie getroffen hat, war nichts als die gerechte Strafe dafür. Warum hat Gott nicht sie allein gestraft, warum hat es ihre Familie getroffen? Weil die Strafe so noch schlimmer ist. Sie beugt sich vor, berührt mit der

Stirn den kühlen Boden, vergib mir, Maria, Muttergottes. Gottes Zorn ist schwierig zu verstehen. Die Muttergottes ist ihr näher, auch wenn nur schon ihr Name Maria sie jetzt mit Trauer überschwemmt. Sie zieht den Rosenkranz aus der Tasche ihres braunen Rocks, betet bei jeder Perle, die durch ihre Hand gleitet, ein Ave Maria.

Der Rosenkranz fällt in ihren Schoß. Wenn sie nur jetzt die Gräber ihrer Lieben besuchen könnte. Das ist nicht möglich, sie liegen weit weg, bei der Kirche Elfingen. Dorthin sind die Linner kirchgenössig, für die Sonntagsmesse nehmen sie den weiten Weg unter die Füße. Das geht jetzt nicht. Gegen Abend aber, im letzten Tageslicht, wird der Kaplan die heilige Messe lesen hier in der Kapelle, viermal in der Woche tut er das. In der Messe können ihr die Linner nicht aus dem Weg gehen, sie zieht die Haube tief ins Gesicht, ist im Gottesdienst eine wie alle anderen. Aber keine der Bäuerinnen kniet sich neben sie, sogar ihre Schwägerin Catharina, mit der sie bis vor einigen Wochen viel gesprochen und gelacht hat, meidet ihre Nähe.

Magdalena beschließt, beim Kaplan nach der Messe geistlichen Trost zu suchen. Er ist ein alter Mann und nicht wortgewandt wie der Priester in der Kirche St. Leodegar in Elfingen, gerade darum aber vertraut sie auf seine Güte und Nachsichtigkeit. Sie steht auf, beugt noch einmal das Knie vor der Muttergottes und bekreuzigt sich beim Ausgang.

Der Hund kommt ihr entgegen, stößt seine Nase gegen ihren Rock, dann läuft er auf die Weide beim Haus, knurrt die Schafe an, auch er ist ruhelos in diesen Tagen. Sie tritt ein, schließt die Tür hinter sich. Ihr schwindelt ob der Leere im Haus, sie setzt sich auf die Bettstatt. Werners Seite ist nicht benutzt. Auch Marias Lager ist unberührt, daneben befindet sich das zerwühlte Strohbett von Melcher.

Drei Tage nach dem Marktbesuch in Brugg wurde sie in der Nacht von Fieber und Albträumen befallen. Werner schnarchte neben ihr, er merkte nichts von ihren Qualen. Sie warf sich hin und her. Als das erste Licht durch die Lederhäute vor den Fenstern drang, bemerkte sie blaue Flecken in ihren Armbeugen, unter den Achseln ertastete sie hügelige Beulen. Sie setzte die Füße auf den Boden, wollte wie jeden Morgen das Feuer anfachen. Aber die Beine trugen sie nicht, sie sank zurück auf die Bettstatt. Maria schälte sich aus der Decke, kam zu ihr, wollte sich wie jeden Morgen kurz an sie schmiegen – und schrie auf bei ihrem Anblick.

Werner setzte sich erschrocken auf, Melcher war mit ein paar Sätzen neben ihr und wich zurück: «Die Pest – Mutter hat aus Brugg die Pest mitgebracht! Da war ein Bänkelsänger, er hat von den Beulen der Kranken und dem großen Sterben in Bern erzählt. Er selbst war wohl verseucht, und sie hat sich beim Tanzen angesteckt!»

«Ich habe nicht getanzt», wehrte sie sich, dann verstummte sie, hatte keine Kraft mehr zu sprechen. Pochendes Fieber stieg in ihrem Kopf auf.

Sie hörte noch, dass Werner und Melcher beschlossen, wie immer aufs Feld zu gehen. Werner war merkwürdig still. Melcher bestand darauf, niemandem von der Krankheit zu erzählen. Er war es auch, der Maria die Anweisung gab, tagsüber nach der Mutter zu schauen, die Mahlzeiten zu bereiten und abends dem Vater ein Lager in der kleinen Kammer zu richten.

«Mutter ist so heiß, sie antwortet nicht mehr. Was kann ich nur tun?», fragte Maria ängstlich.

«Einen Kräutersud machen, kühlende Tücher auflegen, du bist ihr doch öfter zur Hand gegangen.» Melcher nahm eine Wurst aus dem Rauchfang, wickelte sie zusammen mit

Brot und Äpfeln in ein Tuch, packte Wein im Schlauch in den Korb.

Werner war nicht mehr an ihr Lager getreten, er hatte sich mit Melcher entfernt. Sie hatte die Augen geschlossen. Nur manchmal hatte sie Marias Hände gespürt, die wie Vögelchen über ihren Körper hüpften, ein kühlendes Tuch anbrachten oder ihr aus einem Becher Wasser einflößten.

Am Abend nahm sie die Stimmen der Männer wahr. Sie mischten sich in ihrem Fieberwahn mit der dunklen Stimme des Bänkelsängers. Grässliche Gestalten tauchten vor ihr auf, Höllengeister, die nach ihr griffen und sie in den Abgrund stürzen wollten.

Tage und Nächte zogen vorbei. Manchmal hörte sie Stimmen, Gestöhne und Gemurmel, manchmal war es still. Das Fieber knisterte wie Feuer in ihr, es drohte sie zu verschlingen. Sie versuchte wegzulaufen, aber die Feuersbrunst blieb ihr auf den Fersen. Einmal hörte sie Männerstimmen, die nicht zum Haus gehörten. Das Feuer wurde weniger und erlosch.

Sie erwachte, setzte sich auf. Werner war nicht neben ihr, sie rief nach Maria.

Es war Melcher, der an ihr Bett trat. «Du bist wach, scheinst genesen – gerade du!» Er raufte sich das Haar. «Vater ist tot, Maria ist tot. Sie hat dich gepflegt, am nächsten Tag lagen Vater und sie auch krank darnieder. Sie starb am Abend, der Vater am folgenden Morgen. Gestern in der Dämmerung hat man ihre Leichname, in Decken gehüllt, auf Bahren zum Friedhof getragen und beerdigt. Der Totengräber, Johannes und die anderen Männer hatten Tücher ums Gesicht gewickelt aus Angst, sich anzustecken. Alles Flehen nützte nichts, sie wiesen mich zurück, ich konnte meinem eigenen Vater nicht das letzte Geleit geben.» Er mustert seine Arme, die ohne Beulen sind. «Ich bin gesund, es ist wie ein

Fluch. Vater bat mich, den Hof weiterzuführen, das waren seine letzten Worte. Nur darum bin ich noch hier.»

Sie setzte die Füße auf den Boden, kam zitternd auf die Beine, sie standen sich gegenüber.

«Du hast überlebt», sagte er verachtungsvoll und stützte die Hände in die Seiten. «Ich auch. Vielleicht ist das die Strafe dafür, dass ich dich in deiner hoffärtigen Kleidung nach Brugg begleitet habe. Von jetzt an führen wir zwei gemeinsam den Hof, Mutter. Verzeihen kann ich dir nicht. Du trägst die Schuld am Tod meines Vaters und meiner Schwester.» Er drehte sich um und ging davon.

Sie war in die Knie gesunken. Hatte Gott um Rat und Hilfe gefragt und ihn gebeten, ihr einen Weg zu zeigen, wie sie mit dem Verlust von Mann und Tochter und der Verachtung ihres Sohnes weiterleben könne.

Er hat ihr noch keinen Weg gezeigt. Vielleicht ist das Teil der Strafe, wie auch die Tatsache, dass ihre Lieben von ihr gegangen sind, sie aber noch da ist. Sie muss Geduld zeigen, weiter um Verzeihung bitten.

Es ist Essenszeit. Sie verspürt keinen Hunger, mag auch keinen Haferbrei für sich allein aufsetzen. Melcher hat etwas eingepackt, er isst auf dem Feld. Trotzdem sollte sie etwas einnehmen, um Kraft für die Tagesarbeit zu haben. Im Kessel ist ein Rest Haferbrei vom Vortag, sie wärmt ihn nicht auf, will nicht, dass sich Rauch ausbreitet im Haus. Sie kratzt Löffel für Löffel des kalten Breis heraus, schluckt widerwillig, bricht sich dazu ein Stück Schwarzbrot.

Freudlos schlingt sie die Mahlzeit hinunter.

Letzten Sonntag war sie erstmals wieder den weiten Weg zur Kirche Elfingen gegangen. Melcher hatte einen schnellen Schritt eingeschlagen und war allein davongezogen.

Sie wählte den Weg durch das stille, schmale Tal, zum ersten Mal ging sie ihn allein. Die Wiesen, das Plätschern des Bachs, der felsige Abhang, der Wasserfall – das Wandern durch das schattige Tal war wohltuend. Die Messe in der Kirche St. Leodegar mit allem, was dazugehörte – die Glocken, das Knien, das Beten, die Gesänge – war Balsam für ihre Seele. Der Zusammenbruch kam erst, als sie neben den Gräbern von Werner und Maria stand. Sie warf sich auf die frisch aufgeworfenen Hügel und grub ihre Finger in die Erde, am liebsten wäre sie dort liegen geblieben. Ursula, die Frau des Tauners Ruedi, der nebenan begraben wurde, flüsterte ihr beruhigende Worte ins Ohr, fasste sie am Ellenbogen. Sie richtete sich auf und schloss sich für den Rückweg den anderen Leuten von Linn an. Sie nahmen ihr mit Erde verschmutztes Gesicht und die dreckigen Kleider zur Kenntnis. «Die Magdalena tut gut daran, Buße zu tun», sagte jemand, «sie hat die Seuche in ihre Familie gebracht.» Ursula und ihre Töchter Anni und Vreneli gingen neben ihr, Ursulas Sohn Hans und Melcher zogen vorneweg, die übrigen Leute von Linn nahmen die Mitte ein, in sicherem Abstand zur Vor- und Nachhut. Die Furcht vor Ansteckung war noch immer da. Man behandelte sie wie Aussätzige.

Der Weg zog sich lang hin. Sie musste sich mehrmals ins Gras setzen, legte den Kopf auf die angezogenen Knie. Einmal streckte sie sich sogar aus, blickte in den Himmel, der sich blau über die Erde spannte, während ein paar weiße Wolken unbeteiligt dahinzogen. Werner und Maria waren jetzt dort. Wie gern hätte sie von ihnen Abschied genommen. Das war ihr versagt geblieben. Aber sie würde sie antreffen, falls sie selbst einmal in dieses Reich käme. Alles würde sie dafür tun, Abbitte leisten für Sünden, die sie begangen hat. Nicht aber für jene, die sie nicht begangen hat.

Ursula hatte mit ihren Töchtern geduldig neben ihr gesessen, sie half ihr auf die Beine, als sie so weit war. Diesmal nahm sie das stille Tal kaum wahr, setzte nur einen Fuß vor den anderen, war heilfroh, als sie Linn erblickte und ihr strohbedecktes Heim, eines der größten Häuser in Linn. Sie hatte sich bei Ursula für die Begleitung bedankt, die Tür aufgestoßen und sich erschöpft auf die Bettstatt fallen lassen.

Melcher war nicht im Haus gewesen, er erschien nur zu den Mahlzeiten.

Die Stille im Haus hat am Sonntag auf ihr gelastet und tut es auch jetzt wieder, immer und jeden Tag. Bald wird sie in den Garten gehen, Gemüse ernten, in der Hofstatt Spätäpfel von den Bäumen pflücken und auflesen. Sie wird die Eier lesen, misten, die vier Kühe in den Stall treiben und melken. Und dann wird es Zeit sein, anzufeuern und das Mus zuzubereiten fürs Abendbrot. Sie wird hören, wie Melcher den Pflug hinter dem Haus abstellt und die Ochsen in den Stall führt. Er wird in die Küche treten, sich auf die Bank setzen und wortlos das Mus in sich hineinstopfen. Er spricht kein Wort mit ihr während des Essens, sie hat sich daran gewöhnt, mehr Magd zu sein als Mutter. Wenn sie ihm eine Frage stellt zum Pflügen, Aussäen der Wintersaat, zu den Tieren, schaut er sie nicht an, wischt ihre Anteilnahme zur Seite wie eine lästige Fliege. Mit wenigen Worten fertigt er sie ab und geht davon. Er schläft jetzt in der kleinen Kammer, wo Werner sein Krankenlager hatte, sie ist in der Küche und der angrenzenden Stube allein. Manchmal hört sie, wie er sich auf seinem Lager hin und her wirft, ab und zu ist da ein kleiner Schrei oder ein Stöhnen, wahrscheinlich wird auch er von Albträumen gequält, die sie selbst Nacht für Nacht stundenlang wachhalten.

Diese Stille. Wenn man sie nur irgendwie durchbrechen könnte. Alles ist besser als diese unendliche Grabesruhe am

Abend und in der Nacht. Kein Flüstern oder Lachen von Maria, niemand, der an ihrer Seite die Arbeit verrichtet. Werner sitzt nicht mehr mit ihnen am Tisch, es gibt keinen Austausch mit Worten mehr, keinen Blick, der sie umfasst, keinen schweren Körper, der sich an sie drückt, keine kratzenden Barthaare, kein Schnarchen in der Nacht. Manchmal hat sein Schnarchen sie gestört, sie konnte nicht einschlafen oder ist aufgewacht. Das war ihr Alltag, gehörte zu ihrer Welt. Da waren ihr Mann, ihre Kinder, gemeinsam arbeiteten sie und durchlebten die Tage. Jetzt ist nur noch Leere. Mit ihrer Arbeit können sie und Melcher den Hof zwar fortführen. Aber es wird Abstriche geben, der Mann fehlt, dem alles gehörte und der alles in Händen gehalten hat, und es fehlen die helfenden Hände der kleinen Tochter und ihr anschmiegsames Wesen.

Ihr schwindelt auf einmal, die hölzernen Wände des Hauses biegen sich gegen innen, weichen zurück und biegen sich von Neuem über ihr zusammen, das Haus droht sie unter sich zu begraben. Sie schlägt die Hände vor die Augen, redet sich gut zu, bis ihr Atem ruhiger wird. Als sie die Hände vom Gesicht nimmt, sind die Wände wieder gerade, sie ist nicht mehr in Gefahr.

Es ist verrückt. Zwanzig Tage erst sind seit ihrem Marktbesuch in Brugg vergangen, nur zwanzig Tage. Und doch hat sich die Welt völlig verändert, steht seither Kopf. Es ist nicht möglich, das Rad der Zeit zurückzudrehen. Die Welt ist eine andere, sie muss sich daran gewöhnen. Warum fällt es ihr so schwer?

Sie schaut auf ihre Arme. Die schwarzblauen Beulen sind abgeheilt. In Linn wurden nur wenige krank. Fast alle aber, die an der Pest erkrankten, sind gestorben. Werner und Maria sind tot. Ursulas Mann Ruedi ebenfalls. Nur sie selbst hat überlebt. Man fragt sich im Dorf, warum das so ist. Sie weiß es auch nicht.

Da, ein Klopfen, der Hund bellt. Sie setzt sich gerade hin. Wer will zu ihr? Sie wird gemieden wie eine Aussätzige. Es klopft wieder. Sie zieht ein Tuch um Kopf und Schultern und öffnet die Haustür. Zwei Männer stehen vor ihr, einer ziemlich vornehm gekleidet mit Leibrock aus feinem Stoff, einem Täschchen am Gürtel und Bundschuhen aus Leder, der andere einfacher mit Leinenhemd und -hose, wohl ein Knecht. «Sei still», befiehlt sie dem Hund, der noch immer bellt und die beiden umkreist.

«Wir kommen im Auftrag unserer Dienstherrin vom Kloster Königsfelden, Königin Agnes», ergreift der Vornehmere das Wort.

«Königin Agnes?» Ihre Augen weiten sich. Sie verehrt die Königin. Diese hat ihren Mann verloren, wie sie selbst nun auch. Agnes hat mit ihrer Mutter das Kloster in Königsfelden und eine Kirche mit wunderbaren Glasfenstern bauen lassen, ohne ins Kloster eingetreten zu sein, erzählt man. Sie verkehre mit mächtigen Herren, die auf ihr Wort hörten, obwohl sie nur eine Frau sei, aber eben eine Königin, eine mit einem besonderen Wesen. Agnes ist ihre Herrin. Der Zehnt an Korn und Heu, den sie jedes Jahr an den Kellerhof in Elfingen abliefern, geht ans Kloster Königsfelden und damit an Königin Agnes. Und nun schickt die Königin zwei Männer zu ihr! Sie bittet die beiden herein, diese lehnen ab.

«Die Seuche war in deinem Haus, vielleicht ist die Luft verpestet», stellt der Vornehme fest. «Du, Magdalena Wülser, hast überlebt, dein Mann Werner wurde dahingerafft, hat man uns gesagt, wir entbieten dir unser Beileid. Wir kommen wegen des Todfalls. Du weißt, wovon wir sprechen? Eine Abgabe ist fällig.» Er blickt sie streng an.

Todfall. Werner ist tot. Die wichtigste Arbeitskraft der Familie fehlt. Sie werden weniger erwirtschaften und den Gürtel enger schnallen müssen. Sie weiß noch nicht, wie das gehen soll. Was wollen sie von ihr? Sie können ihr doch nicht noch mehr nehmen, als ihr schon genommen ist? «Werner ist tot, mehr weiß ich nicht», stammelt sie.

Der vornehmere Herr zieht die Augenbrauen hoch. «Wenn der Hausvater stirbt, können Leibeigene des Klosters weniger Zehnten abliefern. Als Entgelt für diesen Todfall ist das beste Stück Vieh oder das beste Gewand des Verstorbenen abzugeben. Oder du zahlst uns einen ansehnlichen Betrag an Gulden bar auf die Hand.»

Sie starrt die Männer an. «Ich habe kaum Bargeld, Gulden schon gar nicht. Den Zehnten haben wir immer abgeliefert, das Huhn zu Fasnacht und im Herbst ebenfalls. Die drei Ochsen brauchen wir auf dem Feld, um auch weiterhin einen angemessenen Zehnten liefern zu können.» Weiß Königin Agnes, dass diese Männer in ihrem Auftrag hier sind? Ist sie auch mit Abgaben bestraft worden, als ihr Mann, der König von Ungarn, gestorben ist und sie in Trauer und Not war?

«Wir lassen dir die Ochsen, bring uns das Sonntagsgewand deines verstorbenen Mannes. Rasch, mach vorwärts, wir müssen noch bei der Taunersfrau Ursula vorsprechen.»

Benommen geht sie ins Haus, schließt die Truhe auf. Zuoberst liegt ihr purpurner Rock. Darunter findet sie Werners Sonntagskittel. Magdalena riecht am Kittel – da ist sein Geruch. Sie legt ihn zurück. Zuunterst in der Truhe liegt der wollene Mantel, den er von seinem Vater geerbt und kaum getragen hat. Sie zieht ihn hervor und verbirgt den Purpurrock unter den anderen Kleidern. Den Mantel faltet sie, legt ein Leinenhemd, eine kurze Leinenhose und Beinlinge dazu, geht hinaus und streckt die Kleider den beiden Männern hin.

Der Vornehmere mustert die Kleider und wirft sie auf den Leiterwagen des Knechts. «Und der Gürtel?», fragt er. «Dein Mann hat den Mantel sicher gegürtet getragen.»

Schämen sie sich nicht? Sie geht noch einmal hinein, findet in der Truhe den gerollten Gürtel. Der Vornehme mustert den Gürtel wohlwollend. «Eine Silberschnalle, das ist gut.» Er steckt den Gürtel in die Tasche seines Leibrocks, die beiden nicken ihr zu und gehen davon.

Magdalena hält es nicht mehr aus im Haus. Es ist ihr, als wären Diebe eingedrungen, obwohl die Männer das Haus nicht betreten haben. Sie öffnet die Hintertür, beobachtet die Schweine, die grunzen und sich im Dreck wälzen. Der Garten lockt sie nicht, auch nicht die Hofstatt, sie lässt die Äpfel Äpfel sein, geht wieder hinein, greift sich einen kleinen und einen großen Korb. Das Tuch belässt sie um Kopf und Schultern geschlungen, krault den hechelnden Hund. Sie wählt den Weg zum Linnerberg, geht die Kurven hoch, bleibt erst am Waldrand stehen, schaut zurück. Ihr Blick fällt auf die Linde an der Wegkreuzung. Stolz reckt sich der prächtige Baum in die Höhe. «Ich komme später noch einmal zu dir, Linde», verspricht Magdalena.

Sie erblickt zwei Männer, klein wie Ameisen krabbeln sie dahin auf dem Weg nach Stalden. Der Knecht zieht mit der einen Hand den Leiterwagen, mit der anderen führt er eine Kuh am Strick, die bockt wie ein Esel. Der Vornehme schreitet vorneweg, schaut nicht zurück. Ihre Mundwinkel zucken wegen der bockenden Kuh, lachen kann sie aber nicht. Sie haben Ursula eine der Kühe weggenommen, macht nur noch zwei. Die Taunerfamilie besitzt keine Ochsen, lediglich drei Kühe, ein paar Schafe und Schweine und eine kleine Wiese beim Haus. Da der Vater nicht mehr da ist, kann nur der vierzehnjährige Hans seine Arbeitskraft den Bauern anbieten.

Sie betritt den Wald. Sogleich vergisst sie alles um sich herum. Angenehme Kühle umfängt sie, das Moos ist weich unter ihren Füßen. Sie bückt sich nach den Ästen und Zweigen, die herumliegen, bricht sie und legt das Holz in den großen Korb. In den kleineren wandern die Pilze und in ein Säcklein die Heidelbeeren, von denen sie auch jetzt noch einige findet. Wie im Rausch geht sie durch den Wald, diese heilige Halle. Sie hält erst inne, als die beiden Körbe übervoll sind.

Einen Moment setzt sie sich am Waldrand hin. Wie friedlich das Dorf von oben wirkt ... Ihr Haus ist eines der größten. Das Strohdach zieht sich weit über die Außenmauern hinab und gibt nichts preis von den Ängsten und Sorgen seiner Bewohner. Dem Haus gegenüber steht die Kapelle, Leute drängen heraus. Sie hat den Vespergottesdienst verpasst. Sie packt die Körbe, macht sich mit schnellen Schritten auf den Weg. Wenn sie sich beeilt, ist der Kaplan vielleicht noch in der Kapelle, hat Zeit für ein Gespräch. Niemand spricht mit ihr. Sie muss von ihrem Tag erzählen können, ihre Sorgen loswerden. Der Kaplan wird alles zurechtrücken. Er wird sagen, dass sie sich den Vorgaben der weltlichen Herren – bei ihr eine Herrin – beugen muss, dass letztlich jedoch der geistige Herr wichtiger ist, ihm sind alle unterworfen, und auf seine Gnade darf sie hoffen, wenn sie ein gottesfürchtiges Leben führt.

Johannes' Haus erscheint in ihrem Blickfeld. Sie hat ihren Bruder vergessen und die Schwägerin, denen sie Pilze und Beeren bringen will! Sie bleibt vor der Tür stehen und klopft. In diesem kleinen Haus ist sie aufgewachsen, so gut erinnert sie sich, wie hier früher Vater und Mutter ein- und ausgegangen sind, wie Johannes und sie selbst über die Schwelle hüpften. Natürlich ist es nicht die schon lange verstorbene Mutter, die ihr öffnet, sondern Catharina.

Die Schwägerin erschrickt bei ihrem Anblick, macht einen Schritt zurück.

«Ich komme dir nicht nah», sagt Magdalena schnell. «Ich bringe dir nur von den Pilzen und Beeren, die ich am Morgen im Wald beim Lindenacker und eben auf dem Linnerberg gesammelt habe. Sicher findest du mit deinen zwei kleinen Buben keine Zeit, um in den Wald zu gehen.»

Catharina nickt eifrig, holt einen Korb und stellt ihn vor die Tür. Sie tritt in den Hauseingang zurück, die zwei Kleinen hängen an ihrer Schürze, während Magdalena den Korb füllt. Rasch zieht ihn die Schwägerin ins Hausinnere, bedankt sich und schließt die Tür.

Magdalena eilt weiter zur Kapelle, stellt die Körbe ab und wischt sich den Schweiß von der Stirn. Die Tür steht halb offen. Stimmen dringen aus der Kapelle, die sie kennt. Es sind die Stimmen des Kaplans – und jene von Melcher. Wie angewurzelt bleibt sie hinter der angelehnten Tür stehen.

«Meine Mutter trägt die Schuld am Tod meines Vaters und meiner Schwester», erklärt Melcher.

«Aus welchem Grund schiebst du deiner Mutter diese schwere Schuld zu?»

«Sie ist in die Stadt zum Markt gegangen, die Männer haben ihr nachgeschaut.»

«Das ist noch keine Sünde.»

«Ihr Rock war purpurrot, eine sündige Farbe. Sie wollte den Männern den Kopf verdrehen, hat sich zur Musik umherziehender Musikanten gewiegt. Ein fremder Mann hat sie im Tanz umfasst.»

«Das kann nicht gefallen», stellt der Gottesmann fest. «Ich habe deine Mutter als gläubige und sittsame Frau kennengelernt, aber vielleicht habe ich mich getäuscht.» Etwas wie ein Kichern ist zu hören. «Kann man von einer Frau, die

Magdalena heißt, etwas anderes erwarten? Die biblische Maria Magdalena ist eine Verführerin und Sünderin.»

«Der Name gibt meiner Mutter nicht das Recht, sich so zu verhalten.»

«Wenn sie mit ihrem unsittlichen Betragen die Pest in eure Familie gebracht hat, trägt sie große Schuld», bestätigt der Kaplan. «Das Fegefeuer wäre ihr gewiss. Gott hat sie aber am Leben gelassen, er hat sie nicht sofort gestraft. Das mag einen Grund haben, den wir nicht kennen.» Er überlegt. «Seit Gott die Welt erschaffen hat, sündigt die Frau immer von Neuem, mit Eva hat alles angefangen. Ich werde deiner Mutter ins Gewissen reden, Melcher. Sie wird für ihre Sünde büßen müssen, hienieden und später vor dem obersten Herrn. Sei gesegnet, junger Mann.» Die Bank knarrt, als sich die beiden erheben.

Magdalena greift nach ihren Körben, hat mit wenigen Schritten ihr Haus erreicht, schließt die Tür hinter sich und lässt die Körbe auf den Boden fallen. Melcher, ihr eigener Sohn, schiebt ihr die Schuld am Unglück der Familie zu! Bis jetzt hat sie gedacht, dass er diese Vorwürfe nur ihr selbst gegenüber äußert, in unbedachten Momenten. Jetzt hat er sie vor dem Kaplan ausgebreitet, dieser trägt sie vielleicht zum Priester nach Elfingen weiter. Nicht nur im Dorf schiebt man ihr die Schuld zu, ist sie eine Gezeichnete, sondern auch bei den Geistlichen. Vor Gott!

Melcher müsste es doch besser wissen, er schildert Dinge, die sich so nicht zugetragen haben. Er hört ihr nicht zu, wenn sie abstreitet. Er braucht einen Sündenbock. Und das ist sie, seine Mutter, eine Frau. Der Kaplan hat ihm geglaubt. Die Sünderin Maria Magdalena. So hat sie noch nie über ihren Namen gedacht. Im Gegenteil, der Name und sein Klang haben ihr gefallen. Als sie vom Mädchen zur jungen Frau wurde, hat sie sich nicht mehr Mädi nennen lassen, sondern auf ihrem vollen Namen beharrt. Vielleicht ist das auch hoffärtig? Ist sie hochmütig? Man kann doch nichts für den Namen, den einem die Eltern gegeben haben.

Der Kaplan ist ein verständiger, alter Mann, dem sie sich anvertrauen wollte. Das wird sie jetzt nicht tun. Die Messe wird sie weiterhin besuchen, das gehört zu ihrem Leben. Aber sie begreift, dass die Kapelle und die weit entfernte Kirche ihr nicht den Schutz geben, den sie sucht. Sie muss ihn anderswo finden.

Der Hund bellt schon wieder, es klopft. Sind die Gesandten des Klosters Königsfelden zurück, verlangen sie noch mehr? Oder ist es der Kaplan, der ihr ins Gewissen reden will? Da ist eine Stimme. Ursula. «Komm herein», ruft Magdalena. Ursula tritt ein, gefolgt von Anni, ihrer älteren Tochter.

«Setzt euch auf die Bank», sagt Magdalena. «Ich weiß, wieso du hier bist. Die Männer vom Kloster Königsfelden haben das Sonntagsgewand und den Gürtel von Werner mitgenommen. Bei dir wollten sie auch vorsprechen. Musstest du eine Kuh abgeben?»

Ursula nickt, sie hat tiefe Linien im Gesicht, obwohl sie etwas jünger ist als Magdalena. «Ein Tauner wie Ruedi hat kein Sonntagsgewand mit kostbarem Gürtel. Sie haben auf dem besten Stück Vieh bestanden. Als ich zögerte, ist der Knecht einfach ums Haus gegangen, hat der größten Kuh einen Strick um den Hals gelegt und sie weggeführt. Ich weiß nicht mehr ein noch aus. Hans bietet sich den Bauern als Taglöhner an, er hilft schon etliche Jahre beim Heuen und Emden. Er ist aber schmächtig und nicht so kräftig wie dein Melcher.» Sie räuspert sich und blickt zu ihrer Tochter, heißt sie aufstehen. «Es ist nicht der Verlust der Kuh, der mich hergebracht hat. Ich hab' dich vorhin gesehen, Magdalena, wie du die vollen Körbe durchs Dorf geschleppt hast.

Anni ist zwölf, sie ist verständig und kann gut zur Hand gehen. Vielleicht kannst du eine kleine Magd brauchen?» Schnell fügt sie an: «Sie kann dir deine Tochter nicht ersetzen, ich weiß. Aber du hast Hilfe nötig im Haus und im Garten. Mir bleibt Vreneli.»

Überrascht mustert Magdalena Mutter und Tochter. Anni hat die Augen niedergeschlagen. Ist es ihr zuwider, dass ihre Mutter sie als Magd anpreist? Oder hat sie im Gegenteil Angst, dass sie abgewiesen wird? Maria wird nicht zurückkommen. Sie kann Hilfe brauchen. Anni ist aufgeweckt, kann ihr vieles abnehmen. Das Haus wird nicht mehr leer sein, und sie kann mit Annis Anstellung Ursula unterstützen. «Du kannst gleich anfangen, Anni, wenn deine Mutter das will», sagt sie zum Mädchen. «Ich werde mit Ursula ein kleines Gehalt abmachen, du wirst mit uns essen.» Ein Lächeln überzieht Annis Gesicht.

«Danke, Gott vergelte es dir, Magdalena.» Ursula atmet auf. «Ein Mund weniger zu stopfen, ein paar Kreuzer, die ins Haus kommen – das erleichtert mich sehr. Du gibst mir Hoffnung an diesem Tag, der alles noch schwerer gemacht hat.» Sie steht auf, drückt Magdalena die Hand und verlässt das Haus mit aufrechterem Gang, als sie es betreten hat.

Magdalena schüttelt den Kopf über sich selbst. Warum hat sie sich nur mit ihrem eigenen Elend beschäftigt? Sie ist nicht allein auf der Welt, kann Gutes tun und anderen helfen. Vielleicht hilft das auch ihr selbst. Die Sünderin Magdalena muss sich nicht der Schuld hingeben, von der ihr Sohn überzeugt ist. Einiges hat sie selbst in der Hand.

«Komm, wir gehen in den Garten», sagt sie zu Anni. Sie lesen Erbsen und Bohnen ab, gehen dann in den Stall. Anni ist geschickt im Melken, die Tiere nehmen sie gut auf. Magdalena überlässt ihr zwei der vier Kühe, setzt sich selbst auf den Melkstuhl, lehnt sich gegen den Bauch der einen Kuh, dann der anderen, fasst nach den Zitzen, die Milch spritzt in den Kessel. Sie spürt den warmen Leib des Tiers an ihrer Schulter und ihrem Kopf, wird ganz ruhig, schließt die Augen, gibt sich ihrer Tätigkeit hin. Als der letzte Strahl aus dem Euter herausgedrückt ist, öffnet sie die Augen widerwillig. Sie bringt mit Anni die Milch ins Haus, schöpft für beide einen Becher voll, lächelt über den Milchschnauz auf Annis Oberlippe, wischt ihn von der Lippe des Mädchens. Für den Haferbrei am Morgen stellt sie etwas Milch zur Seite. Dann lassen sie die Erbsen aus den Schoten in den Topf kullern und ziehen die Bohnen ab. Anni ist flink, das Mus steht fertig auf dem Tisch, als Melcher eintritt. Dazu reichen sie Schwarzbrot.

«Was will sie hier?», fragt er barsch, ohne das Mädchen zu begrüßen.

«Anni wird mir in Haus und Garten zur Hand gehen. Sie erledigt alle Arbeiten flink. Ich brauche jemanden, und es ist der Wunsch ihrer Mutter, dass sie zu mir kommt.»

«Ist das nötig?» Melcher taucht den Löffel ins Mus, isst hungrig.

Magdalena antwortet nicht. Sie beginnt, von den zwei Männern aus Königsfelden zu erzählen, die angeklopft und als Abgabe für den Todfall im Haus das beste Stück Vieh oder kostbarste Gewand des Hausvaters verlangt haben. Den Ochsen habe sie retten können, Werners Wollmantel samt Gürtel mit Silberschnalle jedoch abgeben müssen.

Melcher bleibt der Mund offenstehen, sein Löffel fällt auf den Tisch. «Sie haben uns einen Ochsen wegnehmen wollen – ist denn das möglich?»

«Beim Heimgang des Hausvaters bestehe das Recht auf das beste Stück Vieh, haben sie gesagt. Vergiss nicht: Wir sind als Leibeigene dem Kellerhof in Elfingen verpflichtet. Der

Kellerhof und das dazugehörige Land sind seit einigen Jahren im Besitz des Klosters Königsfelden.»

«Leibeigene sind wir, gehören dem Kloster, haben nichts zu sagen. Hart arbeiten wir das ganze Jahr, müssen den Zehnten abgeben und zusätzlich zwei Hühner. Wenn der Hausvater stirbt, werden wir noch gestraft dafür?» Er springt wutentbrannt auf.

«Setz dich», sagt Magdalena, «versündige dich nicht mit Worten. Es nützt nichts, sich aufzulehnen gegen Regeln, die wir nicht ändern können. Unser Land gehört dem Kloster, wir selbst auch. Es ist uns überlassen, das Beste daraus zu machen. Wenn wir uns nicht mit der Obrigkeit anlegen, lässt sie uns in Ruhe.»

Melcher setzt sich, leert wortlos die Schüssel, seine Mutter und Anni überlassen ihm den Großteil des Muses. Dann legt er den Löffel nieder: «Zum Glück ist das Kloster weit weg. Die Klostervorsteherin – ist das diese Königin, von der du schon öfter gesprochen hast? – kann uns nicht immer auf die Finger schauen. Ich werde hart arbeiten und der Obrigkeit mit meiner Arbeit zeigen, wer ich bin und was ich kann – auch ohne meinen Vater. Gut, dass du nicht den Ochsen abgegeben hast, Mutter. Wir brauchen den dritten Ochsen als Ersatz oder als Leihgabe an den Onkel, der mir dafür bei allen Arbeiten zur Seite steht.» Sein Blick fällt auf Anni, ihre blauen Augen, die klaren Züge. «Musste deine Mutter wegen des Todfalls auch etwas ans Kloster abgeben?»

«Die Männer haben die Kuh mitgenommen, die am meisten Milch gibt. Mutter ist verzweifelt.» Anni steht auf, nimmt Topf, Schüssel und Löffel, geht zum Spülen in den Hinterhof.

Melcher erhebt sich, folgt mit dem Blick dem hochgewachsenen Mädchen, das fast schon eine junge Frau ist. «Das ist hart für die Taunerfamilie. Ich kann Hans Arbeit geben, Onkel Johannes wird ihn auch brauchen können.» Er überlegt. «Anni kann bleiben, Mutter.»

Magdalena sagt ihm nicht, dass sie allein das entscheidet. Melcher ist jetzt der Mann im Haus, sie müssen sich finden. Sie ist froh, dass er anerkennt, dass sie den Ochsen gerettet hat, und dass er sich nicht gegen Anni stellt.

Als das Mädchen vom Abwasch zurückkommt, schickt sie es nach Hause. «Deine Mutter braucht dich jetzt. Komm wieder am Morgen, ich arbeite gern mit dir.»

Anni nickt erfreut und verabschiedet sich.

Eine ganze Weile sitzt Magdalena nur da, die Hände ruhen im Schoß. Die Wände des Hauses biegen sich nicht, drohen nicht, über ihr zusammenzubrechen. Sie hört, wie sich Melcher in der kleinen Kammer zur Ruhe legt. Dämmerung setzt ein, die Schatten werden länger.

Auf einmal ist ihr klar, was sie tun will, tun muss. Sie geht zur Truhe, greift sich ein Hemdchen von Maria und Werners Kittel, riecht an den beiden Kleidungsstücken, nimmt noch einmal den Geruch der beiden in sich auf. Nicht einmal an ihrer Bestattung konnte sie teilnehmen. Sie kann ihre Lieben nicht zurückholen. Aber sie kann ihnen auf ihre eigene Art ein letztes Geleit geben. Sie legt das Hemdchen und den Kittel in den Korb. In der Truhe liegen noch ein grüner Rock, zwei ungefärbte Leinenröcke und zuunterst der purpurne Rock. Im Winter zwischen Martini und Lichtmess verspinnt sie Flachs und Schafwolle, verwebt das Garn zu Stoff und näht daraus Kleidungsstücke. Für die Unterkleidung verwendet sie Naturleinen, die Oberkleidung färbt sie in Grün- und Brauntönen. Eigentlich mag sie Rot- und Blautöne lieber, diese sind aber schwierig zu erzielen, zudem sind diese Farben unter Bauern unüblich.

Einmal hat sie versucht, einen neuen Rock mit Rotkohl zu färben, die Farbe war aber schwach. Am ersten Markttag im Frühjahr hat sie mit dem schlecht gefärbten Rock den Färber aufgesucht und als neue Farbe Purpur ausgewählt, obwohl er sie erstaunt musterte, denn dieses tiefe Rot ist eine Farbe der Vornehmen. Sie hat das Marktgeld hervorgezogen und ihm ein paar Münzen in die Hand gezählt, da war der Färber zufrieden. Beim nächsten Markttag hat sie den purpurnen Rock abgeholt und ihn seither in Brugg immer getragen – an ihrem Rock hat man sie erkannt, sie hat besser verkauft. Jetzt widerstrebt ihr die Purpurfarbe. Sie gibt den Rock zum Hemdchen und Kittel.

Sie schaut an sich herunter. Über dem Unterkleid trägt sie einen braunen Rock. Sie streift ihn ab und schlüpft in einen der naturfarbenen Röcke, zieht eine weiße Haube an. Hell gekleidet ist sie jetzt, in Naturfarben, unauffällig, eine Frau fast ganz in Weiß. Farben wird sie nicht mehr tragen. Das Weiß ist ihre Trauerfarbe.

Magdalena stößt die Tür auf. Der Hund schnüffelt an ihrem Kleid, sie schaut sich um. Da ist niemand, in der Dämmerung sind kaum noch Leute unterwegs. Sie hat den Korb am Arm, schlüpft in die Holzschuhe, greift vor dem Haus nach einer kleinen Schaufel, hält sie eng am Körper, so dass sie in den Falten des Kleides verschwindet.

In der Kapelle sieht sie einen Lichtschein, Talglichter flackern. Ist der Kaplan noch dort? Tritt er plötzlich heraus und fordert sie auf, ihm ihre Sünden zu beichten? Der Kaplan hört auf ihren Sohn und glaubt an die Sünde der Frauen.

Rasch schreitet sie an der Kapelle vorbei und läuft entlang der Häuser mit ihren Dächern, die wie Kappen tief heruntergezogen sind, aus dem Dorf. Der Weg steigt leicht an.

Und jetzt erblickt sie die Linde, geht auf sie zu. Stamm, Geäst und Blätter des Baums zeichnen sich dunkel in der Dämmerung ab, ihre helle Gestalt ist gut sichtbar vor diesem Hintergrund. Sie lässt sich im Schatten der Linde auf der anderen Seite nieder, beginnt sogleich, ein Loch auszuheben, setzt immer wieder den Holzschuh auf den Schaufelrand, gibt Druck, hebt Grasbüschel und dann Erde aus. Als das Loch tief genug ist, legt sie die Schaufel nieder und schaut sich um. Da ist niemand. Das Blaurot des Himmels wird immer schwächer.

Sie deckt den Korb ab, nimmt Werners Kittel, gibt ihn zuunterst ins Erdloch, legt ihren Purpurrock darauf und Marias Hemdchen zuoberst. Hilflos steht sie neben der offenen, kleinen Grube. Soll sie das Ave Maria beten oder das Vaterunser? Es ist kein Priester da und kein Kaplan. Die Geistlichen wüssten, welche Gebete man bei der Beerdigung spricht. Das ist aber keine übliche Bestattung. Die Körper ihrer Liebsten liegen weit weg auf dem Friedhof in Elfingen. Sie war nicht dabei, als sie beerdigt wurden, hat nur am Sonntag Zeit und Muße, ihre Gräber zu besuchen. Dieses kleine Grab bei der Linde kann sie an vielen Morgen und Abenden aufsuchen.

Es braucht keine vorgefertigten Wendungen für diesen Abschied, begreift sie auf einmal. Sie kann einfach Worte sprechen, die ihr in den Sinn kommen, und sie zu eigenen Gebeten und Wünschen formen.

«Werner und Maria, ihr fehlt mir so sehr.» Sie faltet die Hände. «Ich konnte wegen meiner Krankheit nicht von euch Abschied nehmen, nicht an eurem Grab stehen. Ich muss eure Nähe spüren. Darum diese kleine Grube. Die Linde wird über dem Grab wachen. Ich weiß nicht, ob ich mich sündig gemacht habe, weil ich im Purpurrock zum Markt in Brugg gegangen bin. Ich hatte es früher auch schon getan, um mit überschüssigen Früchten und Gemüsen aus Hofstatt und

Garten für uns ein Zubrot zu verdienen. Weil ich nach getaner Arbeit Melcher aus den Augen verloren hatte, habe ich dem Bänkelsänger zugehört, der von der schrecklichen Krankheit sang, so dass mir angst und bange wurde. Nebenan spielten zwei Musikanten Fiedel und Drehleier, da wurde mir leichter ums Herz. Ich habe nicht mit einem fremden Mann getanzt, wie es mir Melcher unterstellt. Ein betrunkener Fremder fasste mich an, ich habe mich befreit und mit Melcher die Stadt verlassen.» Sie stöhnt. «Ich bin mir keiner Sünde bewusst. Weil ich diese schreckliche Krankheit in unser Haus getragen habe, fühle ich mich trotzdem schuldig. Es wird keine Magdalena im Purpurrock mehr geben, sondern nur noch eine Magdalena in naturweißen Gewändern. Mit dem Rock geht ein Teil meiner selbst mit euren Kleidern in dieses kleine Grab. Du fehlst mir als Ehemann, Werner, der mir zur Seite stand. Und du, Maria, als Tochter, die mit mir das Tagwerk verrichtet und es mir erleichtert hat. Ich werde euch immer vermissen. Aber ich kann euch nahe sein, hier bei der Linde und in meinen Gedanken. Behüt' euch Gott!» Tränen laufen ihr übers Gesicht, als sie die kleine Grube mit Erde zuschaufelt und die Grasbüschel wieder einsetzt.

Die Schaufel fällt ihr aus der Hand. Magdalena starrt auf die Stelle, von der nur sie weiß, dass dort ein kleines Grab ist. Sie richtet sich auf, geht zur Linde, legt die Arme um den Stamm, lehnt die Stirn an seine raue Rinde. «Linde, du stehst schon so lange da. Du hast unserem Dorf Linn den Namen gegeben. Niemand weiß, wie alt du bist, vielleicht zählst du schon hundert Jahre. Du wirst über dieses kleine Grab wachen. Solange ich da bin, kann ich zu dir kommen und bei dir meinen Lieben nah sein. Und auch wenn ich einmal weg bin, wirst du weitergedeihen, dein Stamm wird an Umfang zulegen, dein Blätterdach sich noch mehr ausbreiten. Die Sonne wird den Boden um deine Wurzeln wärmen, Regen wird niederprasseln, Stürme werden dich und die Menschen schütteln, Schnee wird fallen. Du wirst dem Wetter und den Jahreszeiten trotzen, wirst dich mit deinen Wurzeln noch tiefer in die Erde graben. Wann immer ich Trost brauche, komme ich zu dir. Vor dir muss ich mich nicht rechtfertigen, du wirfst mir keine Sünde vor.» Sie blickt in die dunkle Baumkrone hinauf. «Im Gegenteil. Du breitest deine Äste und dein Blätterdach schützend über mich aus. Auch wenn deine Blätter im späten Herbst fallen, bietest du noch Schutz. Immer ist da dein Stamm, an den ich mich lehnen kann.»

Sie dreht sich weg. Da, ein Rascheln im Geäst, sie hält inne, horcht. Ist es ein Tier? Oder der Baum selbst, der ihr ein Zeichen gibt? Sie atmet tief ein und aus, verneigt sich in Richtung der Linde. An der kleinen Grabstätte beugt sie den Kopf und nimmt Abschied.

Dann greift sie nach Korb und Schaufel, geht leichten Schrittes davon und verschwindet im Dunkel zwischen den Häusern.

Susann, 2021

Mitte Juni
Sie schließt die Tür ihrer Buchhandlung in Interlaken auf. Wie immer warten die Kisten mit den Bestellungen gleich hinter der Glastür, frühmorgens vom Chauffeur der Schweizer Auslieferungen gebracht. Er hat den richtigen Schlüssel von seinem großen Bund gepflückt, geöffnet und wieder abgeschlossen. Was wäre sie ohne diesen Wichtelmann des Buchhandels?

Sie schaltet das Licht ein, startet den Computer und die Kasse, trägt die Bücherkiste nach hinten. Es ist noch nicht neun Uhr, der Laden leer. Sie öffnet die Kiste, nimmt die Liste heraus und etikettiert die bestellten Bücher, gräbt tiefer und findet die Baumbücher, die sie für sich selbst bestellt hat. Bäume ranken sich auf den Umschlägen, viel Grün und Braun und auch mal ein Baum in feurigem Herbstlaub. Die Titel sind vielfältig: Bäume in Natur- und Kulturgeschichte, Baumführer, Baumwanderungen, Bäume entdecken und bestimmen, ihr Leben und ihre Bedeutung. Heilige, mythische und geheimnisvolle Bäume und solche mit Zauber- und Heilkraft. Und ihr Hauptthema: alte Bäume, Baumriesen. Mit zittrigen Fingern blättert sie und entdeckt in einigen Büchern die Linde von Linn. Sie hat jetzt keine Zeit zu lesen. Die Bücher sind zur Ansicht bestellt, einige wird sie remittieren, anderen gleich einen Ehrenplatz zuweisen.

Sie mustert die Regalschilder bei den Sachbüchern. Ehe und Familie, Lebenshilfe, Berge, Reisen, Eisenbahn, Kochen – diese Themen sind gefragt, Religion dagegen kaum noch. Sie rückt die verbliebenen Religionsbücher im unteren Teil des Regals zusammen, schafft oben Platz für die Baumbücher, ordnet sie ein und präsentiert *Baumzauber* und

Baumriesen frontal auf Ständern. Provisorisch beschriftet sie einen gefalteten Karton mit *Bäume*, stellt ihn oben aufs Regal und mustert ihr Werk. Bäume und Berge sind benachbart – diese Abfolge gefällt ihr. Sind alte Bäume und Berge nicht seelenverwandt, beide majestätisch, die Berge zeitlos, die Bäume von einem Hauch Ewigkeit umweht, da sie meist viele Menschenleben überdauern?

Es bimmelt an der Ladentür, ein asiatischer Tourist tritt ein, verlangt ein Buch zu Eiger, Mönch und Jungfrau auf Englisch. Kein Problem, das führt sie, sie zeigt ihm zwei, er kauft eines, sie tippt den Kauf in die Kasse ein, er bezahlt mit Kreditkarte. Es bimmelt von Neuem, eine ältere Stammkundin betritt den Laden, sie holt das bestellte Buch ab. Susann plaudert mit ihr, die Frau ist froh, dass die Pandemie endlich vorbei ist, und freut sich auf besseres Wetter. Eine jüngere Stammkundin fragt nach einem Wanderbuch, sie ist naturbegeistert, Susann führt sie zu den Baumwanderungen, die Kundin greift zu.

Die Ladenglocke erklingt den ganzen Vormittag. Weit nach zwölf Uhr schließt Susann die Ladentür ab, froh über die Mittagspause. Sie öffnet im nur durch die Theke abgetrennten Büro die Rundbogenfenster und lässt das Sonnenlicht herein. Mit dem Sandwich in der Hand setzt sie sich, lagert die Beine hoch, blinzelt in die Sonne. Am Nachmittag geht das Bimmeln weiter, sie kann fast alle Kundenwünsche erfüllen und ist froh über die guten Geschäfte, denn während der Pandemie schrumpften die Umsätze, sie muss einiges wettmachen, um über die Runden zu kommen.

Als sie am Abend in ihrer Wohnung an der Kanalpromenade im Lesesessel sitzt, brummt ihr der Kopf. Eine ganze Weile ruht sie aus mit Blick auf die wolkenumhangene Jungfrau, der Berg beruhigt sie fast wie die Linde, auch wenn man ihm nicht so nahekommen kann wie dem alten Baum. Sie greift nach den Verlagsprospekten, einige sind schon mit Klebezetteln und Fragen an die Vertreter bestückt. Meist ist sie von ein paar Neuerscheinungen wie elektrisiert und weiß sofort, dass sie diese Bücher bestellen wird. Diesmal blättert sie lustlos in den Prospekten, legt sie zur Seite und greift nach den drei Baumbüchern, die sie heute nach Hause genommen hat.

Die Bücher erklären die Bedeutung der Bäume. Die Linden sind Bäume des Lebens, des Todes und der Hoffnung, liest sie und ist beeindruckt: Ist da nicht fast alles enthalten, was das Leben umfasst? Auch für das Christentum, für Schutz, Frieden und Liebe stehen die Linden. Weiter liest sie von Gerichtslinden und Tanzlinden und Linden, die schon immer als Treffpunkt dienten. Sie schaut auf: Gilt das nicht besonders für die Linde Linn? So viele Leute lassen sich auf den Bänken um den Baum nieder und finden ins Gespräch. Bei ihrem Besuch hat sie Unterhaltungen mitangehört. Sie selbst ist unter der Linde dem Freitagsmann begegnet – Georg heißt er, in der Tat ein altmodischer Name.

Sie blättert in den Fotos und Angaben zur Linde Linn. Diese gilt als Kraftort. Ist es diese Kraftausstrahlung, die die Leute dazu bringt, den Baum zu umarmen?

Linden wurden zur Bekämpfung der Pest gepflanzt, liest sie weiter: Man glaubte, dass man die Krankheit im Baum einschließen und bannen könne. In den Büchern wird die Linde Linn mit den Pestzeiten im 14. und 17. Jahrhundert in Verbindung gebracht. Susann überlegt: Falls die Linde wirklich 800 Jahre alt ist, zählte sie bereits zur Zeit der mittelalterlichen Pest von 1348/1349 mehr als hundert Jahre. Dass das Dorf «ze Linne» mit seinem von der Linde abgeleiteten Namen schon 1306 im *Habsburger Urbar* erwähnt wird, stützt diese Überlegung. Damit ist auch die Legende widerlegt, die einige Artikel aufnehmen: Als die Pest 1668 auf den Bözberg zurückkehrte, habe ein einziger Mann überlebt – er habe die Toten außerhalb des Dorfes bestattet und dort die Linde gepflanzt.

Ach, Linde, denkt sie und lehnt sich zurück. Gut, dass du deine Geheimnisse hast und für dich behältst. Man muss nicht alles über dich wissen. Dass du mit der Pest in Verbindung gebracht wirst, hat mich beeindruckt. Was für eine schreckliche Krankheit war das damals – in einigen Städten starb ein Drittel der Bevölkerung. Wie viel besser haben wir es mit unserer Pandemie, obwohl sie das Leben fast ein Jahr zum Stillstand gebracht und viele Todesopfer gefordert hat. Der Buchladen war einige Monate geschlossen, ich habe allein dort gearbeitet hinter verschlossener Tür, Bücher ausgeliefert und mit Existenzangst gekämpft. Dann konnte der Laden wieder öffnen. Ist die Pandemie vorbei? Du, Baum des Lebens, wirst weiterhin Zuspruch haben, die Leute suchen dich und deinen Schutz.

Susann legt die Bücher weg, schaut durch die offene Balkontür in die Berge. Wieder einmal war der Tag nass und wolkig wie so oft in diesem Sommer, jetzt aber sind die Spitzen von Eiger und Mönch in gelbes Abendlicht getaucht. Gelbe Lichtsprengsel fallen auch durch ihr Westfenster und sprenkeln die Fotos an der Wand. Sie selbst ist dort abgebildet, mit dem kleinen Remo auf dem Arm. Langsam wandern die Lichtsprengsel weiter zum Foto mit dem großen Remo, Student in Vancouver. In Kanada ist er geblieben, nur selten kommt er in die Schweiz.

Sie wohnt allein in dieser Wohnung, schon lange, nach der Trennung von Beat ist sie mit dem kleinen Sohn hierhergezogen. In der Zwischenzeit hat es Männer gegeben in ihrem Leben, aber keinen, mit dem sie hätte zusammenziehen wollen. Sie mag die Wohnung noch immer, die zentrale Lage, die Bergsicht, das Kräuseln der Wellen auf dem Kanal, das sie vom Balkon aus beobachten kann, die Züge, die im Bahnhof ein- und ausfahren, die Schiffe, die anlegen, sich mit Touristen füllen und wieder ablegen. Wenn sie hier in der Wohnung ist oder in ihrem Buchladen, ist sie zu Hause und gleichzeitig mit der weiten Welt verbunden, die Leute kommen und gehen in Interlaken, niemand fragt nach dem Woher und Wohin.

Bald ist sie selbst unterwegs, mit dem Zug will sie nach Südwestfrankreich fahren und zwei Wochen in der Wohnung ihrer Freundin Jeannette verbringen, sie freut sich auf diese und das Städtchen am Meer.

Die Linde wird sie erst wieder im Juli besuchen. Sie trägt Bilder des Baumes in sich. Die Bilder ersetzen nicht den Besuch, aber es eilt nicht. Niemand weiß von ihrer Leidenschaft für die Linde, sie muss sich niemandem erklären – für sie ist nur wichtig, dass es den Baum gibt.

Samuel, 1668

Der schwarze Tod ist mächtig auf dem Bözberg und in anderen ländlichen Gegenden. Die Städte dagegen bleiben verschont. Man sagt, beim früheren Auftreten der Pest sei es grad umgekehrt gewesen. An solchen Tatsachen hält er sich fest – an dem, was man sagt und was er gelesen hat. Er ist Schulmeister. Nur zählt sein Wissen nicht bei dem, was geschehen ist. Samuel hat die Kappe ins Gesicht gezogen, er presst das Kinn in den Mantelausschnitt und schreitet rasch aus, um gegen die äußere und innere Kälte anzukämpfen.

Gestern wurden seine Frau Anna und sein Sohn Sämi auf dem Friedhof bei der Kirche Bözberg zu Grabe getragen. Seit fast zwanzig Jahren sind die Linner nicht mehr nach Elfingen kirchgenössig, sondern nach Bözberg. Der Weg dorthin ist kürzer als jener, den er als Kind zurückgelegt hat. Schon wieder flüchtet er sich in sein Wissen, aber auch diesmal bringt es ihm nichts. Als sie hinter den Särgen hergingen, die auf Wagen mitgezogen wurden, schien der Weg zur Kirche Bözberg endlos und zog sich viel länger hin als jeder Weg, den er je gegangen ist. Der Trauerzug war klein, nur wenige Leute nahmen daran teil, weil man Angst hat, sich bei den Angehörigen der Pestopfer anzustecken.

Beim Friedhof wartete Pfarrer Konrad Stanz und sprach feierliche Worte, dann wurden der große und der kleine Sarg in die Erde gesenkt. Als der kleine Kindersarg in der Erde verschwunden ist, sind ihm Tränen übers Gesicht gelaufen. Sämi, für immer weg. Und Anna, seine Frau. Er kann nicht begreifen, dass sie fort ist und nie mehr zurückkehren wird. Dass er nie mehr sehen wird, wie sie sich am Morgen von der Bettstatt erhebt und ihr Unterkleid über den Körper streift. Wie sie Sämi auf dem Arm und Käthi an der Hand hält und zu ihm tritt. Wie sie am Herd steht und eifrig im Topf rührt, aus dem Dampfwolken aufsteigen. Dass er nie mehr erleben wird, wie sie sich am Abend neben ihm auf der Bettstatt ausstreckt und nach seiner Hand sucht. Und auch nicht, wie sie ihm den Rücken zudreht, weil er sie oder ihre Anliegen nicht beachtet hat oder ihr das harte Tagwerk in Haus und Garten und mit den Kindern über den Kopf gewachsen ist.

Noch kann er es nicht fassen. Wird er es je können? Er ballt die Fäuste in den Manteltaschen, macht noch schnellere Schritte. Versucht er, dem Schicksal davonzulaufen? Wenn das nur möglich wäre: das Rad der Zeit zurückdrehen und das Unglück ungeschehen machen.

Dieses Elend. Zuschauen müssen, wie Annas schmale Gestalt von wuchernden, blauschwarzen Beulen überzogen wurde, ihre Augen schreckgeweitet, ihr Geist im Fieberwahn. Innert zwei Tagen holte sie der Tod und blieb gleich im Haus, um auch den zweijährigen Sämi, dessen kleiner Körper ebenfalls von blauen Flecken und Beulen verunstaltet war, mitzunehmen. Nur die fünfjährige Käthi blieb verschont, sie mustert ihn jetzt mit großen Augen und fragt, wo Mutter und Bruder sind. Vorhin hat er das Mädchen bei seiner Schwester Hanni abgegeben. Hanni hat Heinrich, den Bauern mit dem größten Hof im Dorf, geheiratet. Sechs Ochsen besitzt er und den größten Anteil Land in Linn. Was nützt ihm das, falls auch seine Familie von der Pest heimgesucht wird? Bis jetzt ist der große Hof verschont geblieben. Hanni hat Käthi in die Arme geschlossen und vorübergehend bei sich aufgenommen. Der Schwager beäugte ihn misstrauisch, bat Hanni, die Kleine auf Beulen abzusuchen. Er selbst und Käthi sind aber nicht krank. Es ist verrückt: die eine Hälfte der Familie so schnell dahingerafft, die andere ganz gesund. In seinem Fall scheint ihm das unanständig. Er, der Mann und Familienvorstand, hat Anna und Sämi nicht vor diesem schrecklichen Tod bewahren können.

Unwillkürlich hat er innegehalten, die Kälte und seine Gedanken lähmen ihn. Nun schreitet er wieder aus, an den Häusern mit Schneekappen vorbei, um die Wegbiegung herum. Im letzten Licht des Tages zeichnet sich die Linde ab, ihr schwarzes Geäst reckt sie in den Abendhimmel.

Als er den Baum erreicht, fühlt er sich leichter. Hier gibt es keine misstrauischen Blicke, keine von Trauer gebeugten Gestalten. Da sind nur der Baum und die weite Landschaft um ihn herum. Er nimmt den schwarzen Turm der Habsburg wahr und einige Hügelkuppen und Berge, die er nicht benennen kann, obwohl er schon seit vier Jahren als Dorfschulmeister amtet und sie kennen müsste. Vielleicht ist es ganz gut so. Das stete Benennen ist eine Krankheit. Er hat gemeint, das Leben im Griff zu haben mit seinem Streben nach Wissen. Nun ist es ihm entglitten – gar nichts hat er im Griff. Er dreht sich vom Lindenacker zum Linnerberg, an dessen Flanke sich das Dorf schmiegt, lässt den Blick in die Ferne schweifen, dorthin, wo weit hinter dem Bözberg fremde Landen liegen, dreht sich weiter, ahnt die Aare unten im Tal.

Sein Blick kommt zurück zur Linde. Er, der kleine Mensch, steht vor dem großen Baum. Was sucht er hier? Wenn er das wüsste … Ohne zu überlegen, geht er zum Baum und breitet seine Arme aus. Es ist unmöglich, den dicken Stamm zu umfassen, aber er drückt sich an ihn und schluchzt plötzlich wie ein Kind. Als die Schluchzer nachlassen, wischt er sich die Tränen aus dem Gesicht und schaut sich um. Da ist niemand, zum Glück.

Samuel lehnt sich mit dem Rücken an den Stamm, zum Sitzen ist es zu kalt. Wie ist es nur gekommen, dass sich das Elend im Dorf breitgemacht hat? Vor nicht allzu langer Zeit war es hier wie überall, Kinder wurden geboren, alte Leute starben. Man verrichtete sein Tagwerk, die Sonne ging auf und unter, die Jahreszeiten wechselten sich ab. Auf einmal reckte der schwarze Tod seinen Kopf hoch. Unsicherheit und Misstrauen breiteten sich aus, es gab einzelne Opfer. Dann nahm die Zahl der Erkrankten und Toten gewaltig zu, Angst und Schrecken waren allgegenwärtig. Hatte nicht auch er gedacht, der Seuche ausweichen zu können, nur die anderen würde es treffen? Was für ein Irrtum.

Er dreht sich um, mustert den schwarzen Baum vor dem eindunkelnden Winterhimmel. Vielleicht trägt die Linde Mitschuld? Im Spätsommer musizierten fremde Musikanten unter dem Baum, es wurde getanzt, obwohl die Gnädigen Herren von Bern, die hier seit über zweihundert Jahren herrschen, das Tanzen untersagen. Die Musikanten waren an einem Tag da, am anderen fort. Ganz sicher besitzen sie keinen Passeport mit Angabe des Reisezwecks, wie ihn die Obrigkeit fordert, wenn man auf bernischen Straßen durch die Lande zieht. Es gab weitere Fremde und gewöhnliche Landstreicher, die unter der Linde Halt machten. Der Baum zieht die Leute an, man verweilt hier, staunt über den kräftigen Stamm, die mächtige Krone, setzt sich in seinen Schatten, sucht Schutz unter seinem Blätterdach. Wege aus allen Himmelsrichtungen kreuzen sich bei der Linde. Die Leute vergessen die Zeit unter dem Baum, entfernen sich nur ungern von ihm.

Niemand weiß, wie alt der Baum ist. In den Geschichten der Alten, die sie erzählen, wenn man im Winter ums Feuer in der Küche sitzt, war er schon immer da, und als die Alten jung waren, sagen sie, habe man ihnen auch schon von der Linde in früheren Zeiten erzählt. Niemand kann sich das Dorf vorstellen ohne die Linde. Manchmal vergisst man den Baum, geht an vielen Tagen an ihm vorbei, ohne ihn wahrzunehmen. Dann wieder braucht man ihn, sucht ihn auf. Es ist gut zu wissen, dass er da ist.

Die Linde und die Pest. Es gab eine Schrift, und dort hat er gelesen, dass es Pestlinden gibt – Linden, in welche die Pest gebannt wird, damit die Krankheit nicht mehr ausbricht. Könnte die Linde Linn zur Pestlinde werden, die weiteres Elend fernhält? Oder wird sie im Gegenteil immer wieder die Pest nach Linn bringen, weil sie die Menschen anzieht und um sich schart?

Diesen Herbst griff die Pest immer weiter um sich. Noch nie war es so schlimm wie jetzt, im frühen Advent: Hier erkrankt einer, dort wird ein Sarg weggetragen. Am Sonntag trifft man sich wie üblich zur Predigt in der Kirche Bözberg, aber die Kirchgänger werden immer weniger. Im Unterricht fehlen Kinder, sie kommen nicht zurück.

Mit ihren schwarzen Händen hat die Pest auch nach seiner Familie gegriffen. Fremde sind kaum mehr unterwegs zu dieser Jahreszeit. Wer kann es denn sonst sein, der die Seuche ins Dorf gebracht hat? Der Störmetzger fällt ihm ein. Er ist in den letzten Wochen von Hof zu Hof gezogen, um Schweine zu schlachten. Bei ihnen auf dem Hof hat er zwei Schweine abgestochen und das Fleisch aufbereitet. Anna hat es ihm abgenommen und Schinken und Würste in den Kamin gehängt, wo der Rauch abzieht, damit er nicht das Haus füllt und die Augen zum Tränen bringt, wie das in früheren Zeiten der Fall war. Vor einer Woche hat der Metzger Linn verlassen, er geht seiner Tätigkeit jetzt in anderen Dörfern nach. Oder liegt er darnieder und ist vielleicht schon tot, nachdem er die Leute hier angesteckt und den schwarzen Tod verbreitet hat?

Samuel weiß, dass er das Rätsel um die Pest, das Wie, Wer und Warum, nicht lösen kann. Die Linde wird ihm dabei nicht helfen. Er lehnt sich noch einmal an ihren Stamm. Die Kälte kriecht in ihm hoch, durchdringt seinen Körper, er schlottert und dreht sich zum Baum. «Du hast für mich keinen Trost bereit, Linde, ich verstehe. Du bist so kalt wie ich, unwirtlich, ein Winterbaum. Bald verschwindest du ganz im Dunkel der Nacht. Ich habe dich vergebens aufgesucht.» Er schüttelt den Kopf über seine Dummheit. Wie kann man nur Trost von einem Baum erwarten?

Er zieht den Mantel enger um sich, macht die paar Schritte durch den Schnee zum Weg, geht mit gesenktem Kopf ins Dorf zurück. In der Wegbiegung schaut er noch einmal zurück zum Baum, der ihn abgewiesen hat. Er ist kaum noch sichtbar. Beim Stamm aber, wo er sich eben noch aufgehalten hat, glaubt er, eine Gestalt wahrzunehmen. Sie ist weiß, bewegt sich. Der Schreck fährt ihm in die Glieder. Ist das die weiße Frau aus den Geschichten der Alten? Nach der Reformation führten die Berner den neuen Glauben ein. Seit dann, sagen die Alten, erscheine die weiße Frau, sie sei dem alten, katholischen Glauben verpflichtet und könne nicht verstehen, dass die Berner die Kapelle im Dorf eingerissen und alle Wegkreuze entfernt hätten. Andere sagen, die weiße Frau gehöre zur Linde, sei ein Teil von ihr, erscheine in besonderen Zeiten.

Samuel starrt auf die weiße Gestalt. Vor seinen Augen löst sie sich auf. Hat er sie tatsächlich gesehen, oder hat sich das nur in seinem wirren, müden Kopf abgespielt? Die Linde hat sich ihm verweigert. Ein Traumbild der weißen Frau ist ihm erschienen. Er dreht sich zum Dorf, geht an den Häusern vorbei, in denen Lichter flackern.

Die Linde und ihre Kraft. Die weiße Frau. Alles Unsinn. Es zählen nur Tatsachen und das, was man mit Händen greifen kann.

Die beiden ungleichen Brüder sitzen sich beim Haferbrei gegenüber. Klaus ist erst siebzehn, hell- und nicht dunkelhaarig, hitzig und nicht besonnen wie Samuel.

Bei der Ernte im Frühherbst wies Samuel den Bruder zurecht. Klaus hatte heimlich vom Korn und Heu zur Seite geschafft. Er findet es ungerecht, dass der Zehnt des Ertrags von den Feldern den Herren aus Bern zusteht.

«Sei froh, dass wir nicht mehr Leibeigene des Klosters Königsfelden sind», erklärte er dem Bruder. «Seit der Reformation, als die Berner das Kloster aufhoben, schulden wir den Zehnten der Berner Obrigkeit.»

Klaus hatte um sich geblickt, um sicherzugehen, dass sie keine Zuhörer hatten. «Ist es so viel besser, Untertanen von Bern zu sein als Leibeigene?»

«Das Land gehört den Herren, nicht uns. Wenn wir uns an ihre Vorgaben halten, lassen sie uns in Ruhe. Sie schicken ihre Schätzer vor der Ernte über die Felder. Ein Betrug lohnt sich nicht, er wird bestraft.»

Klaus murrte, hörte aber auf den Rat des älteren Bruders und legte die zur Seite geschafften Garben wieder zurück zu den anderen. Die beiden Brüder ergänzen sich gut.

An diesem Morgen tauschen sie sich wie fast immer über die täglichen Arbeiten aus. Samuel hat frühmorgens die beiden Kühe gemolken, Klaus wird am Abend melken. Über Samuels Verluste sprechen sie nicht, das wäre zu schmerzhaft. Klaus löffelt den Brei in sich hinein und beschwert sich nicht, obwohl Annas Brei besser geschmeckt hat und nie angebrannt war. Der Siebzehnjährige ist noch nicht ganz wach, fährt sich immer wieder mit den Fingern durchs Haar, das nach allen Seiten absteht.

«Fängst du heute wieder mit der Schule an?», fragt er, als er den Löffel niederlegt.

Samuel nickt. «Ich bin bereit. Es tut mir und den Kindern gut, wenn der Unterricht wieder stattfindet. Das Leben soll weitergehen. Irgendwann hört das Sterben auf.»

«Ich bin überzeugt, dass es vorbei ist. Ich kümmere mich nicht um die Seuche, also macht sie einen Bogen um mich.» Klaus erhebt sich. «Ich helfe dir mit den Bänken.»

Gemeinsam holen sie die Bänke hinter dem Haus, stellen sie in der Stube auf, die an die Küche grenzt und zugleich als Schulstube dient.

Klaus schöpft etwas Wasser aus dem Kessel, wirft es sich ins Gesicht, prustet. «Ich gehe mit den andern ins Holz», erklärt er, schlüpft in die Joppe, zieht die Kappe über und ist schon draußen.

Samuel folgt mit den Augen dem jüngeren Bruder, der mit federndem Schritt seines Weges geht. Noch zollt Klaus dem älteren Bruder Respekt. Später einmal wird sich ihr Verhältnis umkehren. Ein Gesetz der bernischen Herren besagt, dass der jüngste Sohn den Hof erbt. Ältere Brüder, die auf dem Hof bleiben, werden zu Knechten des jüngeren. Vorderhand kann Samuel mit seiner Familie hier wohnen, und er darf die gemeinsame Stube für den Unterricht nutzen. Wenn Klaus einen eigenen Hausstand gründet, wird sich Samuel nach etwas anderem umsehen. Linn stellt keinen Raum für die Schule zur Verfügung. Es ist üblich, dass der Schulmeister in seiner eigenen Stube unterrichtet. So war es auch bei Samuels Vorgänger, dem ersten Schulmeister in Linn.

Es bringt nichts, sich jetzt darüber Gedanken zu machen. Er hat andere Sorgen, fühlt sich noch immer wie gelähmt. Wenn er an Anna und Sämi denkt, fällt ihm das Buch mit den Psalmen aus der Hand, in dem er geblättert oder der Löffel, mit dem er gegessen hat. Dieses Leid. Wie kann Gott das zulassen? Er hat bis jetzt nie aufbegehrt, ist unbeirrt seinen Weg gegangen, der ihn am Sonntag in die Kirche führt. Er hat viel auf das Wort des Pfarrers gegeben, hat nie am Glauben und an den Zehn Geboten gezweifelt.

Jetzt rauft er sich heimlich die Haare, wirft sich in der Nacht auf seinem Lager hin und her. Er kann nicht glauben, dass Gott, der allmächtige Herr, solches Elend zulässt. Eine Seuche dieser Art, die die Unschuldigsten trifft. Seine Frau hat sie getroffen und den kleinen Sohn. Den Überlebenden ist der Boden unter den Füßen weggezogen worden – der schwarze Tod lässt sie mit vielen Fragen in großer Not zurück.

Heute könnte er nicht einfach den verbleibenden Schülern das Einmaleins erklären, mit ihnen buchstabieren, immer und immer wieder, und ihrem Stottern und Stolpern beim Vorlesen zuhören. Er ist froh, dass Pfarrer Stanz von Bözberg sich für diesen Morgen angekündigt hat, um die Kinder im Heidelberger Katechismus zu unterrichten. Erstaunlich, dass der Pfarrer nicht schon da ist, er kommt immer frühzeitig, und Samuel hätte gern mit ihm gesprochen, ihm noch einmal gedankt für den Trauergottesdienst für Anna und Sämi. Und er hätte ihn gern auf seine eigene Not angesprochen, wenn auch verklausuliert. Niemand darf sich ungläubig zeigen oder offen Zweifel äußern – das könnte der Obrigkeit angezeigt und bestraft werden. Das weiß der Schulmeister, der vom Pfarrer beaufsichtigt wird, nur allzu genau.

Ein zaghaftes Klopfen ist zu hören. Das ist nicht der Pfarrer. Er öffnet, und vor der Tür stehen Lisi und Walter, die ersten Schüler an diesem Morgen, ein Geschwisterpaar. « Es tut mir leid wegen Eurer Frau und dem kleinen Sämi », flüstert das Mädchen. Er nickt, und schon strömen die anderen Kinder herein, drücken sich in die Bänke. Hinter dem letzten Kind schließt er die Tür, es ist der große Hans, der nicht viel besser buchstabiert als die kleine Lisi. In seiner Schulstube unterrichtet er Schüler aller Klassen gemeinsam – zweiundzwanzig Kinder waren es bei Schulabschluss im Frühling. Seit er die Schule an Martini, dem Martinstag, wieder aufgenommen hat, sind es noch siebzehn. Jetzt zählt er fünfzehn Köpfe. Martin und Gritli fehlen. Er fragt nach ihnen, obwohl er die Antwort ahnt. Aber nicht darüber sprechen geht auch nicht.

«Gritli und Martin sind gestern gestorben», erklärt Walter. «In ihrem Haus sind alle krank, Mutter und Vater sterben wohl auch.»

Wieso hat man ihm nichts gesagt? Die zwei Kinder waren seine Schüler. Die Leute bleiben zu Hause, sie besuchen einander nicht, stehen sich nicht bei wie bei anderen Krankheiten und Schicksalsschlägen.

«Das ist traurig, wir werden die beiden vermissen. Wir warten auf Pfarrer Stanz, der euch heute unterrichten wird, sicher wird er bald da sein», sagt er beruhigend.

Noch einmal meldet sich Walter, er springt auf: «Der Pfarrer kommt nicht, auch er ist tot. Mein Vater fährt die Toten zum Friedhof, gestern Abend wurde er zum Pfarrhaus in Bözberg gerufen. Ein Pfarrer aus Brugg ist gekommen, sie haben unseren Pfarrer im Sarg aus dem Pfarrhaus getragen und gleich beerdigt.» Ein Raunen geht durch die Reihen der Schulkinder. Walter setzt sich wieder, schlägt die Augen nieder.

Samuel ist wie vom Donner gerührt. Pfarrer Stanz hat seine Frau und seinen Sohn beerdigt, er war wie eine letzte Verbindung zu ihnen. Nun kann er nicht mehr mit ihm sprechen – der Pfarrer liegt selbst unter der Erde. Immer schneller beerdigt man die Pesttoten, weil die Angst vor der Ansteckung groß ist. Er ist auf sich allein zurückgeworfen. Die Kinder blicken ihn erwartungsvoll an, er muss den Unterricht selbst bestreiten.

«Das ist eine weitere traurige Nachricht», hält er fest, seine Stimme bricht. Er räuspert sich, sucht in den schriftlichen Unterlagen, die vor ihm liegen, stößt auf eine Schrift von Luther. «Wir beschäftigen uns heute mit Luthers *Kleinem Ka-*

techismus, drittes Hauptstück, unserem wichtigsten Gebet. Wie heißt es?»

Lisi meldet sich. «Meint Ihr das Vaterunser?»

«Genau.» Er streckt Lisi Schiefertafel und Kreide hin. «Schreib das auf.»

Mit der Zunge zwischen den Zähnen und großem Eifer kritzelt sie den Titel «Das Vaterunser» auf die Tafel.

Er zeigt die Tafel mit den Großbuchstaben herum, hält sie auch sich selbst vor Augen, an diesem Titel kann er sich festhalten. «Wie fängt das Vaterunser an?»

«Unser Vater im Himmel», ruft Kobi.

«Wer ist damit gemeint?»

«Der liebe Gott, er sitzt im Himmel und schaut auf uns herunter.» Einige lachen, schnell ist es wieder still.

«Weißt du auch, wie das Gebet weitergeht, Kobi?»

«Geheiligt werde dein Name.»

«Was bedeutet das?»

«Der liebe Gott soll uns heilig sein, wir sollen ihn ehren und niemals seinen Namen in den Mund nehmen, wenn wir fluchen.» Wieder zucken einige Mundwinkel.

«Welches ist die zweite Bitte im Gebet?»

«Dein Reich komme», sagt Lisi. «Wir hoffen, dass alle ins Reich Gottes kommen, auch jene, die an der Pest gestorben sind. Gritli und Martin und der Herr Pfarrer. Und Eure Frau und der Kleine.»

Samuel atmet tief ein und aus, bevor er antworten kann. «Ja, lasst uns hoffen. Niemals sollten wir in Frage stellen, dass Gott alles besser weiß. Wir können uns ihm anvertrauen.» Die Kinder nicken. Er studiert seiner Antwort nach, während sie die weiteren Teile des Vaterunser durchgehen.

«‹Und führe uns nicht in Versuchung›, lautet die sechste Bitte. Wer hat eine Erklärung für diese Bitte?»

«Wir dürfen uns nicht dem Teufel hingeben», meint Walter streng.

Das Wort *Teufel* hat Schrecken auf die Gesichter der Kinder gezeichnet. «Sondern erlöse uns von dem Bösen», mildert Samuel Walters Aussage. «Gott ist stärker als die Versuchung und das Böse, wenn wir nur an ihn glauben.» Tue ich das?, denkt er bei sich. Habe ich nicht gezweifelt an der Güte Gottes und gegen ihn aufbegehrt? Schnell fügt er an: «‹Denn dein ist das Reich und die Kraft und die Herrlichkeit in Ewigkeit. Amen.› So lautet der Schluss des Gebets. Gott wird uns erhören, wenn wir uns ihm anvertrauen.» Die Kinder nicken ehrfürchtig.

Danach lässt Samuel die jüngeren Kinder buchstabieren, die älteren fordert er auf, einzelne Bitten des Gebets aufzuschreiben. Zum Schluss des Vormittags heißt er die Kinder aufstehen, sie falten die Hände und sprechen das Gebet gemeinsam. Er schaut den Kindern nach, als sie seine Stube verlassen. Sie schwatzen, einige laufen um die Wette, die Seuche scheint plötzlich weit weg.

Er lehnt sich an den Türrahmen. Die Rolle des Schulmeisters tut ihm gut. Die Arbeit mit den Kindern hat den neuerlichen Schreckensnachrichten die Spitze gebrochen. Der Pfarrer ist tot. Zwei weitere Kinder sind gestorben. Durch das Vaterunser hat er sich mit seinem eigenen Unglauben auseinandersetzen können. Unglauben an die Güte Gottes. Fehlendes Vertrauen. Aufbegehren. Es ist nicht alles weg, nicht alles erklärt.

Samuel nimmt seine Joppe und die Axt. Er wird sich Klaus und den anderen Männern im Wald anschließen, wird Holz schlagen, schwere körperliche Arbeit verrichten und alles um sich herum vergessen.

Klaus hat sich bereits am frühen Abend zur Ruhe gelegt. Samuel schaut noch immer ins knisternde Feuer. Auch er spürt Müdigkeit in seinen Gliedern, die ihn träge macht. Wenn er aber nur sitzt und in die Glut starrt, fangen seine Arme und Beine an zu kribbeln, wie wenn Ameisen in ihnen laufen würden, und in seinem Kopf beginnt sich alles zu drehen. Er schaut zu den kleinen Fenstern mit den Butzenscheiben, die sein Bruder und er vor dem Winteranfang einsetzen ließen. Es ist noch etwas Helligkeit übrig von diesem kurzen Tag, an dem die Sonne sich nie gezeigt hat. Er springt auf, zieht die Glut auseinander, schlüpft in den Mantel und schließt die Tür hinter sich.

Rasch schreitet er an den Häusern vorbei zum Ausgang des Dorfes. Es ist ihm nicht klar, wieso er wieder dorthin will. Der Baum zieht ihn an, er kann nicht widerstehen. Dabei hat der Baum ihn das letzte Mal zurückgewiesen, oder nicht?

Hinter der Wegbiegung sieht er ihn endlich, schwarz in der Winterdämmerung. Da ist nicht nur der dunkle Stamm – wieder glaubt er, dort etwas Helles wahrzunehmen. Eine Figur, die sich unter dem Baum bewegt. Die weiße Frau! Lässt er sich von Neuem von diesem Trugbild narren? Er schließt die Augen, öffnet sie. Da ist keine weiße Gestalt – nur der schwarze Baumstamm. Wie dumm er doch ist.

Vorsichtig nähert er sich dem Baum, die Angst steckt ihm noch in den Knochen. Welche Bedeutung hat diese Frau? Zeigt sie sich nur ihm? Was will sie von ihm? Besteht ein Zusammenhang mit der Pest, will sie ihm einen weiteren Tod anzeigen? Nein. Die Frau ist weiß, die Farbe der Seuche schwarz. Man sagt, dass eine Linde die Pest bannen kann. Die große Linde von Linn kann das ganz sicher. Man müsste nur wissen, wie man vorgeht.

Er gleitet mit den Fingern über den Stamm, ergründet die Schrunden, schürft sich die Finger auf. Auf einmal kann er nicht mehr innehalten: Er zieht die Hände über die harten Schrunden und Furchen, immer und immer wieder, obwohl die Finger und Handflächen schmerzen und aus Schürfwunden Blut austritt. Er muss es tun, kann nicht anders. Bis er plötzlich zur Besinnung kommt, die geschundenen Hände hinter dem Körper versteckt.

Warum hat er das getan? Der Baum erscheint ihm nicht feindlich heute. Er beugt sich zum Stamm. In der Rinde ist ein kleines Loch, in das sein Daumen hineinpasst. Ist hier ein Zugang zum Baum?

Was erwartet er von der Linde? Soll sie ihm über seine Zweifel hinweghelfen? Anders als der Glaube ist der Baum greifbar, eine Tatsache, er steht hier schon seit alten Zeiten. In der Dämmerung aber, in der Nacht, gehört der Baum sich selbst. Er strahlt Kraft aus. Samuel legt die Arme um den Stamm. Er muss sich nicht mehr am Baum abarbeiten, will seine Kraft spüren, sie soll in ihn fließen. Es tut gut, sich an ihn zu lehnen. Man kann den Baum mit Händen greifen. Die göttliche Kraft dagegen ist weit weg. Es braucht viel Anstrengung, sich ihr zu nähern. Man kann sich verbrennen an ihr. Schnell schaut er sich um – da ist niemand. Niemand kann seine sündigen Gedanken lesen.

Beim Baum dagegen kommen ihm keine Zweifel auf. Er legt die Stirn an den Stamm, spürt, wie sich Ruhe in ihm ausbreitet. Niemand kann ihm diese nehmen, wenn er mit dem Baum verbunden ist. Lange verharrt er so. Wie gut es tut, von den quälenden Gedanken Abstand zu nehmen, die sich in seinem Kopf drehen und drehen. Einfach nur da sein. Ein Mann, der seine Stirn an den Baum lehnt. Nichts mehr.

Die Ruhe, die sich in ihm ausgebreitet hat, fällt in sich zusammen, als er plötzlich die Empfindung hat, nicht mehr allein zu sein. Da ist jemand. Seine Nackenhaare sträuben sich. Einen Moment ist er unfähig, sich zu rühren. Die weiße Frau.

Sie ertappt ihn bei ihrem Baum. Was macht sie mit ihm? Wird sie ihn mitnehmen in ihr weißes Reich? Ein Schrei löst sich aus seiner Kehle, mit einem Sprung dreht er sich um, schiebt die Hände zu Fäusten geballt vor. Wer und was immer diese weiße Frau ist – er wird sich ihr nicht kampflos ergeben.

Sein Schrei erfährt ein unerwartetes Echo durch einen anderen Schrei. Er nimmt eine Gestalt wahr.

«Wer bist du? Was willst du von mir? Komm mir nicht zu nah!», ruft er. Vielleicht kann er die Gestalt mit seiner Rede bannen – sie wird verschwinden, wie sie immer verschwunden ist. Er schließt die Augen, öffnet sie. Die Gestalt ist noch da, hat sich nicht vom Fleck gerührt. Sie ist dunkel. Es ist nicht die weiße Frau. Sein Schreck wird noch größer: Der Teufel ist schwarz! Der Tod ebenfalls. «Gib dich zu erkennen, damit ich es mit dir aufnehmen kann!», schreit er.

Da, ein Schluchzer. «Ich habe nichts Böses vor», sagt eine weibliche Stimme. «Ich wollte nur zur Linde, habe zu dieser Zeit nie jemanden angetroffen.» Die Gestalt weicht zurück. «Ich gehe jetzt, lass mich ziehen.»

«Warte.» Alle Angst ist auf einmal von ihm gewichen. Er kennt diese Stimme, kann sie nur noch nicht zuordnen. Es ist keine Stimme aus dem Jenseits, keine teuflische Stimme und auch nicht die Stimme der weißen Frau, falls diese überhaupt eine Stimme hat. Er tritt aus dem Schatten des Stamms, sie dreht ihm das Gesicht zu.

«Barbara. Es tut mir so leid. Auch ich war zu dieser späten Stunde hier immer allein.»

«Samuel Kohler, der Schulmeister?», fragt sie ungläubig.

«Ja. Ich habe deine Stimme erkannt. Du bist die Barbara Erismann aus Gallenkirch, die mit mir auf der Schulbank saß vor vielen Jahren.»

Der Schreck sitzt ihr noch in den Gliedern, sie ist unfähig zu antworten. Dann erinnert sie sich an die Todesfälle in seiner Familie, sagt schnell: «Mein herzliches Beileid zum Hinschied von Anna und Sämi. Ich werde Anna vermissen. Oft haben wir zusammen mit den anderen Frauen den Weg zur Kirche gemeinsam zurückgelegt, nicht selten haben wir auf unserer Kirchenseite nebeneinandergesessen.»

Samuel weiß das, weil er von der rechten Seite des Kirchenschiffs, wo die Männer sitzen, öfter die Reihen der Frauen auf der linken Seite abgesucht hat, bis er Anna gefunden hat und mit ihr einen kurzen Blick tauschen konnte, auch wenn sie sich nicht nah waren.

«Auch deine Verluste sind groß.» Barbaras Mann und ihre Tochter sind bereits im Frühherbst verstorben.

Barbara reibt sich die kalten Hände. «Seit der Tod in meinem Haus war, suche ich alle paar Tage die Linde auf, wenn meine beiden Buben tief im Schlaf liegen.» Sie blickt ihn an. «Dir sage ich es, weil ich dich hier angetroffen habe: Die Linde spendet mir Trost. Und dieser Trost ist manchmal größer als jener, den ich in der Kirche finde.»

Die beiden haben sich einander nicht genähert. Trotzdem fühlt er sich ihr nah nach dieser Aussage. «Mir geht es ähnlich, Barbara. Bei der Linde finde ich Schutz. Natürlich nehmen die Leute im Dorf Anteil. Da ist aber auch so viel Angst und Abscheu uns gegenüber, die wir die Seuche im Haus hatten.»

«Ich weiß», antwortet sie. «Meine Buben sind noch klein, sie lassen es zu, dass ich sie in die Arme schließe. Alle andern weichen mir aus, grüßen aus der Ferne oder wenden sich ab. Nur jene, die auch Verluste erlitten haben, werfen mir schüchterne Blicke zu. Aber auch mit ihnen gibt es keine Nähe. Dem Baum dagegen kann ich mich anvertrauen – er nimmt mich ganz bei sich auf.»

«Es tut mir leid, dass ich dich heute beim Baum gestört und dich erschreckt habe.» Er macht ein paar Schritte auf sie zu, streckt ihr die Hand entgegen: «Ich gehe jetzt.»

Barbara ergreift seine Hand, stutzt, dreht sic um, sieht die Verletzungen an der Handinnenfläche. «Du hast dir die Haut aufgeschürft, Blut ist ausgetreten.» Sie mustert ihn. «Sind die Schürfungen von der Baumrinde?»

Er schämt sich, nickt.

«Auch ich habe mir in den vergangenen Wochen einmal die Hände am Baum aufgeschürft, weil ich mich nicht mehr spürte.» Sie greift in die Rocktasche, zieht ein leichtes Tuch hervor. «Deine linke Hand ist wohl auch verletzt?» Sie reißt das Tuch in zwei Hälften und wickelt den Stoff wie einen Verband um die rechte, dann die linke Hand.

«Danke, Barbara, auch dafür, dass du so offen sprichst. Darum wage ich es, dir eine Frage zu stellen. Ist dir die weiße Frau auch begegnet? Ich habe sie zweimal aus der Ferne bei der Linde erblickt. Darum hast du mir einen solchen Schrecken eingejagt: Ich meinte, du seist die weiße Frau.»

Barbara kann nicht anders, sie lächelt. «Ich habe von der weißen Frau gehört, und ja, auch ich glaube, sie bei der Linde gesehen zu haben. Aber weißt du was? Sie muss uns keinen Schrecken einjagen. Die weiße Frau ist gut, sie bringt uns Heil, daran glaube ich.»

Er staunt. «Du meinst, dass die weiße Frau uns gut gesinnt ist? Darüber muss ich erst nachdenken.»

«Tu das, auf Wiedersehen, Samuel.»

Barbara dreht sich zur Linde, er schlägt den Weg nach Linn ein.

Als die Schulkinder am folgenden Montag auf den Bänken Platz genommen haben, zählt er vierzehn Köpfe. Rasch geht er die Reihen durch. Der Platz neben Lisi ist leer – es fehlt ihr Bruder Walter. Als er nachfragt, steht sie auf und sagt in die Stille hinein: «Am Samstag sind Walter plötzlich Beulen gewachsen, Vater hat ihn in die kleine Kammer getragen. Dort hat er in der Nacht im Fieber laut gesprochen und gestöhnt, ich habe es durch die dünne Holzwand hindurch gut gehört. Am Sonntagmorgen hat er nicht mehr geredet, Mutter hat bei ihm gesessen. Am Mittag ist er gestorben. Mutter hat schrecklich geweint. Ich durfte ihn nur kurz sehen, er war ganz mit schwarzblauen Beulen überzogen, ich habe ihn fast nicht mehr erkannt. Vater bringt ja die Toten auf den Friedhof. Er hat Walter in einen Kindersarg gelegt und gesagt, dass er nie gedacht habe, einmal seinen eigenen Sohn bestatten zu müssen. Weil unser Pfarrer auch tot ist, hat man einen Pfarrer von Brugg geholt und meinen Bruder noch gestern Abend beerdigt. Ich bin sehr traurig, aber die Eltern haben mich in die Schule geschickt, damit ich nicht zu Hause rumsitze.»

Die Münder der Schulkameraden stehen offen. Walter war der Anführer der kleineren Schulkinder, er hatte immer das letzte Wort. Ein paar Kinder rücken von Lisi ab.

«Ihr müsst keine Angst haben», meint sie. «Mutter hat unser Haus gestern Abend mit Wacholder ausgeräuchert. Das hat die böse Krankheit vertrieben. Ich habe keine Beulen und werde euch nicht anstecken.»

Samuel verspürt endlich Kraft, etwas zu sagen und zu tun. «Erhebt euch, Kinder.» Die Bänke knarren, als die Kinder aufstehen. «Vor einer Woche hat es Gritli und Martin getroffen, jetzt Walter. Der Bözberg und viele andere Gegenden unter der Herrschaft von Bern und der Eidgenossenschaft sind von dieser schlimmen Seuche betroffen. Sie wird vorbeigehen, aber es ist Gottes Ratschluss, wann das geschieht.» Er räuspert sich. «Die Seuche ist auf keinen Fall eine Strafe Gottes für jene, die sündig gelebt haben, wie es einige Leute hier und anderswo erzählen. Gott entscheidet über unsere Leben und darüber, wer krank wird und stirbt. Er tut das nach Ratschlüssen, die nur er kennt und wir nicht verstehen können. Wir dürfen sicher sein, dass alle, die jetzt sterben, zum lieben Gott in den Himmel kommen, auch Gritli, Martin und Walter. Lisi ist traurig, dass ihr Bruder nicht mehr da ist. Macht sie nicht noch trauriger, indem ihr sie allein lasst und von ihr abrückt.» Ist da ein Murren unter den Kindern, oder ist es nur Raunen? Auf jeden Fall rutschen einige wieder näher zu Lisi.

«Wir haben uns letzte Woche mit dem Vaterunser beschäftigt. Erhebt euch. Wir beten es gemeinsam.»

Während des Betens überlegt er, wie er die Schulstunden an diesem Tag gestalten soll. Er kann nicht einfach zum normalen Schulstoff übergehen. Glaubensfragen treiben ihn um, denen er nachgehen will. Es tut gut, es mit den Kindern zu tun, dann bleibt er selbst am Boden. Er wird noch einmal Luthers *Kleinen Katechismus* behandeln, diesmal das erste Hauptstück, die Zehn Gebote.

Die Kinder haben das Gebet aufmerksam mitgesprochen. Als sie sich setzen, scheint die Stimmung gelöster.

«Heute werden wir die Zehn Gebote behandeln», hält er fest. Vielleicht seid ihr sie schon mit Pfarrer Stanz durchgegangen. Wer kann mir eines der Gebote nennen?»

«Du sollst nicht stehlen.» Erstaunlicherweise ist es Lisi, die gesprochen hat.

«Das ist das siebte Gebot. Was ist damit gemeint? Ich bin mir fast sicher, dass ihr es alle versteht.»

«Ich darf nicht das Schaf der Nachbarn nehmen, auch wenn es größer und fetter ist als unseres», stellt Hans fest.

«Und ich darf das zur Schlaufe gebundene Bändchen nicht an mich nehmen, das Lisis Zöpfe gebunden hat und vorhin zu Boden gefallen ist, obwohl mir dieses blaue Bändchen besser gefällt als mein grünes», sagt Mädi. Sie überreicht Lisi das blaue Bändchen, diese bedankt sich.

«Das sind gute Beispiele», meint Samuel. Sie buchstabieren das siebte Gebot, die älteren Kinder schreiben es nieder. Vier weitere Gebote gehen sie durch, sprechen über die Bedeutung der Gebote, lernen sie auswendig und schreiben sie nieder, wobei die jüngeren Schüler den älteren über die Schulter gucken. Dann fühlt sich Samuel erschöpft, in den Gesichtern der Kinder spiegelt sich ebenfalls Müdigkeit. Die restlichen fünf Gebote werden auf den nächsten Unterrichtsmorgen verschoben.

Er lässt die Schulstunde mit einem Adventslied ausklingen, das sie gemeinsam singen. Das Lied erzählt vom Jesuskind, das bald in der Krippe liegen wird. Samuel schämt sich, dass er statt des Jesuskinds seinen kleinen Sämi vor sich sieht, der vor nicht allzu langer Zeit in der Wiege gelegen hat. Tränen laufen ihm über die Wangen. Rasch geht er zur Tür, damit die Kinder seine Schwäche nicht sehen, und wischt sich die Tränen ab. Er öffnet die Tür und hat eine ganz andere Welt vor sich als jene am Morgen, als die Kinder in die Stube traten: Dicke Flocken fallen, man sieht kaum die Hand vor den Augen. Fröhlich strömen die Kinder ins Schneetreiben hinaus, einige halten ihr Gesicht den Flocken entgegen, andere formen kleine Schneebälle.

Samuel spürt die Kälte der Schneeflocken auf der Haut, streckt ihnen seine Handinnenflächen entgegen. Als er sie anschaut, erschrickt er: Unter den Schneekristallen zeichnen sich noch immer Schürfspuren ab, obwohl sie dank Barbaras Verbänden gut abheilen. Schnell versteckt er die Hände in den Taschen seines Leibrocks. Klaus hat sich am Morgen danach über die Verbände gewundert. Er hat dem Bruder erzählt, dass er sich am Holz verletzt habe und von Anni wisse, wie man solche Verbände anlege. Klaus nickte überrascht, gab sich mit der Erklärung zufrieden.

Die Kinder sind hinter dem Schneevorhang verschwunden, er geht zurück ins Haus. An Sämi hat er vorhin gedacht – Sämi, der nicht mehr da ist. Aber da ist noch Käthi! Das Bild der fünfjährigen Tochter erscheint vor seinen Augen. Er beschäftigt sich nur mit sich selbst, hat seine Tochter fast vergessen. Vor einigen Tagen hat er sie besucht, sie hat ihn kaum begrüßt und sich in Hannis Armen verkrochen. Hätte er das nicht auch getan als Kind, wenn man ihn so wenig beachtet hätte? Er schüttelt den Kopf über sich selbst, greift nach Kappe und Mantel und macht sich auf den Weg zu seiner Schwester.

Der Schnee liegt bereits knöcheltief, dringt über die Ränder seiner Schuhe und nässt seine Füße. Das kümmert ihn nicht, er schreitet rasch aus. Viel zu wenig ist er unterwegs. Einmal noch war er bei der Linde, hat sich mit dem Rücken an den Stamm gelehnt, die Hände in Fausthandschuhen versteckt. Er hat in die Winterlandschaft gestarrt, die immer mehr eindunkelte und sich vor seinen Augen auflöste. Es war bitterkalt gewesen, der Atem hatte in kleinen Wolken vor seinem Gesicht gestanden. Trotz der Kälte, die seinen ganzen Körper durchdrungen hatte, war es eine friedvolle Begegnung gewesen mit der Linde. Er hatte sich nicht mit dem Baum angelegt, und der Baum hatte ihn angenommen, wie er war, in seiner ganzen, erstarrten Körperlichkeit.

Ganz allein war er dort gewesen. Barbara, nach der er Ausschau gehalten hatte, um sich nicht wieder überraschen zu lassen, war nicht gekommen. Und auch die weiße Frau war nicht erschienen – sie hatte sich nicht gezeigt, als er um die Wegbiegung gekommen und der Linde entgegengetreten war, und auch später nicht, als er sich auf dem Rückweg ins Dorf noch einmal umgedreht hatte.

Er steht vor dem großen Hof des Schwagers, klopft sich den Schnee von den Schuhen. Seine Schwester hat ihn gehört, sie öffnet die Haustür, und diesmal, obwohl er wie ein Schneemann ausschaut, läuft ihm die kleine Käthi lachend entgegen, direkt in seine Arme. Dann löst sie sich von ihm, schaut hinter ihn, wie wenn er etwas verstecken würde. «Wo ist Mueti und wo der kleine Sämi?»

Samuel schluckt. «Sie sind nicht bei mir, sondern beim lieben Gott im Himmel.»

Käthi blickt in den weißen, undurchdringlichen Himmel. «Ich kann sie nicht sehen dort oben, nichts kann ich sehen!» Laut weinend läuft sie zu Hanni und wirft sich in die Arme der Tante. «Vati soll mich mitnehmen zu Mueti und Sämi – ich will zu ihnen, sie dürfen sich nicht verstecken vor mir!»

«Es versteckt sich niemand vor dir, Käthi. Dein Mueti und Sämi sind nicht mehr bei mir, sondern beim lieben Gott. Es geht ihnen gut dort, aber wir können sie nicht besuchen. Ich nehme dich mit nach Hause, sobald ich kann.» Samuel hat sich in der Stube hingesetzt. Ihr Mann sei im Holz, hat Hanni gesagt, er ist froh darüber. Mit dem Schwager ist es nicht einfach zu reden – er hat eine bestimmte Meinung und mag es nicht, wenn jemand widerspricht. Hanni verstummt, wenn ihr Ehemann da ist.

Sie hält noch immer Käthi im Arm, tröstet sie. «Du bleibst bei mir, wenigstens so lange, bis der Kleine da ist.»

«Der Kleine?»

«Hast du nicht gesehen, dass ich in Erwartung bin? Im Frühjahr wird er kommen, sagt die Hebamme.»

Samuel nimmt jetzt die Rundung unter ihrer Schürze wahr. «Das freut mich für euch. Warum bist du sicher, dass es ein Bub ist?»

«Heinrich weiß es. Er hat schon so lange auf einen Sohn gewartet – endlich wird er kommen. Dann soll ich mich nur noch um ihn kümmern, hat er gesagt – für fremde Kinder haben wir dann keinen Platz mehr. Wir werden sehen, vielleicht ist Käthi dann bereits groß und vernünftig genug, um mir mit dem Kleinen zu helfen.»

Das Mädchen hat das Wort «fremdes Kind» nicht verstanden, es klammert sich an die Tante.

Samuel erhebt sich. «Ich danke dir, dass Käthi vorderhand bei dir bleiben kann. Es wird sich eine Lösung finden. Im Moment wächst mir alles über den Kopf – ich bin froh, den Unterricht zu haben.»

«Damit verdienst du auch dein Geld: Zwanzig Pfund in Geld und zwei Mütt Korn erhältst du als Schulmeister, habe ich gehört? Heinrich hat bei der Kirchgemeinde Bözberg nachgefragt und wollte wissen, ob du bereit bist, ein Kostgeld zu zahlen für das Mädchen.»

Der wohlhabende Schwager will also ein Kostgeld. «Selbstverständlich», sagt er, «ich werde das mit Heinrich besprechen.» Er geht zur Kleinen, drückt sie einen Moment an sich. «Willst du schon jetzt mit mir kommen, Käthi?»

«Dein Bart kratzt, Vati. Ich komme, wenn Mueti und Sämi wieder da sind. Bis dann bleibe ich bei Tante Hanni.»

Es tut weh zu hören, dass sie immer noch auf Annas und Sämis Wiederkehr hofft. Er hat nicht mehr die Kraft, es ihr noch einmal zu erklären. Manchmal hofft er selbst, dass sie wiederkommen.

«Bis bald einmal.» Er verabschiedet sich, tritt vor die Tür. Der Schnee ist angewachsen und fällt noch immer dicht. Er schlägt den Mantelkragen hoch, macht sich auf den Heimweg. Eigentlich ist er froh, dass er nicht mehr in der allzu warmen Stube ist, sondern im Schneetreiben, in der Kälte. Das entspricht mehr seinem Empfinden.

Er weiß es doch: Das Leben geht für alle, die von der Seuche nicht betroffen sind, weiter, wie wenn nichts geschehen wäre. Er freut sich für seine Schwester, die ein Kind erwartet. Heinrich, der geizig ist und anmaßend gegenüber den Kleinbauern und Taglöhnern, mag er es weniger gönnen, das gesteht er sich ein. Warum fällt einigen alles in den Schoß, andere verlieren alles? Schuld liegt auch bei ihm, Samuel, selbst. Er hat sein Glück mit Anna, den Kindern und seiner Arbeit als Schulmeister zu wenig geschätzt und für gottgegeben gehalten. Er wirbelt mit den Schuhen den Schnee auf, kämpft sich Schritt für Schritt vorwärts.

Weihnachten steht vor der Tür, der Schnee passt dazu. Aber ihm steht der Sinn nicht nach Weihnachten. In der Kirche Bözberg wird ein ihm unbekannter Pfarrer, den sie aus Brugg schicken, den Weihnachtsgottesdienst halten, nicht der vertraute Pfarrer Stanz, der ihn unterwiesen und konfirmiert und mit seinen Schulbesuchen unterstützt hat. Mit ihm hätte er vielleicht das Gespräch gesucht, über seine Verzweiflung gesprochen, sein Hadern. Obwohl – vielleicht auch nicht. Der Pfarrer unterstützt den Schulmeister nicht nur und übernimmt einen Teil des religiösen Unterrichts, sondern überwacht auch, ob der Unterricht gemäß den Vorgaben der Obrigkeit erfolgt. Der Pfarrer vertritt den Staat Bern und ist verpflichtet, den Gnädigen Herren Unbotmäßigkeit zu melden. Ein Schulmeister muss stets ein Vorbild sein für seine Kinder, er darf nicht zweifeln.

Vielleicht wird er noch vor Weihnachten die Linde aufsuchen. Ihr kann er seine Zweifel mitteilen. Er kann sie aussprechen oder nur daran denken. Das verbietet er sich sonst, weil er oft in einen Gedankenstrom gerät, der ihn mit sich reißt in Gegenden, die für ihn gefährlich sind. Er könnte untergehen in diesem Strom, sich versündigen.

Vielleicht wäre er nicht allein bei der Linde – er könnte auf Barbara treffen. Und wenn auch – sie stört nicht, weil sie Ähnliches erlebt hat und beim Baum Schutz sucht wie er selbst. Barbara ist überzeugt, dass die weiße Frau Heil bringt. Seither ängstigt er sich nicht mehr vor dieser Erscheinung. Sie hat sich ihm aber nicht mehr gezeigt.

Das Abendessen nehmen die beiden Brüder wie immer gemeinsam ein. An diesem Abend riecht es weihnächtlich nach Tannnadeln. Klaus sitzt mit dem Rücken zum Feuer, Samuel ihm gegenüber, er hat sich schon beim Zubereiten der Mahlzeit aufgewärmt. Sie löffeln das Mus und essen vom dunklen Brot, zusätzlich hat Samuel an diesem Vorweihnachtstag eine kleine Wurst und ein Stück Käse auf den Tisch gelegt. Die Eltern der Schulkinder entrichten ihm einen Schullohn für jedes Kind, in der Höhe abhängig davon, ob der Vater ein Bauer oder ein Taglöhner ist. Vor Weihnachten bringen die Kinder der wohlhabenden Bauern oft eine kleine Extrawurst mit oder etwas Käse, und diese Gaben bereichern die Mahlzeiten im Haus des Schulmeisters.

Samuel fragt Klaus nach den Holzarbeiten an diesem Tag.

«Wir haben eine Tanne im gemeinsamen Wald gefällt, die Äste abgeschlagen und den Baum ins Dorf geschleift», murmelt der Bruder. «Ich habe Tannenreisig mitgebracht.»

«Danke», sagt Samuel, «darum riecht es so gut hier, ich habe vom Reisig ins Feuer gegeben.»

Klaus scheint den würzigen Geruch nicht wahrzunehmen. Der Bruder ist immer wortkarg, heute aber noch stiller als sonst.

«Zerteilt ihr den Baum morgen, noch vor Weihnachten?», fragt Samuel.

Klaus nickt, schiebt fahrig den Löffel weg, legt seinen Oberkörper schwer über den Tisch und den Kopf auf die Arme.

«Was ist los, war die Arbeit heute noch anstrengender als sonst?» Samuel erhält keine Antwort, geht auf die andere Tischseite, legt dem Bruder die Hand auf die Stirn. Er zuckt zurück: Die Stirn ist glühend heiß, das rötliche Haar des Bruders klebt am Kopf. Das Feuer flackert. Da ist aber ein Schatten an Klaus' Hals, der nicht weicht. Ein Pestmal! Bald wird es sich zur Beule ausformen. So hat es bei Anna und Sämi angefangen. Der Bruder ist krank.

«Kannst du aufstehen, Klaus? Ich führe dich in die Kammer.»

Gemeinsam schaffen sie es, Klaus fällt schwer auf sein Lager. Er befühlt seinen Hals und die Armbeugen. «Das ist nichts, Bruder», lallt er. «Und wenn es doch Beulen sind, so werde ich die Pest besiegen, ich bin stark. Lass mich allein, ich werde damit fertig.»

Samuel zieht sich zurück. Auch er legt sich nieder, aber es ist ihm nicht möglich zu schlafen. Mit dem Talglicht in der Hand geht er ein paar Mal zum Lager des Bruders, der sich im Fieberwahn hin und her wirft. Am Morgen, als endlich Tageslicht in die Kammer fällt, sind die Beulen am Hals und an den Armen deutlich zu sehen.

Klaus spricht nicht mehr. Samuel flößt ihm Wasser ein, das er zuerst schluckt, dann ausspuckt. Er legt dem Bruder ein nasses Tuch auf die Stirn, wie es Anna gemacht hat, wenn die Kinder fiebrig waren. Das Tuch scheint Klaus willkommen, dann aber schiebt er es weg und bedeutet ihm in einem lichten Moment, die Kammer zu verlassen.

Zum Glück ist Sonntag, die Kinder haben keinen Unterricht. Samuel sitzt am Feuer, knetet seine Hände. Diese Hilflosigkeit. Er kann niemanden an Klaus' Lager holen. Die

Wundärzte aus der Stadt hüten sich, Pestopfer auf dem Land zu behandeln. Niemand will sich anstecken. Oft kann man auch gar nichts tun. Einige wenige erholen sich. Vielleicht ist Klaus einer davon – er glaubt daran.

Und er selbst, Samuel? Hat er sich beim Bruder angesteckt, ist er der Nächste, der gehen wird? Das bedrückt ihn nicht. Wieso nicht Anna und Sämi nachfolgen? Das wäre der einfachste Weg. Da ist aber Käthi. Beim Schwager und der Schwester ist sie nicht mehr willkommen, wenn ihr eigenes Kind da ist. Das Mädchen gehört zu ihm in dieses Haus, auch wenn er noch nicht weiß, wie das gehen soll. Da sind auch seine Pflichten als Schulmeister. Die Schulkinder brauchen ihn und er sie. Er kann sich nicht einfach mit der Krankheit davonschleichen. Samuel setzt sich aufrecht. Er wird kämpfen, wenn die Seuche nach ihm greift. Kämpfen, wie es Klaus jetzt tut.

Er biegt und streckt seine Finger, will etwas tun. Das Schnitzmesser liegt auf der Bank. Hat Klaus geschnitzt, bevor er krank wurde? Der Bruder ist begabt im Schnitzen. Aus dem weichen, hellen Holz der Linde schneidet Klaus am Feierabend im Nu eine Muttergottesfigur, wie sie früher zu katholischen Zeiten üblich waren. Samuel erhebt sich, holt hinter dem Haus das Lindenholz, das er zur Seite gelegt hat. Es stammt von einem abgebrochenen Ast der großen Dorflinde, den er in Stücke gesägt hat. Er mustert das Holz, setzt das Schnitzmesser mit der gebogenen Klinge an, gräbt sie ins Holz, schneidet Stück für Stück heraus, Holzstückchen und Kringel fallen zu Boden. Seine Bewegungen werden immer sicherer, die Augen leuchten. Eine kleine Krippe wird er schnitzen und ein Jesuskindlein, das man hineinlegen kann. Er ist nicht so geschickt mit dem Schnitzmesser wie Klaus, aber es wird gehen, das Lindenholz fügt sich gut in seine Hand.

Es ist der letzte Tag des alten Jahres, als Samuel nach dem Abendbrot das Haus verlässt. Sein Haus ist es jetzt – er ist der älteste und jüngste Sohn zugleich. Freude empfindet er keine, da ist nur Leid.

Klaus, sieben Jahre jünger als er selbst, hat den Kampf verloren. Er hat das Bewusstsein nicht mehr erlangt, ist in der Morgendämmerung der zweiten Fiebernacht verstorben. Samuel war mit dem ersten Licht erwacht, hatte das Röcheln gehört. «Bruder, wie geht es dir?», hatte er unter der Tür der Kammer gefragt. Da kam ein letzter, röchelnder Atemzug des Bruders und dann nichts mehr. Nur ohrenbetäubende Stille.

Samuel hatte seinen Kopf mit einem Tuch umhüllt, das nur die Augen freiließ, hatte den Hut ins Gesicht gezogen und war durch den Schnee zum Haus von Walters Vater gestapft.

Dieser gestandene Mann, tiefe Furchen im Gesicht, war einen Schritt zurückgewichen, als er den Schulmeister erkannte. «Dein Bruder?», fragte er nur. Samuel nickte.

Am Nachmittag war er allein hinter dem Sargwagen her geschritten. Schwager Heinrich hatte seinen Knecht zu Samuel geschickt und ausrichten lassen, dass er und Hanni nicht an der Beerdigung teilnehmen könnten – Samuel solle sich in der nächsten Zeit von ihrem Haus fernhalten, um sie beide und seine Tochter nicht zu gefährden. Einige Bauern und Taglöhner waren vor ihre Häuser getreten, als der Sargwagen vorbeizog, hatten Samuel zugenickt, die Kappe vom Kopf genommen und die Hände gefaltet. Walters Vater schritt neben dem Ochsen her, der den Wagen mühsam durch den Schnee zog.

Der Vikar aus Brugg, der die Pfarrstelle vorderhand innehat, sprach ein Gebet, und Klaus' Sarg wurde in eines der Gräber gesenkt, die der Totengräber im Wissen, dass die Seuche noch nicht vorbei war, vorausschauend gegraben hatte. Klaus liegt nun neben Walter. Dessen Vater hatte über das kleine Kreuz auf dem Grab seines Sohnes gestrichen und sich mit dem Ochsen auf den Rückweg gemacht. Der Vikar hatte sich ins Pfarrhaus zurückgezogen. Samuel hatte sich am Grab von Klaus verabschiedet, war an Annas und Sämis verschneite Gräber getreten und hatte ihre Kreuze vom Schnee befreit. Fast seine ganze Familie lag nun hier bei der Kirche Bözberg. Er hatte seine Angehörigen zurückgelassen und war allein ins Familienhaus zurückgekehrt.

Seither hat er das Haus nur einmal verlassen: An Heiligabend hat er die kleine Holzkrippe mit dem Jesuskindlein in ein Tuch geschlagen und vor die Haustür des Schwagers gelegt. Er hat geklopft, ist ein paar Schritte zurückgetreten. Hanni öffnete die Tür, das Mädchen an der Hand. «Das ist für dich, Käthi», hat er gerufen, die Schwester und das Kind hoben das Geschenk hoch, er wartete nicht ab, ging mit großen Schritten davon.

Das einzige Lebendige um ihn herum sind die Tiere im Stall. Er hat die Kühe zweimal am Tag gemolken, den Ochsen, die Kühe und Schafe gefüttert. Wenn er am Morgen ein Muhen hört oder in der Nacht das Scharren eines der Tiere im Stroh, tut ihm das gut. Die Schulkinder kommen nicht bis nach Neujahr, man will im Dorf sichergehen, dass der Schulmeister gesund ist und nicht seine Schüler ansteckt.

Er ist gesund. Keine Beulen zeigen sich an seinen Armen, so sehr er auch sucht, kein Fieber steigt ihm in den Kopf. Wieder ist er der Überlebende, jetzt ganz allein im Haus. Weihnachten und die Tage der Altjahrswoche sind vorbeigezogen, nie ist er nach draußen gegangen, er hat kein Bedürfnis danach verspürt. Tag und Nacht sind ineinandergeflossen. Er hat gebetet, sinniert und ist manchmal einfach nur dagesessen, die Stunden sind vergangen. Immer hat er eingefeuert am

Morgen und zwischendurch Holz nachgelegt, ab und zu hat er etwas gegessen und ins Feuer gestarrt.

Als er an diesem Morgen erstmals wieder die Haustür öffnete, fielen Tropfen vom Dach. Tauwetter lag in der Luft, der Geruch von Holz und Erde.

Samuel geht seines Weges, es macht ihm nichts aus, dass das Leder seiner Schuhe bald nass ist. Beobachtet ihn jemand aus den eindunkelnden Bauernhäusern, bemerkt, dass der Schulmeister, der Frau, Sohn und Bruder verloren hat, sich wieder hinauswagt, wenn auch nicht unter die Leute, so doch in diesen Abend des schmelzenden Schnees? Es ist noch nicht dunkel, weil der Schnee so hell ist.

In der Manteltasche dreht er einen Zapfen zwischen den Fingern. Er hat sich entschieden, etwas zu tun. Vielleicht bringt die weiße Frau bei der Linde Heil ins Dorf, wie es Barbara vermutet. Oder es gelingt ihm selbst, das Unheil zu bannen, indem er es in der Linde einschließt. Eigentlich ist er ein Mann des Wissens, und das Bannen der Pest in der Linde ist vielleicht nur Aberglaube. Vielleicht. Man darf nicht einfach die Hände in den Schoß legen. Man muss alles tun, was möglich ist gegen den schwarzen Tod.

In der Wegbiegung hält er inne, späht zum Baum. Auf dem Schneefeld vor der Linde wäre die weiße Frau jetzt kaum auszumachen. Er schaut genau hin und ist enttäuscht, als er sie nicht entdecken kann. Auch die dunkle Gestalt Barbaras sucht er vergebens.

Der Baum reckt seine Äste wie immer in die einbrechende Dunkelheit. Obwohl die Linde ein hohes Alter hat, das niemand genau bestimmen kann, ist nur der Stamm breit, die Äste in der Höhe dagegen sind filigran. Ihm gefällt das schwarze Geäst vor dem weißgrauen Himmel. Der Himmel zeigt kein Stückchen Blau. Das stört ihn nicht, Blau entspricht nicht seiner Stimmung, Grau schon eher.

Samuel geht zum Baum, gleitet mit den Fingern über die raue Rinde etwas über Augenhöhe und ertastet das Loch in der Schrunde. Er stellt sich auf die Zehenspitzen, späht hinein, glaubt, etwas Schwarzes wahrzunehmen. Rasch greift er nach dem Zapfen, drückt ihn ins Loch. Der Zapfen passt genau hinein, er verstopft das Loch, versiegelt es. Wenn man die Pest so bannen kann, dann ist sie jetzt gebannt. Er starrt noch einmal auf das Loch, in dem der Zapfen verschwunden ist, atmet tief durch.

Die Schwere, die ihn seit den Todesfällen niederdrückte, ist etwas leichter geworden. Wahrscheinlich hält man ein Zuviel des Leids nicht aus, Geist und Seele müssen sich erholen, sich Erleichterung verschaffen. Er lebt. Und er lehnt sich nicht gegen die Lebenszeichen auf, die sich in ihm regen. Er spürt das nasse Leder der Schuhe an seinen Füßen, bewegt die Zehen. Von den Ästen fallen Tropfen in seinen Mantelkragen, einer gleitet seinen Rücken hinunter. Kalt ist ihm jedoch nicht.

Er lehnt sich an den Lindenstamm auf der Seite, wo er den Weg von Gallenkirch überblickt. Da ist eine Gestalt, die sich aus der Ferne nähert. Die schmale Gestalt einer Frau. Barbara.

Dass sie sich traut, als Frau allein um diese Zeit unterwegs zu sein? Der Weg ist nicht einsehbar von den Dörfern Gallenkirch und Linn. Was aber, wenn jemand sie beobachtet, allein unter der Linde? Das könnte gefährlich werden. Frauen, die ohne Begleitung unterwegs und nicht auf dem Weg zum Feld oder zur Arbeit sind, genießen einen zweifelhaften Ruf. Wenn eine Frau dies abends oder des Nachts tut, droht ihr Gefahr: Sie kann aufgegriffen, vor den Untervogt oder Obervogt gebracht und wegen Landstreicherei angeklagt werden. Oder noch viel schlimmer: Man unterstellt ihr, eine Hexe zu sein und in der Nacht Umgang mit dem Teufel zu haben. Solche Anklagen gegen Frauen werden kaum abgeklärt, es droht die Todesstrafe. Schreck fährt ihm in die Glieder. Er muss etwas tun, Barbara schützen.

Die Dämmerung ist wie ein Vorhang herabgefallen. Sie hüllt ihn ein und die kleine, dunkle Gestalt, die zu ihm tritt: Barbara, dunkler Rock, dunkler Mantel, dunkles Tuch um Kopf und Schultern.

«Samuel. Es tut mir so leid, dass du auch noch deinen Bruder verloren hast.»

Er unterdrückt ein Schluchzen, das in ihm hochsteigt, weil sie Anteil nimmt. «Das Schlimmste ist vorbei», sagt er schnell. Du musst keine Angst vor mir haben. Wenn ich mich angesteckt hätte, läge ich längstens darnieder.»

«Ich habe keine Angst vor dir, Samuel. Ich war ein paar Mal allein bei der Linde und bin froh, dass du diesmal auch da bist.»

Schon wieder droht in ihm etwas einzustürzen. Diese Frau ist so offen und ehrlich. Fast hätte er die Hand ausgestreckt und ihr Kinn gefasst, um ihr Gesicht ins letzte Licht zu drehen, das noch übrig ist, und darin zu lesen.

«Manchmal bin ich verzweifelt», sagt sie in die Stille hinein. «Letzten Herbst musste ich der Obrigkeit den Zehnten abgeben, obwohl mein Mann kurz vorher gestorben war. Sie haben sogar einen Gerichtsbüttel zu mir geschickt, der eine Gebühr wegen Todfalls eingezogen hat, weil mit Johannes die Hauptarbeitskraft wegfällt und ich in Zukunft weniger Zehnten abliefern kann. Gerade weil ich nicht weiß, wie ich Johannes' Arbeitskraft ersetzen soll, müssten sie mir doch entgegenkommen. Ich weiß nicht, ob ich den Hof halten kann. Ich habe keinen Bruder, der mir zur Seite steht. Mein Schwager misstraut mir. Er will mich an einem Abend bei der Linde gesehen haben und droht, mich bei der Obrigkeit anzuzeigen, wenn ich mich nicht anständig benehme.»

Nun fasst er doch an ihr Kinn, dreht ihr Gesicht zu sich, sie lässt es geschehen. «Auch mir ist nicht klar, wie es weitergehen soll. Ich habe mein Amt als Schulmeister, ja. Meine Tochter lebt bei meiner Schwester, sie entfremdet sich mir, ich möchte sie zu mir holen. Ich habe in den letzten Wochen nur mit Mühe unterrichtet und meine täglichen Arbeiten erledigt. Klaus' Tod hat mich noch einmal zurückgeworfen. So jung war er, hatte das Leben noch vor sich.» Sie hat ihm ihr Gesicht nicht entzogen, er kann ihre Augen im Dunkeln kaum ausmachen.

Plötzlich redet es wie von selbst aus ihm heraus, und er ist froh über diese Stimme, die Dinge ausspricht, die er sich nicht getrauen würde zu sagen. «Man sollte nichts aufschieben, Barbara. Morgen fängt ein neues Jahr an. Wollen wir gemeinsam in dieses Jahr schreiten?»

Ein Moment der Stille vergeht, der ihm unendlich lang erscheint, bevor sie endlich spricht. «Verstehe ich dich richtig, Samuel, schlägst du mir die Heirat vor?»

Er zieht sie neben sich, beide lehnen sich an den Stamm. «Ja, das tue ich. Wir könnten in ein paar Tagen den neuen Pfarrer aufsuchen und das Ehebündnis schließen. Dann dürfen wir einen gemeinsamen Hausstand gründen, niemand kann etwas dagegen haben, auch die Obrigkeit nicht. Als meine Frau bist du geschützt gegen Anklagen deines Schwagers, kannst mit mir die Linde aufsuchen oder auch einmal ohne mich. Du kannst mit deinen Buben in mein Haus ziehen, ich hole meine Tochter heim. Ich helfe dir, dein Land zu bewirtschaften. Ich kenne dich schon so lange, Barbara, du hast neben mir auf der Schulbank gesessen. Überleg es dir.» Er drückt ihre Hand. «Gib mir deine Antwort morgen am Neujahrstag, hier, unter der Linde.»

Barbara nimmt seine Hände, fährt mit den Fingern über die Innenflächen. «Deine Verletzungen sind verheilt, das ist ein gutes Zeichen.» Sie schaut zu ihm auf. «Ich gebe dir die Antwort unter der Linde schon jetzt, Samuel. Ich bin bereit zu dir nach Linn zu ziehen, wenn du meinen Buben Vater sein willst und mir deine Tochter anvertraust. Das neue Jahr macht nicht alles neu. Es ist lange her, dass wir auf der Schulbank saßen. Du wirst Anna vermissen und ich Johannes. Du hast dein Leben gelebt, ich meines, wir tragen es mit uns. Aber wir können es versuchen – ja, das können wir. Die Linde ist unsere Zeugin.»

Susann, 2021

Mitte Juli
Der Regen fällt in Perlschnüren vor den gerundeten Fenstern im Büro der Buchhandlung. Hinter dem Glas der Ladentür und des Schaufensters ziehen Schirme vorbei, nasse Spuren überziehen den Boden. Ein Asiate rüttelt an der geschlossenen Tür, späht ins Ladeninnere. Sie hat das Licht ausgemacht, damit sie in der Mittagspause ungestört bleibt.

Susann legt die Füße hoch, starrt auf die stetig rinnenden Tropfen an den Scheiben. Das ist kein Sommer. Das Wasser steigt und steigt in den Flüssen und Seen. Das Ufer am Thunersee ist überschwemmt, die Aare fließt mächtig durch Interlaken, das Wasser im Kanalbecken vor ihrer Wohnung steht bedrohlich hoch, die Schiffe fahren nicht mehr. Es würde sie nicht wundern, wenn unter der Ladentür plötzlich Wasser eindringen und rasch ansteigen würde, es würde an den Gestellen hochsteigen, die Bücher würden sich vollsaugen und ins Wasser fallen, eine kurze Weile obenauf schwimmen, dann rasch sinken, das Büchermeer würde ihren Laden füllen, es bliebe nur noch die Flucht.

Sie schüttelt den Kopf, die Vision schwindet, das Wasser fließt ab. Sie greift nach dem Teller mit dem Bulgursalat, löffelt diesen in sich hinein, trinkt Wasser, als ob es davon nicht schon mehr als genug um sie herum gäbe. Sie holt bei der Kaffeemaschine im Ablageraum einen Espresso, greift nach dem Buch und den Artikeln, die sie ausgedruckt hat. Obenauf liegt ein Foto der Linde im Sommerlaub, sie streicht über das Bild.

Ich komme wieder, Linde, noch muss ich warten. Der Regen. Er hält mich gefangen und begießt sicher auch dich, es tropft von deinen Blättern ohne Unterlass, die Bänke sind nass, es ist unwirtlich bei dir. Vielleicht genießt du das: ein bisschen Ruhe vor dem Sommeransturm, der sicher kommen wird. Du schüttelst dich heimlich, Tropfen fliegen von dir. Du gehörst dir selbst bei diesem Wetter und niemandem sonst.

Auch ich habe fast nur mir selbst gehört in der kleinen Ferienwohnung am Meer. Mit Jeannette habe ich gekocht und lange Gespräche geführt, dann ist sie abgereist. Zu jeder Tages- und Nachtzeit habe ich meinen Blick über die unbegrenzte Wasserfläche des Meeres schweifen lassen, die für mich nichts Bedrohliches hat, auch wenn die Wellen einmal hoch sind. Die Grün-, Blau- und Grautöne des Wassers, der Sonnenaufgang mit seinem leuchtenden Farbenspektakel, das Rauschen der Wellen, immer ähnlich und doch immer anders. Das Meer ist noch viel zeitloser als du, Baum, mit deinen Jahreszeiten. Seine Wellen werden noch ans Ufer rollen und sich an den Felsen brechen, wenn auch du einmal fort sein wirst und die Spuren der Menschen, die in deiner Umgebung und mit dir gelebt haben, längst verschwunden sind.

Sie lehnt sich im Bürostuhl zurück, stöbert in den Artikeln.

Der Bözberg mit Linn gehörte zum Berner Aargau. 1415 besetzten die Berner den westlichen Teil des habsburgischen Territoriums mit den dazugehörigen Städten und den meisten Burgen. Bis 1514 eroberten die neuen Herren weitere kleine Gebiete und kontrollierten fortan wichtige Passübergänge ins vorderösterreichische Fricktal wie den Bözberg und die Staffelegg. Das Untertanengebiet der Berner umfasste schließlich sieben Landvogteien und die vier Munizipalstädte Aarau, Lenzburg, Zofingen und Brugg. Der Bözberg mit Linn gehörte zum Oberamt Schenkenberg. Die Landvögte und Landschreiber waren Burger der Stadt Bern. 1528 führte Bern die Reformation ein. Erst beim Einfall der Franzosen 1798 verlor Bern seine Macht, 1803 entstand der heutige Kanton Aargau.

Zwei Drittel der Linner starben zwischen 1667 und 1669 an der Pest. Damals muss das Sterben um die Linde groß gewesen sein, man hatte kaum Wissen um die Ansteckung und die Pflege der Erkrankten. Hat die Linde den Leuten Schutz gegeben, als sie auf sich selbst zurückgeworfen waren?

Sie blickt auf die Uhr, geht zur Ladentür und schließt auf. Auch diesen Freitag wird sie nicht zur Linde fahren. Schuld ist die Pandemie. Mitarbeiterin Elisa, die die Freitage übernimmt, hat sich mit Covid infiziert, sie wird wohl längere Zeit ausfallen, die Aushilfe ist in den Ferien. Am Sonntag könnte Susann hinfahren, aber wieder ist Regen angesagt, das passt nicht, sie will noch einmal ein E-Bike mieten und auf dem Weg zur Linde die Habsburg besuchen. Die Burg und der Baum sind einander verbunden, schon so lange stehen sie sich in Sichtweite gegenüber.

Mitte August

Endlich wieder eine Woche mit Sommerwärme, die das lange Nass vergessen lässt. Sie lenkt das E-Bike durch Lenzburg, folgt dem Veloweg durch Vororte und bei Wildegg über die Aare, entdeckt Schloss Wildegg oben auf dem Hügel und später auf der linken Seite Schloss Wildenstein, auf dem ein großes Berner Wappen prangt. Dank ihrer App kann sie die Namen der Schlösser identifizieren. Entspannt radelt sie den Fluss entlang, der immer noch viel Wasser führt. Bei Schinznach geht's zurück auf die andere Seite der Aare. Sie erblickt die Habsburg, verlässt den Veloweg, fährt den Hang hinauf, erreicht die Burg über ein Nebensträßchen und ein letztes, steiles Wegstück.

Im Schlosshof wimmelt es von Leuten, das Museum ist offen, sie hat aber keine Zeit für eine Besichtigung. Sie lehnt sich an die Mauer im Hof, mustert den grauen Turm. Das also ist die Stammburg des berühmten Habsburgergeschlechts, das Könige und Kaiser hervorbrachte, hier nahm alles seinen Anfang. Als die Eidgenossen den Aargau 1415 eroberten, hatten die Habsburger bereits ihre Herrschaft in Wien errichtet, hat sie auf dem Hinweg gelesen, nur ihre Dienstleute wurden aus der Burg verjagt.

Die Habsburger sind nicht ihr Thema. Sie dreht sich um, späht über die Mauer in Richtung Westen. Tatsächlich: Dort drüben kann sie die Linde ausmachen, eine dunkelgrüne Kugel auf dem hellgrünen Hügel. Von der Linde sieht man die Habsburg, von der Burg die Linde. Dort will sie jetzt hin.

Unten am Burghügel besteigt sie ihr Bike, zurück im Tal findet sie den Veloweg an der Aare, fährt durch die Auenlandschaft, erwischt die Kurve vor Brugg, quert den Fluss über den Viadukt, biegt nach Westen. Die Ortschaften mit den originellen Namen Hafen und Ursprung sind ihr bekannt, die Landschaft ist jetzt sommergrün.

Eine Frau mit Kinderwagen überquert das Sträßchen. Plötzlich ist ihre Stimmung getrübt. Gestern Abend im Bett ist sie beim Lesen auf eine Passage gestoßen, die sie danach am Einschlafen hinderte. Unter den Gnädigen Herren von Bern galten strenge Sittengesetze wie auch in der übrigen Eidgenossenschaft. Eine ledige Frau, die schwanger wurde, musste vor dem Chorgericht ihres Wohnorts erscheinen und den Namen des Kindsvaters anzeigen. Wenn dieser die Vaterschaft abstritt, holte die Hebamme zwei Chorrichter ans Bett der Gebärenden. Während der Geburt wurde sie noch einmal zum Namen des Kindsvaters verhört: Man nahm an, dass unter den Wehen die Wahrheit ans Licht käme. Welch demütigendes Prozedere! Leben und Arbeit mit unehelichem Kind war fast unmöglich, einige Frauen wurden regelrecht zum Kindsmord getrieben.

Sie schaltet das Bike auf *Economy*, damit sie mehr in die Pedale treten muss und ihre Beklemmung abstrampeln kann. Wie wenig galten Frauen und ihre Rechte in vergangenen Zeiten! Es ist noch nicht lange her, dass sich das geändert hat, und es steht noch immer nicht alles zum Besten. Noch in den Fünfzigerjahren des 20. Jahrhunderts war die Geburt eines unehelichen Kindes anstößig und hatte viele Erschwernisse zur Folge. Sie selbst hat Glück gehabt, dass ihr Sohn 1993 in fortschrittlicheren Zeiten auf die Welt kam. Bei Remos Geburt war sie nicht verheiratet. Steine wurden ihnen kaum in den Weg gelegt, Beat erkannte die Vaterschaft an, der Zivilstandsbeamte runzelte nur leicht die Stirn. Ihre Eltern hatten Bedenken, aber sie regelte die rechtlichen Dinge mit Beat in einem Vertrag.

Susann schwitzt, sie keucht in den letzten Steigungen und schaltet nun wieder auf *High*, hohe Unterstützung. Sie fährt über die Passhöhe, durch den Wald und wieder hinaus und entdeckt die dunkle Habsburg weit entfernt auf einem bewaldeten Hügelzug.

Unverhofft taucht die Linde vor ihr auf, ihr Herz schlägt schneller. Sie schließt das Bike ab, nimmt das Bild der sattgrünen Sommerlinde in sich auf, nähert sich dem Baum. Einige Bänke sind besetzt, eine ist frei. Der Freitagsmann ist nicht da, obwohl Freitag ist. Eine Frau mit langem, silberbraunem Haar und Brille sitzt auf einem der Steine am Wegrand, sinniert vor sich hin. Susann setzt sich auf die freie Bank.

Linn, Hochsommer. Trotzdem weht ein kühler Wind um die Linde. Das Blätterdach ist grün und dicht, der Rand einiger Blätter von Insekten zerfressen. Die Blüte des Baums hat sie verpasst, ein Duft von Reife liegt in der Luft. Die Felder sind abgeerntet und von bräunlichen Streifen durchzogen, die Schwangerschaftsstreifen ähneln. Die Wiesen sind sattgrün, die Elefantenfüße der Linde noch immer fest im Boden verankert nach dem starken Regen. Da. Hinter dem Drahtgeflecht, das den Stamm absperrt, entdeckt sie drei Kerzen in Aluminiumbechern – Zeugnis eines Rituals?

Die Leute auf den Bänken wechseln, es wird Französisch, Hochdeutsch und Mundart gesprochen, die durchdringende Stimme einer jungen Frau schwingt über die andern hinaus und verstummt wieder. Leises Rauschen in den Blättern. Fliegen laufen auf der Rücklehne der Bank. Nach oben gibt es kaum Durchsicht durch die Blätter. Einzelne Autos, Stimmen, das Postauto stoppt und fährt wieder weiter, ein Freizeitflugzeug brummt durch die Lüfte, ein Rotmilan zieht Kreise und lässt seinen durchdringenden Ruf erklingen. Der Kies unter dem Baum knirscht unter den Schritten, einzelne gelbliche Samenflieger der Linde liegen zwischen den Steinchen. Ein jüngerer Mann auf der Nebenbank lächelt, als ihr Rucksack herunterpurzelt.

Der Wind säuselt, die Lindengäste sind geschützt unter dem Blätterdach. Man blickt wie unter einem Hausdach hervor, kommt zur Ruhe unter dem Baum, denkt an nichts. Wege aus allen Himmelsrichtungen führen zum Baum. Insekten sirren. Tiefe Wolken ziehen über das abgeerntete Feld, wo im Frühjahr die Gerste stand. Die Frau mit dem silberbraunen Haar sitzt noch immer auf dem Stein in der Sonne, sie trägt schwarze Kleidung, trinkt aus einer Glasflasche. Weißgraue Wolkenschiffe ziehen dahin, die Riemen des Rucksacks bewegen sich im Wind. Das Krakra einer Augustkrähe. Die Jahreszeit schreitet voran, bald haben die Krähen und Spinnen die Oberhand. Die Äste der Linde schaukeln leicht, ein Traktor lärmt, ein weiteres Flugzeug brummt vorbei. Lärm und Frieden, Betriebsamkeit und Ewigkeit. Ein Schmetterling trudelt über die Wiese, Autos nähern und entfernen sich, Rufe der Milane dringen an ihr Ohr.

Lindenzeit genießen. Einfach sein. Zur Ruhe kommen, zeitlos, ziellos. Der Wind streicht durch die Wiese, die im Mai mit Blumen übersät war. Die Seitenäste der Linde sind vermoost. Ein Velofahrer saust vom Linnerberg herunter.

Das Rauschen des Windes ist wieder da, das Knirschen von Kies. Sie fröstelt, zieht die Jacke um die Schultern. Sie riecht Feuchtigkeit, es braucht Zeit nach dem großen Regen, bis die Böden trocknen und Wärme abgeben. Dasein, Ruhe. Lärm einer Gruppe Mountainbiker, die wie ein Heuschreckenschwarm über die Linde herfällt. Die silberbraune Frau erhebt sich, ihr schwarzes Kleid weht im Wind, sie steigt ins Auto, fährt weg. Susann öffnet ihren Rucksack, nimmt das Picknick heraus.

«Brauchst du Salz für dein Ei?» Der Freitagsmann setzt sich neben sie auf die Bank.

Sie hält ihren Salzstreuer in die Höhe. «Danke, heute nicht.»

«Du warst lange nicht hier, Freitagsfrau.»

«Viele Freitage waren besetzt. Im Juni war ich in den Ferien, im Juli kam das große Wasser.»

«Genau.» Er rückt seine Brille zurecht. «Als ich im Juli am Genfersee war, hatte ich auch mehr als genug Wasser, aber es gab kaum Überschwemmungen, die Schiffe waren immer auf dem Léman unterwegs.»

«Nicht so auf dem Thunersee. Ich bin froh, dass sie wieder fahren, ich sehe sie von meiner Wohnung, die Schiffe und Züge bringen die weite Welt nach Interlaken.»

«Du hast den Duft der Linde verpasst, er war himmlisch wie immer.» Er beißt in sein Sandwich.

Sie streift ihn mit einem Blick, ist erstaunt, dass dieser hagere, zurückhaltende Mann von himmlischem Duft spricht. Er fragt nicht nach ihren Ferien, nicht nach ihrem Leben, hat noch kaum etwas preisgegeben von sich selbst. Wenn es aber um die Linde geht, ist er ein anderer Mensch. «Ja, schade – da war ich in Südfrankreich. Vielleicht nächstes Jahr.»

Er wischt sich den Mund ab, geht zum Gitter, mit dem der Baum verschlossen ist, winkt sie zu sich. «Schau, die Innenwurzeln der Linde. Einige haben sich im Boden verankert und unterstützen den Baum bei der Versorgung mit Wasser und Nährstoffen, sie schieben neue Äste in den hohlen Stamm und üben eine Stützfunktion aus. Man nennt das ‹Phönix-Regeneration›.»

Susann späht in den Baum, entdeckt die gebogenen Wurzeln im Innern, aus denen Äste und Blätter sprießen. «Erstaunlich, dieses Innenleben und die Fähigkeit der Erneuerung.»

«Dank dieser Fähigkeit können die Linden ein so hohes Alter erreichen.»

Sie schaut im Bauminnern hoch. «Sehe ich richtig, ist der Stamm teilweise geschwärzt?»

«Letztmals brannte die Linde 1979, es sah schlimm aus. Dem Baum gelang aber die Regeneration.»

«Phönix aus der Asche also. Bewundernswert, die Linde.»

Er schaut auf die Uhr. «Mir bleibt noch Zeit. Hast du das Sagemülitäli schon kennengelernt?»

«Nein, es interessiert mich, ich habe darüber gelesen.»

«Dann wandern wir doch gemeinsam.»

Sie ist einverstanden, greift nach dem Rucksack, er nach seinem. Sie überqueren die Straße, die vom Schattenwurf der Lindenblätter gesprenkelt ist, und schlagen den Weg hinunter ins Dorf ein, an der flatternden Fahne mit dem Dorfwappen vorbei. Es zeigt die Linde auf grünem Hügel mit starken, braunen Wurzeln. Die Gärten der stattlichen Bauernhäuser sind gepflegt und stehen im Sommerflor, nur jener des Hofes gegenüber dem Dorfbrunnen ist wild überwuchert. Die

Scheune dieses Bauernhofs gefällt Susann umso besser: Die Tore sind gerundet wie die Fenster in ihrer Buchhandlung.

Georg biegt ab, der Weg macht eine Schlaufe und führt hinunter ins Tal. Susann weist auf die Silhouette eines kahlen Baums: «Der hat es nicht so gut gemacht wie die Linde.» Er nickt, schweigend gehen sie nebeneinander.

Auf dem Naturweg im Täli sind sie in einer anderen Welt. Es gibt hier keine Häuser, nur Felder, Wiesen, bewaldete Hügel, Zeitlosigkeit. Die Menschen, die ganz sicher während Jahrhunderten auch durch dieses Täli gezogen sind, haben kaum Spuren hinterlassen. Zwei Männer kommen Georg und Susann entgegen, sonst begegnen sie niemandem. Durch das Gebüsch am Wegrand erblickt sie auf einmal Wasser, so grün und still wie die Wiesen und das ganze Tal. «Da ist der Weiher», erklärt Georg, «und da oben der Steinbruch, hier wurde Material gefördert für den Bau des Eisenbahntunnels.» Der Weg führt durch den Wald zu einem Wasserfall und einer Wassergrotte, bemoost, efeubewachsen. Der Anblick rührt etwas in ihr an, fast hätte sie nach seiner Hand gefasst.

Er schreitet weiter, der Wald öffnet sich auf eine Wiese. «Das ist die Sagemüliwiese. In der Mühle wurde das Korn von Linn und Gallenkirch gemahlen. Die langjährige Besitzerfamilie verkaufte die Mühle, es gab Handwechsel, sie zerfiel, wurde abgerissen.»

Die Wiese wirkt leer ohne Mühle. So zeitlos, wie sie gedacht hat, ist das Täli nicht. Am Wegrand tauchen mit Moos bewachsene Betonbunker auf, Baujahr 1940, steht auf einer Tafel.

«Hier wollte unsere Armee im Zweiten Weltkrieg die Deutschen abwehren, wenn sie denn gekommen wären», kommentiert Georg.

«Im Sagemülitäli erwartete man den Einfall der Deutschen? Unvorstellbar.»

Motorenlärm wird hörbar, Autos schießen aus einer Röhre, sie halten inne. «Die Deutschen sind nicht gekommen, fast hätte aber die Autobahn das Gebiet um die Linde und das Täli zerstört. Erst nach langen Jahren des Kampfes setzte sich die jetzt realisierte Variante des Bözbergtunnels durch, das Täli blieb erhalten.»

Ihr schwirrt der Kopf. «Ich möchte zurück zur Linde, nach Linn.» Sie kehren um, tauchen wieder ein in die Stille des schmalen Tales. «Hast du an der Autobahn mitgebaut?»

«An Autobahnbrücken, ja. Und an der Erneuerung einiger Aarebrücken war ich beteiligt. Jetzt bin ich 62 und arbeite mehr im Hintergrund, vor allem an Offerten.»

«Die Aare verbindet meine Region und deine. Du könntest bei mir ein Buch bestellen, ich schicke es per Aarepost.»

Er lacht über die verrückte Idee, erkundigt sich nach der Buchhandlung. Susann erzählt ihm, dass sie die Buchhandlung vor zehn Jahren erwerben konnte, mit Geld, das sie beim Tod der Eltern geerbt hat. Sie lebe seit einigen Jahren ohne festen Partner. Ihr Auskommen als alleinerziehende Mutter habe immer gerade gereicht, der Sohn habe in Kanada Stipendien bekommen und lebe jetzt in Vancouver.

Sie verlassen das schattige Täli, reden über Kanada, Georg hat den Osten bereist. «Und wie lebst du – Kinder, eine Frau?», fragt sie direkt.

«Ich bin verheiratet und habe eine erwachsene Tochter.»

Das hat sie sich gedacht, hätte es gern von ihm erfahren, ohne nachzufragen. Sie sind ins Dorf eingebogen, sie verspürt Durst, nimmt ihre Flasche hervor, sie ist leer. «Gibt es keine Wirtschaft in Linn?»

«Es gab die Wirtschaft zur Linde, geführt von der alten Elise Bossard. Ein paar Jahre nach ihrem Tod wurde sie für immer geschlossen. Du kannst deine Flasche am Dorfbrunnen auffüllen, das Wasser ist gut.» Er wirkt gelöster jetzt.

Susann beugt sich über den Brunnen, füllt die Flasche auf. Ein alter Mann tritt aus dem Hof gegenüber, öffnet eines der gerundeten Scheunentore, gibt den Blick frei auf altes Gemäuer und Werkzeug. Sie dreht sich zu Georg: «Du weißt so viel über das Dorf und die Linde – wohnst du in Linn oder bist du hier aufgewachsen?»

«Nein, ich wohne im Dorf Ursprung, bin in Aarau geboren.» Er schaut auf die Uhr und dann zu ihr: «Ich muss weg. Wann sehen wir uns wieder bei der Linde?»

«Ich weiß nicht, es wird September oder Oktober.»

«So spät erst.» Er zögert, kritzelt etwas auf einen Zettel. «Hier, meine Mailadresse, damit du deinen Lindenbesuch ankündigen kannst, wenn du magst.»

Die Linde erscheint vor ihnen auf der Anhöhe, in warmes Nachmittagslicht getaucht. Er gibt ihr die Hand beim Auto, sie geht zurück zum Baum.

Elsbeth, 1708/1709

4. September 1709

Die Menschenmenge beim unteren Tor in Brugg wogt hin und her. Wann endlich tritt das Gericht aus dem Saal, verkündet das Urteil? Die Spannung ist groß, obwohl am Urteil nicht zu zweifeln ist – Mord wird mit Tod bestraft. Die Kindsmörderin hat gestanden, sagt man. Und wenn sie nicht gestanden hätte, würde sie trotzdem hingerichtet, denn es spricht so vieles gegen sie.

Die Tür zum Gerichtssaal steht offen, das Gericht tagt nicht heimlich. Durch die offene Tür erblickt man den Obervogt von Schenkenberg, Isaak Steiger, der in einem herrschaftlichen Fauteuil thront. Auf seiner weiß gepuderten Perücke sitzt ein schwarzer Hut mit Feder, das unterscheidet ihn von den 22 barhäuptigen Gerichtssässen, ehrbaren Männern aus der Herrschaft Schenkenberg, die mit ihm zusammen das Gericht bilden. Einer der Gerichtssässen wird die Anklage der Obrigkeit vortragen. Ein anderer Gerichtssäss ist verpflichtet, als Fürsprecher der Angeklagten aufzutreten. Die Kindsmörderin selbst erhält das Wort nicht. Sie hat früher gegenüber dem Obervogt ausgesagt, die Verhörprotokolle wurden dem Kleinen Rat in Bern vorgelegt. Jetzt hört der Landtag des Amts Schenkenberg Anklage und Verteidigung an, dann wird das Urteil verkündet.

Der Landtag ist das Oberste Gericht, er urteilt bei Schwerverbrechen. Geringere Vergehen sanktioniert das Niedere Gericht, dem der Untervogt vorsteht. Es steckt Verurteilte in den Kerker, stellt sie an den Pranger, teilt Bußen aus und verhängt Verbannung. Dann ist da noch das Chorgericht der Kirchgemeinden, das Vergehen gegen die Sitten ahndet.

Schwere Vergehen an Leib und Leben gibt es nur alle paar Jahre. Ein Landtag wird von der Obrigkeit angekündigt. Vielleicht ein- oder zweimal im Leben erhält man Gelegenheit, einem Blutgericht beizuwohnen. Das lässt man sich nicht entgehen. Für dieses Schauspiel erhalten Mägde und Knechte von ihren Herren ein paar Stunden frei. So mancher Bauer und Herr denkt sich wohl, dass seine Knechte und Mägde williger arbeiten, wenn sie gesehen haben, wozu Regelbruch führt. Bei einem Landtag zeigt sich die Obrigkeit den Untertanen in ihrer ganzen Pracht und Macht. Der Obervogt führt den Richtstab, auch Blutstab genannt. Die Gerichtssässen loben die Obrigkeit, weil sie Verbrechen gerecht bestraft. Eine Hinrichtung ist ein Fest, die Untertanen klatschen und johlen.

Das tun sie auch jetzt. Der Obervogt, den metallenen Richtstab in der Hand, schreitet heraus, flankiert von Hellebardenträgern. Es folgen der Amtsschreiber und die Gerichtssässe. Die Angeklagte, das rötliche Haar wirr ums Gesicht, taumelnd, wird von Landjägern vorgeführt. Es vergeht Zeit, bis sich das Gericht in der richtigen Reihenfolge aufgestellt hat.

Das Gewoge der Menge hat zwei Mägde zusammengeführt. Als die eine Magd die Angeklagte erblickt, verliert ihr Gesicht die Farbe. «Elsbeth Kehrer – nein, das kann nicht sein!», entfährt es ihr.

Die andere Magd mustert sie. «Ich bin Grit. Natürlich ist das die Elsbeth, ihr Name wurde überall herumgeboten. Hast du es nicht mitbekommen?»

«Ich heiße Vreni. Meine Herrschaft hat mich heute mit einem Auftrag zum Schuhmacher nach Baden geschickt und mir freigestellt, an der Hinrichtung teilzunehmen. Den Namen der Angeklagten nannten sie nicht.»

«Du kennst Elsbeth?», fragt Grit direkt.

Die beiden verstummen, weil der Obervogt spricht. Er begrüßt die Anwesenden, kündigt an, der Landtag habe das Urteil gefällt, es werde vom Amtsschreiber verlesen. Dieser tritt vor, und alle nehmen seine Worte gierig auf: Die Gnädigen Herren des Kleinen Rats von Bern hätten Elsbeth Kehrer zum Tod verurteilt, fasst er zusammen. Der Landtag sei diesem Urteil gefolgt. «Elsbeth Kehrer von Bözberg wird des Kindsmords schuldig gesprochen. Das Todesurteil wird durch Enthauptung auf dem Galgenhübel sogleich vollstreckt.» Der Obervogt hebt ein Holzstäbchen in die Höhe und bricht es.

Ein Raunen geht durch die Menge. «Da ist die Kindsmörderin noch gut bedient», meint ein Knecht, der vor den zwei Mägden steht. «Enthauptung durch das Schwert ist eine mildere Strafe als Ertränken im Fluss, Flechten aufs Rad oder Erhängen am Galgen.»

Ein Klang setzt ein, die Glocke schlägt erst zögernd, dann stetig. «Die Armesünderglocke», sagt einer. Die Leute erschauern. Diese Glocke erklingt nur, wenn ein Todesurteil vollstreckt wird.

«Ja, ich kenne die Elsbeth», sagt Vreni leise. «In Lupfig gibt es zwei Großbauern. Seit letztem Herbst hat sie beim einen gedient, ich diene beim andern. Jeden Sonntag haben wir zusammen die Kirche besucht. Im Brachmonat erst kehrte sie nach Hause zurück, weil sie erfahren hatte, dass ihre Mutter schwer krank ist.»

Noch immer klingt die Armesünderglocke von der Stadt herüber. Der Obervogt schwingt sich aufs Pferd, er trägt ein kostbares Wams und hält den Richtstab in der Hand. Die Hellebardenträger flankieren das Pferd mit dem Obervogt, die Gerichtssässe folgen zu Fuß. Die Landjäger setzen sich in Bewegung, sie tragen die schwankende Schuldige mehr, als dass sie geht. Die johlende Menge folgt, die beiden Mägde unter ihnen.

«Auf dem Weg zur Kirche hat dir die lebenslustige Elsbeth wohl einiges verschwiegen», sagt Grit. «Dass sie sich überhaupt in die Kirche gewagt hat!»

Vreni erschrickt ob Grits grobem Ton. «Elsbeth war oft bedrückt, sie hat nicht viel gesprochen. Von ihrer Mutter hat sie erzählt. Vor ihrem Vater hatte sie Angst. Wohl darum ist sie an Weihnachten nicht nach Hause gegangen.»

«Ihr Vater war ein Säufer», meint Grit verächtlich, «er hat im Suff die Mutter und den Bruder geschlagen. Nur Elsbeth mit dem rotblonden Haar, seinen Sonnenschein, habe er ausgespart, erzählt man. Hätte er aber von der Schwangerschaft gewusst, hätte er sie windelweich geschlagen, da bin ich sicher. Eine solche Schande will niemand in der Familie.»

Die beiden Mägde werden im seltsamen Zug auf der Bözbergstraße von der Menge mitgeschoben. Es geht laut zu um sie herum, Vreni hat nicht alle Worte von Grit verstanden. Sie sagt nur: «Von der Schwangerschaft habe ich nichts gewusst.»

«Hast du die Elsbeth nie angeschaut? Die Rundung ihres Leibes war offensichtlich, darum wurde sie vor einem Jahr vor Chorgericht geladen. Sie hat einen Rock mit üppigen Falten angezogen und alles abgestritten. Und als die Hebamme sie untersuchen wollte, war sie plötzlich weg.»

Vreni schaut Grit an. Das Gesicht der Magd ist von harten Linien durchzogen, sie wirkt älter als Elsbeth. «Weißt du das alles, weil du mit Elsbeth befreundet bist?»

Einen Moment mustert Grit ihre Nachbarin misstrauisch, dann sprudelt es aus ihr heraus. «Dir kann ich es ja erzählen – du dienst weit weg in Lupfig. Die Elsbeth und ich sind gleich alt. Ich habe die Schule beim alten Schulmeister in Linn besucht, Elsbeth jene in Bözberg. In der Unterweisung beim Pfarrer in Bözberg sind wir nebeneinandergesessen. Als ich Anfang Mai letzten Jahres zur Kirche ging, traf ich Musikanten unter der Linde, und sie sagten mir, dass sie später im Tannbüel zum Tanz aufspielen würden. Auf dem Kirchweg traf ich Elsbeth und erzählte ihr von den Musikanten, sie war sofort begeistert. Wir waren beide siebzehn, hatten noch nie getanzt. Zuhause erzählten wir von einem gemeinsamen Spaziergang am Nachmittag.

Das Tannbüel liegt etwas abseits, die Töne führten uns hin. Auf der Lichtung im Wald spielten die Musikanten auf. Junge Männer waren dort, die wir noch nie gesehen hatten. Und wir zwei Mädchen. Die Männer holten uns abwechselnd zum Tanz. Mir gefiel Konrad am besten, er ist groß und kräftig und war der Anführer der Männer. Konrad hatte aber nur Augen für Elsbeth. Sie flog in seinen Armen dahin, ihre Augen glänzten. Als die Musikanten Pause machten, zogen die jungen Männer eine Flasche mit feurigem Wein hervor, den wir noch nie gekostet hatten.» Grit blinzelt zu Vreni. «Ich habe von diesem feurigen Wein getrunken. Elsbeth wollte erst nicht. Dann hat Konrad den Arm um sie gelegt und ihn ihr eingeflößt. Als die Musik wieder erklang, wussten wir kaum mehr, wie uns geschah. Die Tänzer waren so feurig wie der Wein, wir flogen nicht mehr dahin, torkelten mehr. Auf einmal war Elsbeth weg. Als sie zusammen mit Konrad wieder aus dem Wald trat, waren Blätter und Zweiglein in ihrem Haar. Wir sind dann gegangen, obwohl die Männer versuchten, uns zurückzuhalten.» Grit schaut trotzig zu Vreni: «Du denkst doch nicht, dass ich Schuld trage an Elsbeths Unglück?»

Vreni schüttelt den Kopf, sie ist verstummt. Die beiden Mägde werden im Zug mitgeschoben, bis er bei einem großen Hof zum Stillstand kommt. «Das ist das Prophetengut», erklärt einer, «dahinter sind der Gäbihübel und der Pfaffefirst.» Auf dem kleinen Hügel ragen drei steinerne Säulen in die Höhe, sie sind mit Galgenhölzern verbunden. Der Obervogt gleitet vom Pferd, sein Richtstab glänzt in der Sonne, das Gericht stellt sich wieder im Halbkreis auf. Elsbeth wird sichtbar. Ein Geistlicher steht neben ihr, er betet laut, sie schaut vor sich hin.

«Das ist Pfarrer Vögtlin vom Bözberg», flüstert Grit, «er hat uns unterwiesen. Nach der Vollstreckung wird er eine Standrede halten, habe ich gehört, und uns ins Gewissen reden, damit wir uns von solchen Sünden fernhalten. Anschließend nimmt das Gericht das Blutmahl ein.» Sie hält inne. «Es ist verrückt, noch im Frühling vor einem Jahr saßen wir nebeneinander und hörten der Predigt von Pfarrer Vögtlin zu. Und jetzt geht Elsbeths Leben schon zu Ende.»

Der Pfarrer macht einen Schritt zurück, die Landjäger greifen nach der Angeklagten. Der Scharfrichter, das Schwert umgegürtet, schreitet den Hügel hinauf, die Angeklagte, gestützt von den Landjägern, folgt mühsam.

«Was haben sie mit Elsbeth gemacht?», fragt Vreni entsetzt. «Ihre Schultern sind schief, sie kann Arme und Beine kaum bewegen.»

«Sie wurde gemartert, mit gebundenen Händen an einem Seil hochgezogen. Das hat mir eine Magd erzählt, die beim Obervogt dient. Ich weiß fast alles von diesem Fall», erklärt Grit stolz. «Wenn sie auf dem Hügel angekommen sind, wird der Scharfrichter das Schwert ziehen. Dann ist es vorbei mit Elsbeth.»

Vreni schnappt nach Luft. «Ich halte das nicht aus», sagt sie und macht kehrt.

Grit schaut entgeistert zu, wie sich Vreni einen Weg durch die Menge bahnt, die ihr nur widerwillig Platz macht, weil man jetzt keine Störung will, und dreht sich zurück zum Geschehen auf dem Hügel.

Als Vreni den Aufschrei der Menge hört, beschleunigt sie den Schritt, sie läuft, ja rennt fast. Der Weg zieht sich endlos hin, wie ein gehetztes Wild nähert sie sich der Stadt, nimmt nichts wahr, ihr Kopf ist wirr. Bilder von Elsbeth sieht sie vor ihren Augen, ihr Gesicht unter dem roten Haar mit Laubflecken gesprenkelt, der Blick verschmitzt, ein Lächeln. Ja, solche Bilder hat es gegeben, auch wenn Elsbeth meist nachdenklich war und – so scheint es ihr nun – in der Kirche das Vaterunser mit der Zeile «und vergib uns unsere Sünden» besonders ernsthaft mitgesprochen hat.

September 1708

Als Elsbeth am Tannbüel vorbeiwandert, ist es noch fast dunkel. Das Tannendickicht ist so undurchdringlich wie ihre Erinnerungen an diesen Ort. Erste Vögel pfeifen zaghaft. Sie geht die Äcker entlang, einige sind gepflügt, ein erdiger Geruch steigt auf. Wie immer ist sie überrascht, als auf einmal die Linde auftaucht, ein Schattenriss in der Morgendämmerung. Sie blickt sich um – da ist niemand. Ein letztes Mal innehalten, bevor sie die Heimat verlässt. Sie stellt den Korb ab, lehnt sich an den Stamm.

Da ist es wieder, das Gefühl, dass ein Fisch in ihrem Bauch schwimmt. Wenn es doch nur ein Fisch wäre ... Ein Kind ist es, sich selbst gesteht sie es ein. Zu früh hat dieses Kind zu ihr gefunden, sie ist erst siebzehn. Und der Vater des Kindes fehlt – das vor allem. Wenn da ein Vater wäre, hätten sie geheiratet, sie wäre zu ihm gezogen, und alles wäre gut gekommen. Sie hätten mit wenig angefangen. Das macht nichts. Sie kann hart arbeiten, einen Haushalt führen, die Mutter war oft krank.

Der Fisch im Bauch regt sich von Neuem. Sie legt die Hände auf den Bauch, nimmt sie sogleich wieder weg. Das tun nur schwangere Frauen. Es wäre verdächtig, falls jemand sie beobachtet.

Sie befindet sich auf der Seite, die dem Dorf Linn abgekehrt ist. Es tut gut, den breiten Stamm im Rücken zu spüren, er stützt und schützt vor neugierigen Blicken. Das Blau am Horizont wird heller, eine Spur Rot mischt sich hinein. Sie hat noch etwas Zeit, bevor die Sonne aufgeht und alles schonungslos ausleuchten wird.

Wer hätte gedacht, dass ihr Weg in die Fremde führt? Innert weniger Tage war sie gezwungen, diesen einzigen Weg zu wählen, der ihr noch offenstand. In den Korb hat sie nur das Nötigste gepackt: Röcke, Unterkleider, ein paar Hauben und Tücher – alles, was eine Magd braucht. Wird sie gleich eine Stelle finden? Wenn sie nur nicht eine Nacht im Wald verbringen muss. Schweiß tritt auf ihre Stirn, als sie daran denkt.

So vieles ist ungewiss. Mit niemandem hat sie sprechen können. Noch nie hat sie den Weg nach Fahr Birrenlauf eingeschlagen. Sie will bei einem Bauernhof auf der anderen Seite der Aare Arbeit suchen, wo niemand sie kennt, sie aber dennoch nicht weit weg ist von ihrer Heimat. Sie kennt nichts anderes als den Bözberg. Den üblichen Weg über Brugg kann sie nicht nehmen – zu viele Augen würden ihr folgen.

Vor zwei Tagen hat sie einen Fahrenden nach dem Weg gefragt, nicht jemanden vom Bözberg, der sie verraten könnte. Der Hausierer sagte ihr, dass der Weg bei der großen Linde von Linn nach Südosten abzweige und dann steil durch den Wald ins Tal hinunterführe. «Dann gehst du der Aare entlang aufwärts bis zur Fähre in der Nähe von Schloss Wildenstein – gegen ein paar Kreuzer rudert dich der Fährmann hinüber. Hast du Geld?» Der Mann mit dem dunklen, wilden Haarschopf musterte sie. «Zwei Batzen habe ich», antwortete sie. Streifte er mit seinem Blick mitleidig ihren Bauch? «Ich habe dem Bären-Wirt auf dem Stalden Seife verkauft. Da, nimm diesen Batzen.» Schnell steckte sie den Batzen ein, der Hausierer zog davon.

Sie starrt in die dunkle Röte, die den Himmel immer weiter überzieht. Bis im Frühling hatte sie nur die Sorgen mit der Familie. Auch die sind nicht wenig. Der Vater trinkt. Er ärgert sich über die Großbauern, die ihn für die Arbeit schlecht entlöhnen. Manchmal kommt er erst in der Nacht nach Hause. Niemand im Haus schläft dann, alle horchen auf seine Schritte. Meist sucht er die Kammer auf, wo die Mutter liegt, und lässt die Schläge auf sie niederprasseln. Wenn ihr ein Jahr jüngerer Bruder Franz eingreift, bekommt auch er Schläge ab. Wenn sie selbst dazwischengeht, hält der Vater meist inne: «Oh, mein rotblonder Sonnenschein, du siehst aus wie deine Mutter, als sie noch hübsch war», keuchte er letzthin, ließ sich auf sein Lager fallen und begann zu schnarchen. Franz nimmt es ihr übel, dass der Vater sie vorzieht, sie kann aber nichts dafür.

Als sie vor ein paar Tagen vor Chorgericht geladen wurde, hat der Vater sie verteidigt. «Meine Tochter hat keinen unzüchtigen Umgang», verkündete er lauthals, «es ist schändlich, dass sie vor Chorgericht zitiert wird. Das tun sie nur, weil ich Taglöhner bin und kein reicher Bauer.»

Wer hat sie beim Chorgericht angezeigt? Sie weiß es nicht. Nach der Predigt, als alle die Kirche verlassen hatten, musste sie dem Gericht im Chor Red und Antwort stehen, der Pfarrer führte das Protokoll. Grit, mit der sie sonst den Kirchweg zurücklegt, kehrte allein heim. Ahnte sie, um was es ging?

Als sie vor den Herren stand, starrten diese auf die Falten ihres Rocks über dem Bauch. Sie stellten peinliche Fragen nach ihrem Umgang und ihrem Zustand. Nie hätte sie geahnt, dass ein Chorgericht Fragen dieser Art stellen darf. Sie wich den Fragen aus und bestritt, gesegneten Leibes zu sein.

Der Chorgerichtsweibel führte sie hinaus, während das Sittengericht beriet, und dann wieder zurück in den Chor.

Pfarrer Vögtlin, der sie konfirmiert und stets gelobt hat, weil sie das Vaterunser und die Zehn Gebote auswendig aufsagen kann, musterte sie kalt: «Das Chorgericht glaubt dir nicht, Elsbeth Kehrer. Vermutlich hast du durch Unzucht große Schuld auf dich geladen. In der kommenden Woche suchst du die Hebamme Maria Schälkli auf, sie wird dich untersuchen und uns Bericht erstatten. In einer Woche, falls sich deine Schwangerschaft bestätigt, erscheinst du wieder vor Chorgericht. Dann wirst du uns zu deinem unzüchtigen Verhalten Auskunft geben und den Namen des Vaters deiner Leibesfrucht nennen. Wenn du den Namen verschweigst oder der Kindsvater abstreitet, wirst du, wie üblich in solchen Fällen, während der größten Geburtsschmerzen von zwei Chorrichtern zum Namen des Kindsvaters befragt. Hast du uns noch etwas zu sagen?»

Sie hatte verneint. Schamröte war ihr ins Gesicht gestiegen. Hastig hatte sie sich umgedreht und die Kirche verlassen in der Hoffnung, dass die Herren die Röte nicht bemerkt hatten. Zum ersten Mal seit vielen Jahren war sie allein von der Kirche nach Hause gegangen. Sie war sogar froh gewesen, dass Grit nicht neben ihr ging. Worüber hätten sie sprechen können? Das ist allein ihr Schicksal, Grit ist nicht betroffen.

Elsbeths Magen zieht sich zusammen, als sie noch einmal daran denkt, was man ihr angedroht hat: die Untersuchung durch die Hebamme, ihre Berichterstattung an die Chorherren. Dann das Ausharren während Monaten auf dem Bözberg, in Unehre gefallen. Das Munkeln der Leute, das Spießrutenlaufen, die Ächtung. Während der Geburt den Blicken fremder Männer ausgesetzt sein! Wieder überfällt sie die Scham. Nachdem sie das alles ertragen hätte, dann die letzte, vielleicht größte Demütigung von allen: Wenn Konrads

Name über ihre Lippen gekommen wäre, hätten sie ihn vorgeladen. Und er hätte ihre Aussagen abgestritten und das Kind verleugnet.

So viel Scham und Schande. Und die unbändige Wut ihres Vaters, wenn sich herausstellen würde, dass ausgerechnet sie, sein Sonnenschein, Unehre über die Familie gebracht hatte. Vielleicht hätten auch sie Schläge ereilt, oder, noch schlimmer: Er hätte die Mutter gestraft anstelle der unbotmäßigen Tochter.

Das Hellrot des Himmels geht in dunkles Gelb über. Elsbeth lässt sich am Stamm der Linde zu Boden gleiten. Durch Unzucht habe sie große Schuld auf sich geladen, hat der Pfarrer gesagt. Warum nur fühlt sie sich nicht schuldig? Man lädt Schuld auf sich mit einem Verbrechen. Sie hat kein Verbrechen begangen. Unerfahren war sie – ja, das schon. Sie hat sich mitreißen lassen, hat schönen Worten, Umarmungen und Küssen geglaubt. Das wird ihr nun zum Verhängnis. Niemand hat sie gewarnt. Es hat so harmlos begonnen. Sie hat sich einem Vergnügen hingegeben – das erste Mal in ihrem Leben.

Im Tannbüel war es. Grit hat sie mitgenommen zum Tanz im Wald. Die Musikanten spielten wie wild, das Tanzen hat ihr gefallen. Auch Konrad hat ihr gefallen, seine breiten Schultern, sein eindringlicher Blick. Er hat sie im Tanz geführt und danach den Arm um sie gelegt. Noch nie hatte sie jemand in die Arme geschlossen. Glücklich lag sie da, an ihn geschmiegt, schaute auf ein Stück blauen Himmels zwischen den Tannenspitzen, und es war, als ob sich ihr der Himmel für einen Augenblick geöffnet hätte. Dann bot er ihr Branntwein an, und sie lehnte ab, weil sie diesen Geruch kannte: So roch der Vater, wenn er aus dem Wirtshaus kam. Konrad lachte und hielt sie in seinen Armen fest, als ihr die anderen jungen Männer mit Gewalt vom feurigen Wein einflößten. Das Stück Himmel war plötzlich weit weg, ihre Glieder wurden schwer. Konrad zog sie hoch, eng umschlungen taumelten sie in den Wald. Auf einem Bett aus Moos schob er ihren Rock hoch und legte sich auf sie. Dann Schmerz, noch mehr Schmerz, und einige süße Gefühle. Er raunte ihr ins Ohr: «Im Sommer ist hier jeden ersten Sonntag im Monat Tanz. Da kannst du deinen Konrad wiedersehen, Kleine, ich werde auf dich warten.» Als sie zur Lichtung zurückgelangten, trat Grit eben mit einem anderen jungen Mann aus dem Wald. Keine von ihnen wollte mehr bleiben, sie verabschiedeten sich. Die Wege der beiden Mädchen trennten sich bald – Elsbeth war nach Stalden abgebogen, Grit nach Linn. Über das Vorgefallene hatten sie nie gesprochen.

Einen Monat später war sie ohne Grit zum Tanz gegangen. Ein paar fremde Mädchen tanzten mit den jungen Männern, Konrad war nicht da. Als die Musikanten Pause machten, fragte sie den Fiedler nach ihm. «Meinst du Konrad Finsterwald aus Villigen? Er kommt später und wird sich freuen, dich wiederzusehen.» Und so war es. Plötzlich tauchte er auf, wirbelte sie im Tanz herum, sie lachten und scherzten. Der Branntwein wurde herumgereicht, sie nahm einen einzigen Schluck. Er legte seine Lippen auf ihre und küsste sie, und dieser Kuss brannte mehr in ihr als der Wein. Er führte sie in den Wald, und diesmal empfand sie kaum Schmerz, es überwogen die süßen Gefühle. Als sie auseinandergingen, strich er ihr übers Haar: «In einem Monat wieder, kleine Elsbeth, du bist so feurig wie dein Haar.»

Als sie sich im Juli auf den Weg zum Tannbüel machte, stieg von den Wiesen Heuduft auf und von den Äckern der Geruch des bald erntereifen Korns. Zum ersten Mal in ihrem Leben waren ihr Düfte und Gerüche unangenehm. Jeden Morgen verspürte sie Brechreiz. Zweimal war ihr Blut nicht gekommen. Sie wusste nicht viel, ahnte aber doch, dass es ernst und sie mit Kind sein könnte. Ihre Brust war größer und von blauen Adern durchzogen, ihr Bauch leicht gerundet. Wenn sie nur mit ihrer Mutter hätte sprechen können ... Das war undenkbar. So undenkbar wie das, was mit ihr passiert war. Sie hatte den ersten Sonntag im Juli herbeigesehnt, und dann kam er und ihr war doch etwas bange. Am Vormittag war sie mit Grit zur Kirche gegangen, hin und zurück. Grit plauderte wie immer. Ihr Körper war unversehrt – nur sie selbst hatte es getroffen.

Als sie auf dem Weg war zu ihm, war ihr leichter ums Herz geworden. Er würde verstehen, würde handeln. Es betraf sie beide – ein Weg würde sich zeigen.

Konrad schloss sie in die Arme, als sie die Lichtung betrat. «Elsbeth, meine Kleine, endlich.» Er zog sie gleich mit sich in den Wald, küsste sie, fasste mit der Hand an ihren Rock.

«Ich muss mit dir sprechen. Es ist wichtig.»

«Später», sagte er und hob ihren Rock.

Sie machte einen Schritt zurück. «Ich bin vielleicht mit Kind.» Jetzt war es heraus.

«Was sagst du da?» Seine breiten Brauen zogen sich über den Augen zusammen. «Das kann nicht sein.»

«Doch, das Blut ist zweimal ausgeblieben.»

Er befühlte ihren Bauch und zog die Hand zurück, als ob er sich verbrannt hätte. «Ich lasse mir kein Kind unterschieben, hörst du. Sicher hast du es mit einigen getrieben. Einer davon soll jetzt dafür geradestehen – ich tue es nicht.»

Trotz des warmen Sommerwetters fröstelte sie. «Ich bin nur mit dir gewesen, Konrad, zweimal, hier, im Wald.»

Er fuchtelte mit der Hand vor ihrem Gesicht herum. «Wenn du meinen Namen vor Chorgericht angibst, werde ich es abstreiten. Versuche nicht, mich da hineinzuziehen, sonst wird es für dich Folgen haben. Das war's, Elsbeth.»

«Konrad, bitte!», hatte sie gefleht – und sich dafür verachtet.

Er hatte sie stehen lassen und war zu den anderen gegangen, ohne sich noch einmal umzudrehen.

Sie hatte so gehofft, dass das Blut wiederkäme. Konrad hatte sich abscheulich verhalten. Mit der Zeit hätte sie ihn vergessen können. Aber das Blut war nicht gekommen, ihr Bauch rundete sich weiter.

Am ersten Augustsonntag war Regen gefallen. Sie hatte sich am Waldrand beim Tannbüel versteckt und Konrad zur Rede stellen wollen. Aber kein Musikant war gekommen, und er auch nicht. Vergebens hatte sie in diesen Wochen gehofft, dass er irgendwann vor ihrem Haus stehen und sie um Vergebung bitten würde.

Am ersten Septembersonntag sollte der letzte Waldtanz des Jahres stattfinden, und sie war hingegangen. Konrad erschien nicht. Sie hatte allein dort gesessen, den anderen beim Tanzen zugesehen. In der Pause war der Fiedler zu ihr getreten. «Konrad kommt nicht, er will dich nicht mehr sehen, es tut mir leid.» Sie hatte genickt. Die Musik hatte wieder eingesetzt, und sie war davongegangen, hatte die Blicke der tanzenden Paare auf ihrem Rücken gespürt.

Elsbeth öffnet die Augen und wird von der Sonne überrascht, die sich bereits vom Horizont gelöst hat und unaufhaltsam in die Höhe strebt. Das viele Licht blendet, sie rappelt sich hoch, hält die Hand vor die Augen, lässt sie fallen. Es nützt nichts, sie kann sich nicht verbergen. Sie muss sich diesem Tag und dem hellen Licht stellen und in ihr neues Leben hinausgehen. Wenn es denn ein neues Leben gibt.

Als sie den Korb nimmt und den Weg nach Fahr Birrenlauf einschlägt, den ihr der Hausierer angegeben hat, spürt sie schon wieder eine Bewegung im Bauch.

Wenn du ein Fisch wärst, sagt sie zum Kind, hättest du irgendwann von diesem engen Becken genug und würdest davonschwimmen. Es tut mir so leid für dich, aber darauf muss ich hoffen. Dein Vater will dich nicht, und ich allein kann dich nicht haben, das lassen unsere Sitten und Gesetze nicht zu. Du würdest mir Schande bereiten und ich dir. Du wirst ein Einsehen haben, Kind. Dafür bete ich – für nichts anderes.

Juni 1709
Die Linde schimmert im letzten Licht. Mächtig ist der Baum, ein Wahrzeichen ihrer Heimat. Endlich steht sie unter dem Baum. Lange hat sie an diesem Sommerabend im Wald gewartet, bis die Umrisse der Tannen verschwammen. Sie kann nicht mehr einfach so in ihre Heimat zurückkehren, weiß nicht, wie man sie aufnehmen wird.

Duft steigt ihr in die Nase, ein wunderbarer Honigduft. Das Summen von Bienen füllt den Baum. Die Linde blüht. Sie greift nach einem Zweig mit weißgelben Blüten, riecht daran. Während der Schwangerschaft tat sie sich schwer mit Gerüchen, jetzt liebt sie feine Düfte umso mehr.

Die Linde hat sich nicht verändert. Im April hat sie Blätter ausgetrieben, jetzt schmückt sie sich mit Blüten. Im Herbst lässt sie die Blätter fallen und zieht sich in die Winterruhe zurück, dann beginnt alles von Neuem. Wenn es beim Menschen doch auch so wäre, wenn man neu anfangen, alles ungeschehen und besser machen könnte ...

Wegen der Mutter kehrt sie zurück. Der Vater ist tot, die Mutter schwer krank. Das hat sie von Grit erfahren, als sie sich im Mai zufällig auf dem Markt in Brugg begegneten. Grit ist jetzt Magd auf einem großen Hof in Linn. Elsbeth wollte sich unerkannt zurückziehen, als sie die Freundin zwischen den Marktständen sah, aber Grit hatte sie schon entdeckt.

Verlegen standen sie sich gegenüber und redeten über ihre Meistersleute, nicht über den Tanz auf Tannbüel und nicht über Elsbeths plötzlichen Weggang. Den Ort, wo sie jetzt dient, nannte sie nicht. Als Grit von Elsbeths Familie sprach, dem Tod ihres Vaters und der Krankheit ihrer Mutter, wusste sie, dass ihre Tage in Lupfig gezählt waren. Vor einer Woche hat sie den Meistersleuten mitgeteilt, dass ihre kranke Mutter Pflege brauche. Der Bauer und die Bäuerin bedauerten ihren Weggang. Sie war nur die dritte Magd im Haushalt, aber sie lobten ihre schwere Arbeit und schweigsame Art. Heute Morgen hat sie ihren Korb gepackt, sich von allen verabschiedet.

Die Ungewissheit, ob das Chorgericht sie bei der Rückkehr noch einmal vorladen wird, zehrt an ihr. Da ist kein Kind. Was können sie ihr vorhalten? Sie wird die Mutter pflegen so lange wie nötig, dann wieder fortgehen und als Magd dienen. Ihr Bruder Franz ist als Taglöhner in die Stapfen des Vaters getreten, hat Grit erzählt. Vielleicht verstehen sie sich besser, weil der Vater nicht mehr da ist. Der Vater hat allen Angst eingeflößt. Sie empfindet keine Trauer, wenn sie an seinen Tod denkt. Das ist nicht richtig. Es gibt noch anderes, das nicht richtig ist in ihrem Leben.

Sie weiß nicht, ob der Bözberg noch ihre Heimat ist. Jemand hat sie wegen der Schwangerschaft verraten. Trotzdem verspürte sie Heimweh nach den vertrauten Häusern, Leuten und der Linde. Wenn sie geblieben wäre, hätte man sie diesem Verfahren unterzogen, das ihr noch jetzt die Schamröte ins Gesicht treibt. Sie hat Fehler gemacht, ja, hat sich dem falschen Mann hingegeben, sich von ihm täuschen lassen. Im letzten Sommer war sie sicher, dass sich alles ändern und Konrad zu ihr stehen würde. Sie hätte seinen Namen vor Gericht nicht genannt. Vielleicht wäre das jetzt anders. Aber das Chorgericht kann keinen Namen mehr von ihr einfordern. Da ist kein Kind.

Wenn sie sich nur jemandem hätte anvertrauen können. Mit Vreni wäre es vielleicht möglich gewesen, obwohl Vreni nur wenig älter ist als sie selbst. Sie haben sich beim Kirchgang kennengelernt. Die Meistersleute der beiden Großbauernhöfe schritten mit ihren Kindern voran, die Knechte folgten, dann die Mägde, die jüngsten Mägde Vreni und Elsbeth zuhinterst. Vreni war für sie ein bisschen wie Grit, sie sprachen über die Arbeit und die Kleider. Vreni wunderte sich, dass sie dicke Faltenröcke trug, aber sie verteidigte ihre Kleidung, sie brauche Wärme im Herbst und Winter. Vreni ist sanfter, sie war ihr sogar näher als Grit, die scharf sein kann und alles in Gut oder Böse einteilt. Vreni hätte sie nicht verleumdet, wenn sie sich ihr anvertraut hätte, da ist sie sicher. Sie hätte mitgelitten, vielleicht zu sehr. Sie hat Vreni nicht hineinziehen wollen und darum geschwiegen.

Vor den Meistersleuten, den anderen Mägden und Knechten hat sie sich in Acht genommen. Sie hätten sie wegen ihrer unehelichen Schwangerschaft angezeigt, dazu sind sie von der Obrigkeit verpflichtet. Weil sie sie aber nie anders gekannt hatten als mit einer gewissen Leibesfülle und sie stets hart arbeitete, blieben Verdächtigungen aus.

Einmal abends im Gaden unterhielten sich die beiden älteren Mägde über den Fall einer ledigen Magd im Nachbardorf. Diese hätte eines Nachts heimlich ein Kind geboren und es in ihrer Kammer verborgen. Aber das Kind habe geweint und die Magd mit Kind sei mit Schimpf und Schande davongejagt worden. Die Meistersleute hätten gedroht sie anzuzeigen, wenn sie noch einmal in die Nähe des Hofes komme. Sie sei nach Hause gegangen, aber ihr eigener Vater habe sie wegen der Schande unter Drohungen weggewiesen. Die Magd sei auf der Straße gelandet und mit dem Kind davongezogen. Niemand wisse, was mit ihr geschehen sei. Elsbeth war heiß und kalt geworden, als sie dieser Geschichte zuhörte. Sie hatte ihren Bauch befühlt, die Decke hochgezogen und sich zusammengerollt. Kein Weg hatte sich abgezeichnet, aber sie hatte noch immer gehofft, dass sich einer zeigen würde.

Ist es der süße Duft der Blüten? Tränen schießen in ihre Augen, sie lässt sich am Stamm des Baums zu Boden gleiten wie damals im vergangenen September, als sie wegging. Als der Fisch in ihrem Bauch tanzte. Als sie in Gefahr war, es aber noch Hoffnung gab, dass sich das Kind davonstehlen würde, wie sich der Vater davongestohlen hatte. Das Kind. Ihr kleiner Bub. Er blieb bei ihr. Der liebe Gott hätte ein Einsehen haben müssen. Oder das Schicksal. Alle haben sie im Stich gelassen. Sie schüttelt den Kopf über sich selbst. Wer ist sie, dass sie fordern könnte, dass das Schicksal oder gar der liebe Gott ihr beisteht? Eine einfache Magd ist sie. Unbedeutend. Eins hat zum andern geführt. Nicht nur Fehler hat sie gemacht, sondern Schuld auf sich geladen.

Es ist dunkel jetzt. Im Stamm der alten Linde spürt Elsbeth eine Höhlung, in die sie ihren Körper fügt. Tränen laufen über ihr Gesicht, als sie spricht. «Linde, dir kann ich mich anvertrauen. Ich wurde wegen meiner Schwangerschaft verfolgt, konnte nicht auf dem Bözberg bleiben. Als ich das letzte Mal bei dir war, tanzte ein Fisch in meinem Bauch. Als ich in Lupfig untergekommen war, habe ich versucht, das Kind zu vergessen. Im Winter war es längst kein Fisch mehr, sondern ein fast ausgewachsenes Kind, das meinen Bauch ausfüllte. Zum Glück konnte ich es verbergen. An einem kalten Februartag wachte ich mit krampfartigen Schmerzen auf. Ich verabschiedete mich in den Wald zum Holzsammeln. Die anderen Mägde blieben im warmen Haus und Stall, und ich war froh darüber. Ich gelangte nicht bis zum Wald. Die Schmerzen waren so stark, dass ich mich in einer abgelegenen Scheune ins Heu legte. Dort habe ich meinen Buben geboren.

Als ich ihn mit einem Tuch abgewischt habe, begann er zu weinen. Mit einem kleinen Messer, das ich eingesteckt hatte, habe ich das Kind abgetrennt, das blutige Tuch mit Nabelschnur und Nachgeburt tief im Heu vergraben und alles sauber gemacht. Ich habe das Kind aus dem Heu genommen und mich draußen mit ihm in den Schnee gelegt. Ich wollte ihm nahe sein, so lange wie möglich. Kaum hatte ich es abgelegt, steigerte sich sein leises Weinen zu lautem Geschrei. Das Gesichtchen des Kleinen war rot angelaufen, in seinen Augen entdeckte ich Konrads Wut. Die Angst, dass wir entdeckt würden, griff wie mit Fingern nach mir. Was sollte ich tun? Ich war wie von Sinnen, legte mich auf das Kind, deckte es mit meinem Körper zu, damit es verstummt. Eine Zeitlang spürte ich noch Bewegung unter mir, dann nichts mehr. Die Stille war schlimmer als die Schreie zuvor. Ich schloss dem Kind die Augen, wickelte es in meine Schürze, legte es in den Korb und habe es den ganzen Tag mit mir getragen, während ich im Wald Holz sammelte. Still war es im Wald, still war das Kind. In der Nacht lag das Kind zugedeckt im Korb neben meinem Lager, niemand hat etwas bemerkt. Am nächsten Tag habe ich es weit außerhalb des Dorfs aus der Schürze gewickelt und in der Nähe des Waldrands hinter einen Hag gelegt. Es war ganz weiß, mein Kind, so weiß wie Schnee. Am folgenden Tag war es verschwunden – es war, als hätte es das Kind nie gegeben.» Sie hält inne. «Ich wusste mir nicht zu helfen, sah keinen Ausweg. Verachtest du mich, Linde?»

Elsbeth spürt die Höhlung des Baums an ihren Schultern, sie riecht seinen Duft. Der Baum urteilt nicht. Er hat ihre Beichte entgegengenommen, ist einfach da. «Danke, dass ich mich bei dir aussprechen konnte, Linde. Meine Schuld ist nicht kleiner geworden. Trotzdem ist mir jetzt etwas leichter. Ich bin bereit, nach Hause zu gehen.»

Sie erhebt sich, bleibt noch einen Moment stehen, eingehüllt in den Duft des Baums.

Burg Schenkenberg, Juli 1709
Obervogt Isaak Steiger klopft mit der Stiefelspitze auf den Boden, den schwarzen Hut hat er vor sich auf den Tisch gelegt. Er sitzt im Nebenzimmer des Amtsraums, wo er seit dem Morgen das Verhör führt. Von seiner Magd hat er sich in einem Silberbecher Bözener Wein kredenzen lassen, einen guten Tropfen. Er trinkt in großen Schlucken, um die Anspannung loszuwerden. Bis jetzt ist er nicht vorwärtsgekommen. Die Angeklagte hat alle erfragten Angaben zu Person, Familie und Arbeit gemacht. Zu ihrer Schwangerschaft und ihrem Verbrechen aber hat sie nichts gesagt. Darum hat er eine Unterbrechung des Verhörs anberaumt. Er muss sein Vorgehen überdenken.

Das Schicksal hat ihm eine schwierige Aufgabe zugeteilt. Er soll von einer Kindsmörderin ein Geständnis erhalten, deren totes Kind nie gefunden wurde. Es gibt keine Spuren der Tat. Selbst die Schwangerschaft ist nicht erwiesen, da eine Untersuchung durch die Hebamme nie stattfand. Und doch hat er das Gefühl, dass Pfarrer Vögtlin mit seinen Verdächtigungen recht hat. Aber es ist ihm noch nicht gelungen, die Angeklagte zum Reden zu bringen. Das ist ärgerlich.

Die Malefikantin stammt vom Bözberg, heißt Elsbeth Kehrer. Im vergangenen Jahr hat sie sich über Nacht fortgemacht. Die Meistersleute in Lupfig, bei denen sie gedient hat, wussten nichts von einem Kind. Gegenüber den Landjägern, die er hingeschickt hat, rühmten sie die junge Magd als höflich und arbeitsam. Wenn die Person nicht auf den Bözberg zurückgekehrt wäre, hätte sie nicht belangt werden können. Vor Kurzem hat der Bözberger Pfarrer einen Hinweis bekommen, dass die Kehrer in ihr Elternhaus zurückgekehrt sei. Er hat sofort nach den Landjägern geschickt, diese haben die Kehrer in Gewahrsam genommen und zu ihm auf Burg Schenkenberg gebracht, wo sie jetzt einsitzt. Nun hat er die unangenehme Aufgabe, sie in der Sommerzeit, wo man sich gern auf seinem Landsitz erfrischt, zu verhören.

Seit vier Jahren ist er Obervogt in Schenkenberg im Unteraargau, ein angesehenes Oberamt innerhalb der bernischen Landvogteien. Der Bözberg ist ein wichtiger Passübergang ins Fricktal, das zu Vorderösterreich gehört.

Er ist jetzt vierzigjährig, im besten Mannesalter. Seit 1701 sitzt er im bernischen Großen Rat, dem Sprungbrett zu den Ämtern. Die Steiger, mit dem Wappen des steigenden silbernen Steinbocks auf rotem Grund, das im Amtsraum nebenan hängt, sind eine angesehene Familie in Bern. Wer weiß, vielleicht gelingt ihm in zwei Jahren, wenn sein Amt in Schenkenberg ausläuft, der Sprung in höhere Weihen, in den Kleinen Rat. Wenn er dann noch ein paar Jahre die Leiter weiter nach oben klettert, könnte das höchste Amt, jenes des Berner Schultheißen, in Reichweite liegen. Ein Lächeln ist über sein Gesicht gehuscht, aber beim Gedanken an die vor ihm liegende Aufgabe schwindet es sogleich wieder. Kein Träumen zur Unzeit. Erst einmal muss er sich in seinem Amt als Obervogt von Schenkenberg ein weiteres Mal beweisen.

Vor drei Jahren hat er schon einmal einen Landtag zum Blutgericht einberufen, als es um die Blutschande des Samuel Büchli aus Bözen mit seiner Tochter Anna ging. Er konnte das Verfahren erfolgreich beenden; der Scharfrichter hat die Sünde der beiden mit dem Schwert gesühnt. Jetzt nicht loslassen in Sachen Kindsmord, dranbleiben – das ist die Devise.

Er trinkt einen weiteren Schluck Wein, als es klopft, die Tür aufgeht und seine Frau erscheint. «Ich habe gehört, dass es einen Unterbruch gibt in deinem Verhör. Mein Bruder

Hans Jakob hat einen Boten geschickt, er will wissen, wann wir ihm in Bern die Aufwartung machen. Er ist voll des Lobes über sein neues Amt als Schaffner des Frienisberghauses in der Junkerngasse.»

«Wir werden nach Bern fahren, wenn das Verhör mit der Kindsmörderin abgeschlossen ist und der Kleine Rat das Urteil gefällt hat.» Unwillig fügt er an: «Leider stecke ich im Verhör fest, die Angeklagte hat weder ihre Schwangerschaft noch ihre Untat gestanden.»

Anna Barbara, im hochgeschlossenen, eleganten Kleid, steht ihm gegenüber, sie mustert ihn. «Ich habe die Angeklagte gesehen, ein ganz junges Ding, jünger als unsere Mägde, wohl nur wenige Jahre älter als unsere Juliana. Gut möglich, dass du sie einschüchterst mit deiner schwarzen Ratsherrenkleidung und deiner strengen Art. Stell dir vor, sie wird von Landjägern verhaftet, hier auf die Burg geführt und im Turm gefangengesetzt. Sie ist verängstigt und verzweifelt.» Sie blickt auf seinen Becher mit Wein. «Lass ihr etwas Wein bringen, dann wird sie gesprächig. Zieh deinen Hut nicht wieder an, beuge dich zu ihr, sei geduldig, höre zu.» So schnell, wie sie gekommen ist, verabschiedet sich seine Frau.

Wein für die Angeklagte? Er soll dieser Person, die so schrecklich gefehlt hat, geduldig zuhören? Das widerstrebt ihm. Trotzdem spürt er, dass Anna Barbara, die über eine gute Menschenkenntnis verfügt und die Dienstboten im Haus mit Verstand führt, recht hat. Je schneller er sein Ziel erreicht, desto besser. Er nimmt die kleine Glocke zur Hand, läutet den Weibel herbei, gibt den Wein in Auftrag.

Als er etwas später den Amtsraum betritt, sitzt kein Hut auf seiner gepuderten Perücke, er zieht seinen Stuhl näher zur Angeklagten. Sein Ton ist milder, und die Kehrer blickt ihn zum ersten Mal an, statt auf den Boden zu starren.

Eineinhalb Stunden später sitzt er wieder am Tisch im Nebenzimmer, hochzufrieden. Der Rat von Anna Barbara war Gold wert. Er wird ihr das nicht sagen, um sie nicht hochmütig zu machen, aber sie wird es aus seiner Zufriedenheit schließen. Der Besuch in Bern beim Schwager und die folgenden Wochen auf dem Sommersitz rücken näher. Er nimmt einen tüchtigen Schluck vom Wein, den seine Magd nachgefüllt hat.

Der Amtsschreiber hat versprochen, die wichtigsten Teile des Protokolls mit dem Geständnis in Kürze vorzulegen, auf diese Auszüge wartet er jetzt. Hoffentlich hat der Schreiber gut formuliert, damit er dem Kleinen Rat eine würdige Probe seiner Verhörkunst vorlegen kann. Er muss nicht das ganze Verhör nach Bern senden. Es genügt den Herren des Kleinen Rats, wenn er die wichtigsten Ergebnisse in einem Bericht zusammenfasst.

Das Bild der Angeklagten erscheint noch einmal vor seinen Augen. Diese Elsbeth Kehrer mit dem roten Haar, dem Laubfleckengesicht und guten Wuchs ist ein ansehnliches Persönchen. Solche Mädchen muss man im Zaum halten, streng sein. Das wird er bei seiner Juliana tun und sie rechtzeitig verheiraten. Die einfachen Untertanen verstehen das nicht – kein Wunder, dass sie verderbte Kinder haben. Die Kehrer hat dem Konrad Finsterwald, so hat sie den Mann benannt, mit dem sie Unzucht getrieben hat, den Kopf verdreht. Wenn diese Unzucht keine Folgen gehabt hätte, wäre sie davongekommen, wie etliche andere junge Frauen, darüber macht er sich keine falschen Vorstellungen. Die Kehrer aber war dumm genug, es ohne Eheversprechen mit dem Finsterwald zu treiben. Und sie war dreist genug, erst in Bözberg zu bleiben, trotz Gerüchten über ihre Schwangerschaft und sich dann dem Chorgericht zu entziehen. Das hat den Pfarrer erzürnt, welcher der Obrigkeit verpflichtet ist, und ihn selbst zum Handeln gezwungen, der die Obrigkeit in diesem Amt vertritt.

Nachdem sie die Unzucht und folgende Schwangerschaft eingestanden hatte, wollte die Kehrer seinen Fragen ausweichen. Sie sprach von Schlägen des Vaters und Drohungen des Finsterwald, vor denen sie sich gefürchtet habe, darum habe sie sich dem Chorgericht entzogen. Gemäß dem Rat seiner Frau hat er sich zurückgehalten, das Handeln der Kehrer nicht sogleich verurteilt. Er hat sich nach dem Kind erkundigt – es werde ihr Gewissen erleichtern, darüber zu sprechen.

Da ist sie zusammengebrochen. Unter Schluchzen hat sie gestanden, es im Schnee erstickt und später in der Nähe des Waldes abgelegt zu haben. Sie habe sich nicht anders zu helfen gewusst, niemand sei ihr beigestanden, entschuldigte sie sich. Kaum hat er nachfragen müssen, alles ist aus ihr herausgebrochen. Der Amtsschreiber ist mit der Niederschrift kaum nachgekommen.

Nach dem Geständnis ihres frevlerischen Verhaltens ist ein Moment der Stille eingetreten. Die Angeklagte hat ihn mit großen Augen angeschaut, wohl erschrocken über sich selbst und ihre Worte. Er hat sich abgewandt, damit sie in seinen Augen nicht den Triumph lesen konnte, hat die Landjäger herbeigewinkt, und diese haben sie abgeführt.

Burg Schenkenberg, August 1709

Elsbeth schaut aus dem kleinen Turmfenster in den Hof hinunter. Die zwei Kinder des Obervogts spielen im Sonnenschein, der zwischen den Mauern herabfällt. Der Ball geht hin und her zwischen dem großen Mädchen und dem kleinen Buben. Sie hört die Namen, die sie einander zurufen: Das Mädchen heißt Juliana, der Bub Franz. Franz heißt auch ihr Bruder. Und sie selbst ist gar nicht so viel älter als Juliana.

Das Klatschen des Balls geht weiter, dann ist die Stimme der Frau Obervogt zu hören, die ihre Kinder zu sich in den Palas ruft. Die Stimmen und die Ballgeräusche verstummen.

Sie wendet sich mühsam vom Fenster ab – jede Bewegung schmerzt. Eigenartig, dass es Ähnlichkeiten geben kann, wo doch ihre Welten so verschieden sind. Juliana ist eine Landvogtstochter, wohlhabend, von ihren Eltern behütet – sie selbst die Tochter eines trunksüchtigen Taglöhners. Der hohe oder niedere Stand sei von Gott gegeben, hat Pfarrer Vögtlin in der Unterweisung gesagt, niemand dürfe daran rütteln. Landvögte gehören zum obersten Stand. Sie werden vom Staat Bern geschickt, um die Untertanengebiete zu regieren, hat sie in der Schule vernommen. Der Bözberg ist Teil des Oberamts Schenkenberg. Der von Bern ausgesandte Obervogt bewohnt die Burg Schenkenberg, hier sind auch die Amtsräume. Nie hätte sie gedacht, dass sie die Burg Schenkenberg einmal kennenlernen und dem Obervogt, er heißt Isaak Steiger, gegenüberstehen würde.

Der Weg hin zur Burg war schmachvoll. Die Landjäger hatten sie aus dem Haus gezerrt. Es war gegen Abend, ihr Bruder Franz hatte mit verschränkten Armen zugesehen und nichts gesagt. Hat er sie beim Pfarrer angezeigt oder jemand anderes? Die Mutter hat zum Glück nichts mitbekommen. Sie liegt auf ihrem Lager, ist noch da, aber bereits in der anderen Welt. Zwei Tage und Nächte nur hatte Elsbeth zu Hause verbracht. Die Mutter fantasierte, sie glaubte, die Tochter sei ihr im Traum erschienen.

«Du bist verhaftet», hatten die Landjäger ihr unter der Tür beschieden. Sie hatte nach den Gründen gefragt. «Das wirst du auf Burg Schenkenberg vom Obervogt erfahren, ihm führen wir dich zu. Los jetzt!» Die beiden schubsten sie und zerrten an ihr, wenn sie nicht schnell genug ging, sie fassten sie an den Oberarmen, wenn jemand entgegenkam. Diese

Schmach, verhaftet und abgeführt zu werden. Sie hatte geglaubt, sich der Schande entziehen zu können. Die Leute, die des Weges kamen, starrten sie an, als ob sie eine Aussätzige wäre.

Es schmerzte sie, als sie an der Linde vorbeikamen und sie keinen Augenblick innehalten durfte. Die Linde duftete noch immer, stand prächtig da in ihrem Sommerflor. Sie durfte ihren Schutz nicht aufsuchen, und als sie über die Schulter zum Baum zurückblickte, zerrten sie an ihr. Die Landjäger führten sie an Chalchderen vorbei auf dem gleichen steilen Weg durch den Wald ins Tal hinab, den sie vor Kurzem bei ihrer Rückkehr aus Lupfig gegangen war, weil sie der Mutter beistehen wollte und Heimweh gehabt hatte. Die Rückkehr war ein Fehler gewesen, das war ihr klar, als die Landjäger an die Haustür polterten, aber da war es zu spät. Sie ahnte die Anklage. Nie hätte sie aber gedacht, dass es so schlimm kommen könnte.

Unten im Aaretal angekommen, bogen sie in Richtung Thalheim ab. Zum ersten Mal erblickte sie die schroff aufragende Burg Schenkenberg. Die Landjäger banden ihr mit einem Stück Seil die Hände und führten sie wie ein Stück Vieh den Weg hinan zur Burg, die steile, überdachte Treppe hoch, über eine Fallbrücke und durch zwei Tore, von Wächtern bewacht. Sie betraten mit ihr das Burggelände und den Hof, wo eben die Kinder gespielt haben, stießen sie ins Verlies im Turm. Etwas Stroh liegt in der Ecke, sie bekommt zweimal im Tag Mus und Brot, hat einen Kessel mit Wasser und einen für die Notdurft. Nur durch die schmale Öffnung in der Mauer dringt etwas Licht ins Turmgemach.

Zwei Tage und Nächte ließ man sie hier drin, dann wurde sie dem Obervogt vorgeführt. Zitternd stand sie vor dem ganz in Schwarz gekleideten, hohen Herrn. Noch nie hatte sie den Obervogt zuvor gesehen.

Er schaute sie nicht an, stellte Frage um Frage. Mit leiser Stimme gab sie Auskunft zu ihrer Familie, ihrer Arbeit und ihrer Rückkehr, um die Mutter zu pflegen. Nach einer Weile sagte er mit barscher Stimme, dass sie nun zum Wesentlichen kämen, weswegen sie hier sei: ihre Unzucht, ihre Schwangerschaft, die sie verborgen habe, und das, was gefolgt sei. Sie war seinen Fragen ausgewichen, dann verstummt. Er hatte das Verhör unterbrochen, den Raum verlassen. Nach einer Weile war der Diener erschienen, hatte ihr einen Stuhl hingeschoben und einen Becher Wein gegeben. Der hohe Herr war zurückgekommen. Die Augen unter dem grauen Lockenhaar, das sie bei einem Mann noch nie gesehen hatte, ruhten auf ihr, und als er noch einmal fragte, begann sie zu reden. Sie hatte schon der Linde gebeichtet – jetzt tat sie es zum zweiten Mal.

Es fiel ihr leicht, über Konrad zu sprechen, seinen Namen preiszugeben. Sie ist nicht allein gewesen, er hat sie zum Tanz geführt und in den Wald hinein, es kann doch nicht sein, dass er jetzt mit allem nichts mehr zu tun hat. Der Amtsschreiber hatte das Gesagte eifrig mit der Feder festgehalten, einmal spitzte er sie zwischendurch, bat um einen Moment Pause, tunkte sie dann wieder in die Tinte und schrieb weiter. Der hohe Herr hatte Konrads Namen notiert und versprochen, dass man ihn vorladen und zur Rede stellen würde. Sie hatte vom Tanzen gesprochen, von der Verführung durch Konrad. Die besonderen Umstände, die daraus folgten, hatte sie nur angedeutet. Es war der hohe Herr, der von der Schwangerschaft sprach. Und vom Kind – plötzlich fragte er sie direkt nach dem Kind. Sie hatte nicht mehr an sich halten können, vielleicht hatte ihr der Wein die Zunge gelockert oder der Aufenthalt im dunklen Verlies. Alles hat sie ausgesprochen, alles, und der Vogt war ganz Ohr, er hatte sie reden lassen, sie nicht mehr unterbrochen, er schien die besonderen

Umstände zur Kenntnis zu nehmen, ja, sie glaubte gar, dass er auf seine Art Verständnis zeigte. Bis sich sein Gesicht plötzlich verschloss, er sich erhob, abwandte und das Verhör als beendet erklärte. Als der Landjäger sie hinausführte, hörte sie, wie der Amtsschreiber zum Weibel sagte: «Die Kehrer hat sich heute um Kopf und Kragen geredet.» Hatte sie das wirklich? Der hohe Herr hatte ihr zugehört, keine Regung gezeigt – so schlimm konnte es nicht sein.

In den folgenden Tagen holte man sie nicht mehr zum Verhör; der hohe Herr war nicht zu sprechen. Ein paar Mal sah sie ihn im Hof, wenn er seinen Rappen zum Ausritt bestieg. Dann – sie hatte keine Ahnung, wie viele Tage und Nächte verstrichen waren – ritt eines Tages ein Gesandter mit dem Wappen von Bern auf dem Schild in den Hof ein, sprang vom Pferd und übergab dem Vogt Akten.

Ein paar Stunden später wurde sie in den Amtsraum geführt. Der hohe Herr war wieder schwarz gekleidet und trug den schwarzen Hut. Er blickte sie nicht an, als er zum Sprechen anhob, es war, wie wenn sie nicht anwesend wäre. «Der Kleine Rat hat deine Untaten aufgrund meines Berichtes beurteilt. Er verurteilt dich zum Tod, Elsbeth Kehrer. Du hast dein junges Leben verwirkt.» Er erhob sich, wischte etwas vom schwarzen Gehrock, nahm die Papiere an sich und wollte gehen.

Etwas in ihr war zerbrochen. Man hatte in Bern über sie geurteilt, hatte das Todesurteil gesprochen. Nicht einmal angehört hatte man sie. Der hohe Herr hatte einen Bericht geschickt, und das hatte genügt. Ihr Leben zählte wenig, dessen war sie sich bewusst: Sie war keine Landvogtstochter. Und doch war auch sie ein Mensch. Sie hatte dem Vogt vertraut, sich ihm anvertraut. Hatte gedacht, dass er ein Wort für sie einlegen, die Umstände einbeziehen würde. Was für ein fürchterlicher Fehler.

Elsbeth streicht sich das wirre Haar aus dem Gesicht. Sie weiß nicht, woher sie den Mut genommen hatte, das Wort an den Landvogt zu richten: «Habt Ihr Konrad Finsterwald auch dem Verhör unterzogen?»

Überrascht hatte er zu ihr geblickt. «Das soll noch geschehen. Allerdings geht es in seinem Fall nur um Unzucht, ein weit geringeres Vergehen als deines. Er wird mit ein paar Tagen Kerker davonkommen, das kann ich jetzt schon sagen.» Wieder hatte der Vogt Anstalten gemacht zu gehen.

«Ich widerrufe mein Geständnis.» Die Worte waren ihr entfahren, sie hatte keine Zeit gehabt, sie zu überdenken.

«Was sagst du da?» Die Augen des Vogts waren schmal geworden. «Bedenke, wer du bist und was du tust!»

«Ich widerrufe mein Geständnis», hatte sie wiederholt.

Er hatte das Bündel Akten auf den Tisch geworfen, den Stuhl zurückgeschoben und sich widerwillig hingesetzt. Der Amtsschreiber hatte seine Feder gespitzt und sich bereitgemacht.

«Die Angeklagte widerruft wider besseres Wissen ihr Geständnis, notiere das, Schreiber.» Er blickte an ihr vorbei. «Denk nur ja nicht, dass dir das helfen wird, Elsbeth Kehrer. Aber das Recht auf Widerruf besteht – wir werden dem Gesetz Genüge tun.»

Aus dem einen, zusätzlichen Verhör, das ihr der Obervogt gewähren musste, waren deren viele geworden. Sie hatte bestritten, Unzucht getrieben zu haben – sie sei dazu gezwungen worden. Das zählte in den Augen des Vogtes nicht. Sie hatte die Schwangerschaft bestritten – das Chorgericht hätte sich getäuscht. Später hatte sie die Schwangerschaft zugegeben, aber ihre Schuld bestritten, da sie zu den unzüchtigen Handlungen gezwungen worden sei. Seine Augen waren zu Schlitzen geworden. «Und das Kind?», fragte er, «was hast du mit ihm gemacht? Gib dein Verbrechen zu!» «Das Kind ist frühzeitig abgegangen, es hat nie gelebt.» «Beweise mir das!», hatte er gezischt. Sie wusste, dass er keine Beweise hatte als ihr widerrufenes Geständnis und hätte fast geantwortet: «Beweist mir das Gegenteil!» Stattdessen sagte sie: «Es gibt keine Beweise.»

Nie hätte sie gedacht, dass sie sich mit dem hohen Herrn anlegen würde. Da war aber das Gefühl, dass er sie missachtet, dass er ihr Geständnis beim ersten Verhör mit unlauteren Mitteln aus ihr herausgepresst hatte. Nie mehr hatte er ihr Wein bringen lassen, nie mehr ihr nur eine Spur Verständnis entgegengebracht. Eine widrige Missetäterin war sie für ihn, die unnötig seine Zeit beanspruchte und ihn von Wichtigerem abhielt. Das kleine Leben der Elsbeth Kehrer, die Ungerechtigkeit, die ihr widerfahren war, ihre Nöte – sie interessierten ihn nicht. Für den Landvogt war sie nur ein widerspenstiges Staubkorn, das er endlich vom Gehrock wischen wollte.

Sie wusste, dass sie verlieren würde. Dass er die äußersten Mittel einsetzen würde, hätte sie nicht gedacht. Vielleicht hatten die noch höheren Herren in Bern die Folter angeordnet. Er hat sie vollziehen lassen. Ihre widersprüchlichen Aussagen hätten ihn zur Weißglut getrieben, hat er ihr vorgeworfen. Und sie am nächsten Tag von den Landjägern unters Turmdach führen lassen. Dort haben sie ihr mit einem Seil die Hände auf dem Rücken zusammengebunden und sie an diesem Seil hochgezogen, sie haben ihr gar noch Gewichte an die Füße gehängt. Ja, sie hat gestanden unter der Folter, hat das Geständnis wiederholt, das sie beim ersten Verhör gemacht hat. Wenn er sie doch nur ein bisschen geachtet und ihr die Folter erspart hätte.

Es ist dunkel geworden im Verlies, mühsam legt sie sich aufs Stroh nieder. Ihr Leib ist von der Marter zerschlagen, ihr scheint, dass sie uralt ist. Bern hat das Todesurteil bestätigt, hat ihr der Vogt ausrichten lassen – es werde in wenigen Tagen vollstreckt.

Dass ihr Körper gebrochen ist, hilft ihr dabei, vom Leben Abschied zu nehmen. Kaum mehr hätte sie die Mutter pflegen, nie mehr hätte sie als Magd dienen können. Ihr Körper ist Schmerz, die ganze Elsbeth ist Schmerz.

Sie erkennt an, dass sie sich am Kind versündigt hat. Dass sie etwas getan hat, was man nie tun darf, auch wenn sie noch immer keinen Ausweg erkennen kann. Der Vogt hat ihr einen Geistlichen geschickt. Zum Glück war es der Pfarrer von Thalheim und nicht Pfarrer Vögtlin vom Bözberg. Der Pfarrer von Thalheim hat ihr zugehört, mit ihr geredet und gebetet. Er hat sie nicht von ihrer Sünde gegenüber dem Kind freigesprochen. Das kann niemand tun als der oberste Herr, und der sitzt nicht in Bern.

Elsbeth schließt die Augen. Sie ist bereit, diesen Weg zu gehen.

Susann, 2021

Mitte September
Sie liegt an diesem sommerlichen Abend auf ihrem schmalen Balkon mit Gusseisengeländer. Ihr Liegestuhl passt genau hierhin. Sie schaut durch die geschwungenen Stäbe zu Mönch und Jungfrau hoch, in der Mitte das Jungfraujoch.

Eben ist sie vom Schwimmen zurückgekommen, natürlich nicht im Kanalbecken vor ihrem Haus, das wäre gefährlich wegen der Schiffe und ist verboten, gerade legt noch ein gut besetztes Abendschiff ab. Sie badet im Thunersee, meist im Neuhaus, das Wasser ist auch jetzt noch fast 20 Grad warm. Die Überschwemmungen haben kaum Spuren hinterlassen, nur in einigen Häusern mit Seeanstoß surren noch Bautrockner.

Heute ist Freitag, ihr freier Tag. Sie war nicht bei der Linde, schaut den Baum aber oft auf der Webcam an, die sie entdeckt hat. Heute war der Himmel hinter der Linde in mildes Graublau getaucht. Nach dem Mittag glaubte sie, in einer der Silhouetten, die sie auf den Bänken ausmachte, Georg zu erkennen. Sie kann nicht genau sagen, wieso sie nicht mehr hingefahren ist. Es genügt ihr in diesen Tagen, den Baum auf dem Bildschirm zu sehen.

Georg hat sie nie geschrieben. Der Zettel mit seiner E-Mail-Adresse liegt zerknüllt auf ihrem Pult; *gjmeier* ist als Name angegeben. Sie hat seinen Namen nach der Rückkehr im August gegoogelt, aber keinen passenden Eintrag gefunden, Meier ist ein Allerweltsname. Sie selbst hat ihm ihre Mailadresse nicht gegeben, aber es wäre einfach für ihn, sie auf der Webseite der Buchhandlung zu finden. Nur: Wieso sollten sie einander schreiben? Ihre Verbindung ist die Linde, und zurzeit fährt sie nicht hin.

Die Lektüre zur Linde hat sie beendet. Sie weiß, was sie wissen will, hat viel recherchiert und erfahren, sich festgebissen an diesem Thema. Im August hat sie die Habsburg besucht. Beim nächsten Besuch will sie die Burgruine Schenkenberg aufsuchen: Dort war der Sitz der Berner Landvögte, die über das Oberamt Schenkenberg herrschten, zu dem der Bözberg, Linn und die Linde gehörten. Sie hat die Namen der Landvögte gefunden und jene der Gerichteten aus dieser Zeit. Diebstahl, Brandstiftung, Misshandlung, Falschmünzerei waren Gründe, weswegen Männer hingerichtet wurden. Bei den Frauen war der Grund meist Kindsmord, begangen aus Verzweiflung, weil die Situation für ledige schwangere Frauen ausweglos war.

Sie hat die verstörenden Bilder, die bei der Lektüre aufgetaucht sind, wieder vor Augen. Sie mag nicht mehr auf dem Balkon liegen, geht hinein, setzt sich an den Computer. Ein Abendbild der Linde – das braucht sie jetzt. Sie sucht die Webcam, findet sie über eine andere Webseite als üblich. Das Bild der Linde im Abendlicht erscheint, die Bänke sind leer, die Blätter tragen nicht mehr das volle Grün des Sommers, einige schimmern gelblichbraun. Sie entdeckt ein Videosymbol, klickt es an. Die Linde am Vorabend erscheint, sie dunkelt ein, ist nur noch Silhouette, löst sich fast auf im lang andauernden Nachthimmel, bis sie vom ersten Licht erfasst wird, sich immer klarer abhebt und ihren Lindentag beginnt, mit ersten Besuchern unter dem Blätterdach. Fasziniert verfolgt sie die bewegten Bilder. Neben der 24-Stunden-Linde gibt es auch die 30-Tage-Linde – ein ganzer Monat zieht vorbei – und die 12-Monate-Linde: Die Winterlinde zeigt ihre kahle Silhouette, wird eingeschneit, befreit sich vom Schnee, man ahnt eisige Winde, ein blassblauer Himmel zeigt sich im März, im April keimen die Blätter, erst im Mai wirkt das Blättergewand dicht, es folgen die vollen Sommermonate, der

Wind wogt, Leute quirlen um den Baum und verschwinden wieder, im Herbst werden die Blätter gelblich, die Linde wirft sie nach und nach ab und zeigt sich wieder bloß und abweisend.

Das Smartphone klingelt, das Bild ihres Sohnes ploppt auf, erfreut nimmt sie den Anruf an. «Remo, das ist eine Überraschung!»

«Wirklich? Du hast heute Geburtstag, ich gratuliere!» Remo will wissen, wie sie den Tag verbracht hat, sie erkundigt sich nach seinem Befinden. Das Leben in Vancouver ist teuer, er teilt die Wohnung mit anderen Assistenten, ab und zu wuselt einer durchs Bild. «Die Grenze nach Kanada ist seit der Pandemie erstmals wieder offen: Wann kommst du mich besuchen? Ich kann dir alles zeigen.»

«Vielleicht nächstes Jahr, ich habe wie immer im Juni zwei Wochen Ferien eingeplant.» Es ist lange her, dass sie im Westen Kanadas bei ihm war, damals war er noch Student.

«Juni ist gut, dann bin ich an der Uni frei, wir fahren nach Vancouver Island, du wirst Bären und Walfischen begegnen.»

«Gut», sie lächelt, «Bären und Wale, darauf zähle ich.» Sie sprechen noch eine ganze Weile, sie plaudert gern mit ihrem Sohn, manchmal hat sie das Kind vor Augen, das er einmal war. Als sie sich verabschiedet haben, fühlt sie sich erfüllt und gleichzeitig leer, weil sein Bild verschwunden ist.

Anfang Oktober
Das Gespräch auf den Bänken schwillt an und ab. Sie sitzt unter der Linde, die Füße mit den Wanderschuhen von sich gestreckt, die Augen fallen ihr zu. In zweieinhalb Stunden ist sie von der Staffelegg nach Linn gewandert, grüne Hügelzüge, Laubwälder, hohle Gassen, Nagelfluhfelsen, einzelne Höfe. Frische lag in der Luft, die Wiesen waren noch grün, die Fel-

der bräunlich, violette Herbstzeitlosen leuchteten im Halbschatten. Grasende Kühe, satte Zufriedenheit, Völle, die Ernte ist eingebracht. Viel Licht im frühherbstlichen Wald. Der Weg zur Burgruine Schenkenberg, eine Stunde extra, war ihr zu anstrengend.

Dann der Linnerberg, sie hätte ihn nicht erkannt von dieser Seite, langgezogen, sanft. Der Wanderweg führte zur Spitze mit Aussicht auf Schinznach und Veltheim, die Grillstelle war von einer Gruppe besetzt, Rauch stieg auf, der Geruch von verbranntem Fleisch. Ein steiniger Weg führte hinunter, dann ein Fahrsträßchen.

Der Blick öffnete sich auf Linn, orange Ziegeldächer, braune Felder oder frisch angesäte in Grünbraun, der Naturweg ins Sagemülitäli. Blühender Klee am Wegrand, Herbstzeitlosen auch hier. Und dann die Linde, etwas ramponiert im frühherbstlichen Kleid, die linke Hälfte ausgedünnt, weniger voll, Stammteile und Äste sichtbar.

Herbst. Das Kommen und Gehen der Menschen ist zielbewusst und hat mehr Dringlichkeit, noch einmal will man hin zur Linde, die Sonne scheint warm auf den Lindenplatz. An einem schönen Tag herrscht Geschäftigkeit, bei schlechtem Wetter steht die Linde einsam im Nebel, sie hat es auf der Webcam verfolgt. Der Schatten der Menschen zieht sich lang, jener der Linde noch länger. Der Wind streicht durch die Blätter, es riecht nach feuchtem Gras, warmen Pflanzen und abgeernteten Feldern. Ein später Schmetterling spreizt die Flügel, hebt ab, ein Vogel flattert vorbei.

Unter dem Baum Betriebsamkeit fast wie im Sommer, der kleine Parkplatz füllt sich mit Autos, Traktoren rumpeln über die Kreuzung, Freizeit- und Militärflugzeuge fliegen über den blassblauen Himmel, der von Streifen durchzogen ist. Schießlärm dringt an ihre Ohren, es ist Freitagnachmittag.

Sie steht auf, setzt sich auf den großen Stein am Wegrand, wo bei ihrem letzten Besuch die Frau mit dem silberbraunen Haar gesessen hat, schaut hoch zur Linde. Tun das die Leute noch in hundert Jahren? Wie wird der Klimawandel dem Baum zusetzen? Er ist abgehärtet und wird kämpfen. Es wird die Linde noch geben an der kleinen Wegkreuzung, davon ist sie überzeugt. Gerade weil die Linde fern der Zentren ist, wird sie überleben. Sie bietet Schutz in der Pandemie und in anderen Nöten, ist ein Ort, wo man für ein paar Stunden die Zeit vergessen kann.

Menschen werden auch künftig unter der Linde sitzen, so wie vor Jahrhunderten schon Menschen unter der Linde gesessen haben, es ist ein Kommen und Gehen. Nur die Linde wird bleiben, die Welt, könnte man meinen, bewegt sich um sie herum. Farbige Steinchen sind die Menschen im Lindenkaleidoskop, sie finden sich zu einem Muster, das ein Weilchen hält und dann auseinanderfällt.

Susann ist müde, ihre Füße schmerzen. Trotzdem unternimmt sie einen Abstecher hinunter ins Dorf. Ein Duft von Fäulnis und Reife empfängt sie. Goldgelbe Astern leuchten in den Gärten, Weinreben ranken an den Häusern. Der Dorfbrunnen plätschert vor sich hin wie im August, die gerundeten Scheunentore des Hofes gegenüber sind geschlossen. Blätter wie dürre Hände liegen auf dem Weg. Noch ist die Sonne mild, der Herbst gewinnt erst langsam die Oberhand. Es ist ruhig im Dorf, rote Geranien sprießen vor den Fenstern, kein Mensch ist zu sehen. Sie wischt sich über die Stirn, macht sich auf den Weg zurück zum Baum.

Das graue Auto ist auf dem Parkplatz vor der Linde geparkt, Georg steht daneben, ist wohl eben erst angekommen. Sie hat seine Mailadresse nie benutzt, er weiß nicht, dass sie diesen Freitag hier ist, und auch von ihm kam nie ein Zeichen.

«Da ist sie endlich wieder, die Freitagsfrau. Komm, setzen wir uns unter die Linde.» Eine überschwängliche Begrüßung für diesen zurückhaltenden Mann; er schiebt die Brille auf die Stirn.

Die Bänke haben sich geleert, sie können auswählen, setzen sich mit Sicht auf den Linnerberg. Sie erzählt von der Wanderung, es sprudelt aus ihr heraus, und er hört zu, kennt die Strecke gut. «Warst du bei der Ruine Schenkenberg?» Sie verneint. «Die Aussicht dort ist großartig. Ich kann dich hinfahren», er blickt fragend zu ihr. Sie zögert einen Moment, nimmt das Angebot an.

Georg erhebt sich, mustert den Lindenstamm, gleitet mit der Hand über die raue Rinde und die weichen, moosigen Stellen. «Was sagst du zur Linde im Herbst?»

«Sie strahlt mehr Ruhe aus, noch mehr Majestät», meint sie. «Man kommt sich noch kleiner vor neben ihr, die Schatten sind länger, die Blätter in den Höhen dünner. Die Vergänglichkeit ist spürbar.»

Er nickt überrascht. «Das ist gut formuliert. Im November wird die Linde alle Blätter abstoßen, sie zieht sich in sich selbst zurück. Wir müssen es zulassen, dass ihr Schutz für uns schwindet, denn dieser Rückzug ist wichtig, damit sie neue Kraft sammeln kann.»

Sie setzt sich neben ihn ins Auto. Er fährt ein steiles Waldsträßchen hinunter, das sie noch nicht kennt, nach Schinznach. Über Thalheim erreichen sie Schenkenberg, er stellt den Wagen ab. «Von hier geht's zu Fuß zur Ruine.» Der Weg führt erst sanft, dann steil den Hügel empor, sie kommen ins Schwitzen.

Georg dreht sich zu ihr: «Magst du noch? Du hast schon viel Wanderzeit in den Knochen.» Er hebt die Hand, wie wenn er über ihr Haar streichen möchte, lässt sie wieder fallen. «Mir gefällt dein Haar, aber ich könnte nicht sagen, ob es blond ist oder weiß.»

Sie nimmt Lachfältchen wahr in seinen Augenwinkeln unter der Brille. «Es war einmal hellblond», sagt sie, «und ist noch nicht weiß. Ich bin 58 und zwischendrin, zwischen allem, weder Fisch noch Vogel.»

Er lacht, die Falten um Augen und Mund vertiefen sich. «Na ja, bei mir ist es nicht anders, mein Haar ist wie Salz und Pfeffer.» Mit langen Schritten geht er voran, sie folgt seiner hageren Gestalt. Als die Ruine durch die Herbstblätter sichtbar wird, hält er inne.

Sie schließt zu ihm auf: «Eindrücklich, die hoch aufragenden Wände der Ruine. Diesen steilen Weg hinauf zur Burg Schenkenberg mussten die Gefangenen und auch der Landvogt zurücklegen, er aber sicher hoch zu Ross.»

Am Eingang der Anlage steht eine Schautafel mit Erklärungen zur Burg. «Der Palas war großzügig, daneben befand sich der Hauptturm, dort waren die Gefangenen untergebracht», stellt sie fest. «Weißt du etwas zum Standort der Hinrichtungsstätte?»

«Sie befand sich nicht hier, sondern auf dem Gäbihübel beim Pfaffefirst, nahe bei Hafen. Heute ist das nur eine Anhöhe mit schöner Aussicht, manchmal komme ich dort beim Joggen vorbei.»

«Ach so», sie ist erleichtert. Sie erklimmen die Burg über steile Stufen. Eine wunderbare Sicht auf grüne Hügelzüge und das Dorf Thalheim belohnt den Aufstieg, er hat nicht zu viel versprochen. Eine Eidechse sonnt sich auf dem Gemäuer, Blümchen blühen in einer Nische. Sie schaut über das karge Areal. «Schwer vorstellbar, das Leben des Landvogts hier oben mit seiner Familie, den Palastwachen, den Gefangenen.»

«Die windige, abgelegene und im Winter schwer zugängliche Burg hat den Berner Herren irgendwann nicht mehr genügt, sie wählten Schloss Wildenstein bei Veltheim als neuen Sitz.»

«Gut verständlich», sie mustert die schroffen Mauern, das steil abfallende Gelände. «Gut auch, dass die Zeit der Landvögte lange vergangen ist.» Sie hält das Gesicht in die Sonne, genießt die wärmenden Strahlen auf ihrer Haut.

Er räuspert sich. «Leider muss ich jetzt nach Hause fahren. Ich bringe dich zurück zur Linde – dort willst du doch hin, nicht wahr?» Susann bestätigt seine Vermutung.

Sie verlassen das Burggelände, wandern den Hügel hinunter, steigen ins Auto. Wieder zweigt er in Schinznach auf das steile Sträßchen ab und fährt durch den Wald hoch, unverhofft taucht auf dem Hügel die Linde auf. Er hält auf dem Parkplatz, lässt den Motor laufen. «Jede Stunde fährt ein Postauto hinunter nach Brugg», erklärt er.

«Danke, ich weiß. Auf ein anderes Mal.» Sie lächelt ihm zu, er nickt, fährt weg.

Unter dem Baum packt sie ihre Windjacke aus, nimmt das übriggebliebene Sandwich vom Mittagspicknick hervor. Da sie allein ist, setzt sie sich so hin, dass sie die Sonne beobachten kann, die nur knapp über dem Hügel steht. Nach dem Essen fühlt sie sich müde und kraftlos. Sie legt sich auf die Bank, den Rucksack unter ihrem Kopf, schaut hoch in die Linde, durch die Blätter in den Himmel.

Da bin ich wieder, Linde, zum ersten Mal erlebe ich dich am Abend. Die Leute sind fort, Kühle steigt aus den Feldern empor. Du duldest mich, bis die Sonne am Horizont verschwunden sein wird. Du ziehst dich zurück, ich spüre es, bist bereit für die Nacht. Wenn du könntest, würdest du dein Blätterdach zusammenfalten wie einen Schirm. Da es Herbst ist, hast du andere Möglichkeiten für deinen Rückzug: Du lässt nach und nach die Blätter fallen, entziehst den Schutz deines Dachs. Das ist nötig, damit du dich regenerieren kannst, ich verstehe es. Trotzdem bin ich froh, dass du heute noch dein Dach über mir ausspannst.

Sie blinzelt träge. Unter der Linde herrscht eine andere Zeit. Die Lindenzeit zerfällt in größere Einheiten, die ineinandergleiten. Jahreszeiten. Tag und Nacht. Stunden, Minuten, Sekunden? Unwichtig, die Zeit tickt hier nicht. Die Lindenzeit fließt durch die Finger, unaufhaltsam, aber dehnbar, sie hat Farben, die sich um den Baum legen, tagsüber blau oder grau, jetzt, kurz vor Sonnenuntergang, ist das Licht bernsteinfarben.

Die Augen fallen ihr zu.

Als sie sie wieder aufschlägt, ist die Sonne weg, der Himmel von roten Schlieren überzogen. Sie fröstelt, erhebt sich, macht ein paar Schritte den Linnerberg hoch, um sich zu wärmen, dreht sich um. Die Linde, in rötliches Licht getaucht, erlöscht so rasch wie der Himmel hinter ihr. Die Felder und Wälder hüllen sich in Grau, der Baum dunkelt nach und verliert seine Konturen im schwindenden Licht.

Hans Jakob, 1817

Januar

Er steht mit dem Rücken zur Linde, an den Stamm gelehnt. Eine kräftige Bise weht und dringt durch die Haut bis auf die Knochen – so scheint es ihm zumindest. Im Sommer speichert die Linde Wärme in der Rinde, an diesem Winterabend ist auch der Baum kalt. Trotzdem hat er ihn aufgesucht. Er braucht Abstand, muss Klarheit gewinnen.

Vielleicht ist es die Kälte des vergangenen Jahres, dieses vermaledeiten 1816, die zurückkehrt. Schnee überzog die Hügel bis weit in den Frühling und war auf den Höhen immer sichtbar. Der Winterweizen reifte nicht, Luzerne und Klee auf den Brachfeldern gediehen nicht. Im Sommer konnten sie erst viel zu spät ansäen, das Wetter blieb schlecht, und so war auch diese Ernte äußerst gering. Die Kartoffeln waren zum Teil nur kirschengroß oder verfaulten auf den Feldern, das Gemüse in den Gärten desgleichen. In den Bergen fiel noch im Juni und Juli Schnee. Der Sommer war kalt, der Himmel eigenartig trüb und verhangen, kaum drang die Sonne durch das Grau.

Das Jahr ohne Sommer – so nennt man es inzwischen. Wer kann sagen, wie es weitergeht? Hans Jakob blickt über das Weiß, das ihn umgibt. Dieser Winter ist so schneereich wie der letzte. Vielleicht beginnt alles von vorne: Das Wetter spielt verrückt, es folgt die Missernte, der Hunger wird noch weiter um sich greifen. Zum Glück musste seine Familie nicht von den verfaulten Kartoffeln leben. Sonst wären sie verarmt wie die Taglöhner und kleinen Bauern. Im Dorf sieht man verhärmte, ausgemergelte Gesichter. Die Leute sind schmal geworden, der Hunger blickt ihnen aus den Augen. Die Gemeinde sammelte Kartoffeln zur Speisung der Armen. Es ist in diesem neuen Jahr nicht besser geworden bis jetzt. Das *Hochobrigkeitliche Aargauische Intelligenzblatt* notiert für das Viertel Kernen 60 Batzen, für das Viertel Roggen oder Bohnen 40 Batzen, für das Viertel Hafer 16 Batzen und das Pfund Butter 6 Batzen. Niemand will und kann das auf die Dauer zahlen, auch die wohlhabenderen Bauern nicht.

Wut steigt auf in ihm. Er dreht sich um, schlägt mit der Faust mehrmals auf den Baumstamm: «So kann es nicht weitergehen – nein, so geht es nicht!» Er starrt auf den Stamm und in die Krone des schneebedeckten Baums, wie wenn dieser etwas ändern könnte am Lauf der Welt. Schwerer Schnee liegt auf den Ästen der Linde. Der Baum trägt seine Last, ohne zu klagen, seine Äste recken sich in den dämmrigen Winterhimmel, verschwinden im Weißgrau des Gewölks. Er lässt seine Hand fallen, steckt sie in die Jackentasche. Warum lässt er seine Wut am Baum aus? Schon so viele Unwetter hat der alte Baum ertragen, hat dem Biswind getrotzt, sich von den Schneelasten befreit und jeden Frühling wieder Blätter ausgetrieben. Scham ergreift Hans Jakob. Er dreht sich um, fühlt von Neuem den Baumstamm im Rücken, blickt über die weiten Schneefelder. Sich aufregen über das schlechte Wetter und die unhaltbaren Zustände – das bringt nichts. Man muss handeln.

Karge Felder bestellen ein Leben lang? Das muss nicht sein. Händler sein, Handel treiben – das wäre etwas für ihn gewesen. Er ist ein Mann der Tat. Sein Vater Jakob hat ein Vermögen verdient mit dem Baumwollhandel. Auf der neu ausgebauten Bözbergstraße, die Basel und Zürich verbindet, fuhr in den Jahren um Hans Jakobs Geburt 1783 Fuhrwerk um Fuhrwerk über den Bözberg. Nicht wenige transportierten die Baumwolle des Vaters und verteilten sie an die Kleinbauernfamilien, die in seinem Auftrag die Baumwolle versponnen und das Garn gewoben haben. Der Vater hat immer wieder von diesen gloriosen Zeiten erzählt.

Als Bub hat er den Vater manchmal zu den Kleinbauern begleitet. Der Vater klopfte an die Haustür der kleinen Bauernhäuser, sie traten ein in die niedrigen Stuben. Meist saßen Frauen und Mädchen an den Spinnrädern, die sich endlos drehten. Ehrfurcht gegenüber dem Vater, ihrem Verleger, lag in ihrem Blick. Die Männer, die das Garn verwoben, standen von ihren Webrahmen auf und legten ihm die fertigen Stoffe und Tücher vor. Der Vater hielt das Tuch gegen das Licht, prüfte dessen Qualität, genau wie es später auch die Tuchmesser der Exporteure in Brugg tun würden, denen er die Stoffe weiterverkaufte. Wenn er den Männern die Batzen für die Heimarbeit der Familie in die Hand zählte, starrten sie stets darauf, als ob sie mehr erwartet hätten. Der Vater musste seinerseits aufs Geld schauen, denn die Exporteure drückten den Preis. In den späteren Jahren bremsten das Ausfuhrverbot nach Frankreich und die Wirren der napoleonischen Kriege das Geschäft. Dann marschierten 1798 die Franzosen ein und besiegten Bern, in Brugg feierte man ein Befreiungsfest. Aber die neuen französischen Herren saugten das Land fast mehr aus als die alten Berner Herren. Als sie abzogen, war der Weg frei für den neuen Kanton Aargau. Nicht mehr Bern ist man verpflichtet, sondern Aarau.

Die Fuhrwerke fahren wieder in großer Zahl über den Bözberg. Aber die Zeiten für Baumwollhändler, wie der Vater einer war, sind vorbei. Das hat der Vater in seinen letzten Lebensjahren erfahren müssen. Nicht mehr Kleinbauernfamilien verspinnen die Baumwolle, sondern große Spinnmaschinen in Fabrikhallen. Ein paar Bauern verweben noch Garn auf ihren Handwebstühlen, der Vater hat ihnen weiter Arbeit gegeben. Das Geschäft ist nur noch klein und bringt wenig ein neben dem Bauern. Letztes Jahr haben beide Zweige nichts abgeworfen. Es ist zum Verzweifeln.

Ihm ist kalt. Er nimmt die zu Fäusten geballten Hände aus den Jackentaschen, bläst in die Hände. Kaum spürt er Wärme. Er stampft mit den Füßen auf den Boden neben den Wurzeln der Linde, aber auch das bringt nichts. Er mustert die dicken Wurzeln. Der Baum hat sie in die Erde gegraben, er hat sich hier verwurzelt. Er, Hans Jakob, spürt keine solchen Wurzeln. Wenn solche dagewesen sind, wurden sie gekappt. Mit dem Handel, der eingebrochen ist. Mit den Feldern, die nichts mehr abwerfen. Mit seiner ersten Ehefrau Anna Barbara, die gestorben ist. Mit seinem Vater, der nun auch weg ist.

Nichts ist mehr, wie es war. Was soll ihn hier halten? Er wendet sich vom Baum ab und stapft durch den Schnee in Richtung Dorf, ohne zur Linde zurückzublicken.

Nicht nur geschäftlich brachte das Jahr 1816 einen Niedergang. Wütend wirbelt er mit seinen Stiefeln den Schnee links und rechts des Weges auf. Auch in der Familie gab es einen Niedergang, der Vater erlebte ihn noch mit: die Bevormundung von Johannes, Hans Jakobs Bruder. Johannes ist zum zweiten Mal verheiratet, auch seine Frauen haben ihn nicht auf den rechten Weg gebracht. Der Bruder hat in Altenburg bei Brugg gelebt und auf sein Erbe spekuliert. Er hat um Geld gespielt, war in den Pinten und Wirtshäusern Stammgast. Im März 1816 mussten der Vater, er selbst und der Schwager die Bevogtung beantragen, das Bezirksgericht Brugg gab dem Antrag statt. Zwei Vögte wurden dem Bruder zur Seite gestellt: Statthalter Jakob Tanner und Bernhard Fischer, Handelsmann in Brugg, Ehemann der jüngsten Schwester Verena. Die Bevogtung wurde im *Aargauischen Intelligenzblatt* veröffentlicht. Welche Schande für die Familie! Der Vater starb vergangenen Herbst. Dank der Bevogtung ist

Johannes' Erbe erhalten, er kann es weder verspielen noch versaufen. Er selbst, Hans Jakob, ist nach Vaters Tod mit seiner Familie ins große Bauernhaus mitten in Linn gezogen. Der bevogtete Bruder lebt mit Frau und Kindern im kleineren Haus des Vaters, schräg gegenüber.

Hans Jakob geht an seinem eigenen Haus vorbei und hält inne vor dem hölzernen, strohgedeckten Haus des Bruders. Es nachtet ein, Schwägerin Elisabeth hat die Öllampen angezündet, die Familie sitzt am Tisch. Die beiden ältesten Söhne haben sich vom Vater losgesagt, sind in Altenburg geblieben. Die beiden jüngeren Kinder Heinrich und Anna aus erster Ehe und die beiden Kleinen aus der Ehe mit Elisabeth sind um den Tisch versammelt. Andreas, der ältere Halbbruder von Hans Jakob und Johannes, sitzt mit ihnen am Tisch, vornübergebeugt. Andreas ist nicht gut im Kopf. Bis zum Tod des Vaters lebte er mit diesem im Haus, von der Mutter und nach ihrem Tod von den Mägden umsorgt. Der Vater hat ihm Kostgeld hinterlassen, das für Johannes ein willkommener Zustupf ist. Die Familie löffelt schweigend aus dem Topf, wohl ein Mus aus Kartoffeln und Erbsen, was immer Elisabeth hat zusammenkratzen können. Johannes' Gesicht ist schwammig, es geht ihm aber besser, seit er nicht mehr trinkt. Im Dorf weiß jeder von der Bevormundung. Johannes' Zukunft ist ungewiss.

Das Erbe des Vaters wurde unter den Geschwistern verteilt – da sind auch noch die Schwestern Salomea, Barbara, Maria und Verena. Alle sind gut verheiratet, hätten das Geld nicht nötig, aber die Schwager wollten nicht verzichten. Schon gar nicht der Wohlhabendste von allen, Verenas Ehemann Bernhard Fischer aus Brugg, der als Vogt von Johannes amtet. Fischer ist erfolgreicher Stoffhändler und Exporteur, hat dem Vater die Stoffe abgekauft und macht mit seinen Spinnmaschinen viel Geld. Der Vater hat ihn wegen seiner

Handelsbeziehungen mit dem Ausland bewundert – der Fischer parliert auch Französisch. Das kann einer vom Bözberg nicht. Die Verheiratung seiner Lieblingstochter Verena mit dem reichen Fabrikanten Fischer war ein geschickter Schachzug des Vaters.

Hans Jakob kehrt sich ab vom Haus des Bruders, geht auf sein Haus zu. Manchmal staunt er noch, dass dieses ansehnliche Haus aus Sandstein, als einziges im Dorf mit Ziegeln gedeckt, mit Tenn, Futtertenn und Stall, jetzt das seine ist. Anna Barbara, seine erste Frau, war begütert. Auf dem Brautfuder hatte sie eine wohlgefüllte Truhe, Schrank, Tisch und Stabellen mitgeführt. Bei ihrem Ableben hat sie ihm und Sohn Jakob Geld hinterlassen. Weit kleiner war das Brautfuder seiner zweiten Frau Helene aus Brugg.

Er steht vor seinem Haus, schaut durch die erleuchteten Fenster ins Wohnzimmer. Seine Frau sitzt mit Jakob und der kleinen Leni am Tisch, die Kinder sind hungrig und knabbern an Brotscheiben. Helene stellt den Topf erst auf den Tisch, wenn er eintritt. Er schaut dieses Bild an, seine Familie im gelben Licht der Lampe, und ihm wird warm ums Herz. Das ist seine Frau, das sind seine Kinder aus erster und zweiter Ehe. Sie warten auf ihn, er ist der Ehemann und Vater, das Oberhaupt der Familie. Von ihm hängt ihr Wohlergehen ab. Er wird zusehen, dass es ihnen auch weiterhin gutgeht.

Helene will die Pfanne schrubben, nachdem sie die Kinder zu Bett gebracht hat. Aber Hans Jakob winkt sie zu sich an den Tisch, bedeutet ihr, sich zu setzen. Seine junge Frau ist überrascht, setzt sich ihm gegenüber.

Das Wohlbehagen, das er empfand, als er seine Familie durchs Fenster beobachtete, ist verflogen. Die kleinen Kartoffeln, die sie aus der Erde gegraben haben, geben nicht viel her, die Erbsen, Bohnen und Rüben, die Helene gepflanzt hatte, sind kaum gewachsen. Zu Jahresbeginn hatten die Frauen im Dorf noch etwas Mehl zum Brotbacken, aber das Weizenmehl wird bald ausgehen. Obwohl er Helene zum Sparen angehalten hat, sind die Vorräte bald aufgebraucht; sie werden zukaufen müssen, statt verkaufen zu können. Im Frühling werden die Preise weiter ansteigen, Not wird herrschen, bis eine neue Ernte ansteht – wenn sie denn gelingen wird.

«Das letzte Jahr war schwierig. Ich will nicht, dass unsere Familie Not leidet.»

Helene schaut ihn überrascht an. «Ich verwerte alle Reste, wir werden noch mehr sparen.»

«Das reicht nicht», sagt er bestimmt. «Wir wandern aus.»

Ihre Augen weiten sich. «Willst du in eine andere Gegend ziehen? Es herrscht überall Not, habe ich gehört.»

«Wir wandern nach Nordamerika aus.»

Helene erschrickt. Der Schulmeister in Brugg hat einmal von Nordamerika erzählt. Wenn sie sich richtig erinnert, muss man dorthin mit dem Schiff übers weite Meer fahren. Man kommt nicht mehr zurück. Sie hat gehört, dass es Leute gibt, die auswandern wollen, weil im Land Not herrscht. Aber Nordamerika ist so weit weg! Ihre Eltern und ihr Bruder leben in Brugg. Nie mehr könnte sie sie sehen. «Das kann nicht dein Ernst sein», entfährt es ihr.

Er schlägt mit der Faust auf den Tisch: «Du hast gehört, was ich gesagt habe: Wir wandern aus! Ich will ein besseres Leben für uns!»

«Wir leben jetzt in diesem großen Bauernhaus, haben zwei Kinder, vielleicht kommen noch mehr. Wir sind in der Nähe von Brugg, von meinen Eltern. Ich kann arbeiten, Hans Jakob – hart arbeiten. Wir können es schaffen hier.»

«Hart arbeiten müssen wir auch in Nordamerika. Es wird uns nicht alles in den Schoß fallen. Wir müssen Land bestellen, vielleicht treibe ich Handel oder werde Kaufmann. Im *Roten Haus* in Brugg haben Männer vom Auswandern gesprochen, die Verwandte drüben haben. Es ist vieles möglich, Helene. Deine Eltern werden sich nicht gegen uns stellen, sie wollen, dass wir glücklich sind.» Er schiebt seine Hand über ihre, blickt ihr ins Gesicht. «Du bist meine Frau, Helene. Ich zähle auf dich.»

Die Wärme seiner Hand tut ihr gut. Dem Blick seiner hellblauen Augen konnte sie sich noch nie entziehen. Als ihr der Vater Hans Jakob vorstellte, mit dem er im Gasthof *Rotes Haus* bekannt geworden war, hatte sie sofort Gefallen gefunden an diesem stattlichen Mann vom Land. Nach wenigen Treffen war sie einverstanden, den jungen Witwer mit Kind zum Ehemann zu nehmen. Sie hat es nicht bereut. Er hat seinen Kopf, das weiß sie doch, man darf sich ihm nicht widersetzen. Noch ist tiefer Winter, Reisen nicht möglich. Wie schnell ist er oft von einer Idee begeistert und lässt sie dann wieder fallen. Es kann sich noch alles ändern.

Februar
Rauchschwaden dringen aus dem *Bären* auf der Passhöhe, als Hans Jakob die Tür aufstößt. Ein Mann nach dem andern tritt heraus, blinzelt in den Graupelschnee und zieht den Mantel enger um sich.

Hans Jakob schart die Männer noch einmal um sich. «Unsere Versammlung war ein Erfolg! Ihr seid tapfere Männer und wollt euren Familien ein besseres Leben in Nordamerika ermöglichen.» Er lacht, hält sein Gesicht dem Schnee entgegen. «Die Launen der Natur kann ich euch nicht ersparen. Auch in Amerika wird im Winter Schnee fallen, obwohl wir Philadelphia ansteuern, das südlicher liegt als New York. Die langen Sommer werden uns entschädigen, das Land ist fruchtbar. Keine Ernte wird mehr auf dem Feld verfaulen.» Die Männer haben Atemwolken vor dem Mund, sie nicken. «Wichtig ist, dass ihr die Finanzen ins Reine bringt. Die Fahrt über Aare und Rhein nach Holland muss bezahlt sein, die Überfahrt nach Nordamerika wird noch einiges mehr kosten. Ich werde verhandeln und einen guten Preis für euch herausholen. Bereits bekannt ist, dass ich bei der Regierung in Aarau für jeden Auswanderer 32 Franken hinterlegen muss. Das Geld erhalten wir erst zurück, wenn wir das Schiff bestiegen haben. Die Regierung hat Angst vor mittellosen Rückwanderern. Das wird uns nicht passieren – dafür lege ich meine Hand ins Feuer. Bezieht euer Erbe als Vorerbe und fordert Schulden ein. Verkauft rechtzeitig eure Häuser. Zurzeit sind im *Hochobrigkeitlichen Aargauischen Intelligenzblatt* immer wieder Liegenschaften von Auswanderern annonciert. Macht reinen Tisch für den Neubeginn in Amerika. Bei der Ankunft braucht ihr genügend Geld für Weiterreise und Landerwerb oder Aufziehen eines Handels. Einige weitere vertrauenswürdige, solvente Auswanderer sind in unserem Verein noch willkommen. Wir treffen uns wieder am 15. März hier im *Bären.* Als euer Anführer stehe ich euch mit Rat und Tat zur Seite, wenn ihr mich braucht.» Die Männer klatschen und verabschieden sich untereinander mit kräftigem Händedruck.

Der junge Samuel Gyger stapft mit hochgeschlagenem Kragen in Richtung Oberbözberg. Die anderen Männer ziehen gemeinsam los. Man sieht kaum die Hand vor den Augen, aber sie kennen den Weg. Die Brüder Konrad und Kaspar Brack verabschieden sich bei der Abzweigung nach Gallenkirch. Hans Jakob verspricht, bei ihrer Schwester Anna in Linn vorzusprechen. Anna Wülser-Brack ist verwitwet, hat zwei Kinder und lebt vom Geld der Gemeinde. Ihre Brüder sagen, dass sie mit ihnen auswandern möchte, aber nicht über das nötige Geld verfüge.

Die Gründe für die Auswanderung sind verschieden. Bruder Johannes will auswandern, um die Schande der Bevogtung loszuwerden. Im *Bären* hat man ihm ein Glas Wasser hingestellt, die Wirtschaft durfte er nur in Begleitung des Bruders betreten. Vier Kinder wird der Bruder mitnehmen. Bei Schwager Johann, Ehemann von Schwester Barbara, mag die große Kinderschar der Grund für die Auswanderung sein, weil er sich nicht zutraut, sie mit seinen kargen Äckern ernähren zu können. Zwischen Johannes und Johann taumelt Andreas. Der ältere Halbbruder ist als Kind auf den Kopf gefallen, spricht mühsam, denkt langsam, leistet aber gute Arbeit auf dem Feld, wenn man ihn anleitet. Andreas wird mit ihnen auswandern, es geht nicht anders. «Kommst du mit uns nach Amerika?», fragt er den Halbbruder. Andreas glotzt ihn an, die verschneite Kappe tief ins Gesicht gezogen: «Amerika, jaja, Amerika.»

Die Linde taucht wie ein Schemen auf im Schneegestöber. Schwager Johann verabschiedet sich unter dem Baum und schlägt den steilen Weg über Chalchderen hinunter zu seinem Wohnort Schinznach ein, seine schmale, dunkle Gestalt wird rasch vom Schnee verschluckt.

Die Brüder sind unter sich, wortlos stapfen sie durch den Schnee. Der Verkauf des Bauernhauses wird ihm nicht leichtfallen, Hans Jakob gesteht es sich ein. Aber im Gegensatz zu den Brüdern und seinem Schwager ist die Auswanderung sein freier Wille: Er will sich eine neue Welt eröffnen.

Er bleibt vor dem kleinen, strohgedeckten Haus der Anna Wülser stehen, verabschiedet sich von den Brüdern, klopft. Anna öffnet die Tür einen Spalt und dann ganz, als sie Hans Jakob erblickt. Er betritt die niedere Stube mit zwei Handwebstühlen und drei Strohbetten in der Ecke. An einem der Handwebstühle sitzt Tochter Elisi, ihr Bruder Daniel lehnt an der Wand. Anna, ein paar Jahre älter als Hans Jakob, holt frisch gewobene Tücher, will sie ihm vorlegen.

Er winkt ab. «Deine Brüder sagen, dass du dich mit den Kindern der Auswanderung anschließen willst.»

Das Schiffchen von Elisi steht still. «Ja, das will ich», sagt Anna. «Aber das kostet viel Geld, sagen meine Brüder, und ich habe keins, nur dieses kleine Haus, das mir Heinrich hinterlassen hat. Die Gemeinde unterstützt uns, weil das Weben zu wenig Geld einbringt.»

Daniels Augen funkeln. «Ich will nach Amerika! Als Weber habe ich keine Zukunft, ein Handwerk lässt man mich nicht erlernen, bauern kann ich nicht ohne Land. Aber ich kann arbeiten – in Amerika kann man meine Hände sicher gebrauchen.»

Elisi schließt sich an: «Wir können unsere Handwebstühle mitnehmen – vielleicht gibt es in Amerika mehr Bedarf für unsere Tücher und Bänder.»

«Das kann sein.» Hans Jakob überlegt. Anna ist arbeitsam, die Kinder schlagen ihr nach. «Ich werde in eurer Sache beim Gemeinderat vorsprechen.»

«Danke!» Anna springt auf, drückt ihm die Hand, setzt sich wieder an den Webstuhl.

Die Schiffchen von Mutter und Tochter fliegen durch die Kettfäden. Es ist Daniel, der ihn zur Tür begleitet, seinerseits einen Dank murmelt und ihm nachblickt, als er durch den Schnee davonstapft.

Der dichte Schnee hängt wie ein Vorhang vor seinem Haus, Schneeflocken kleben an den Fenstern. Im Eingang klopft er den Schnee von den Stiefeln und betritt die Stube. Jakob sitzt am Tisch und übt mit Helene Rechnen, flink rattert er Zahlenreihen herunter, während seine kleine Schwester mit einer Stoffpuppe spielt. Stolz erfüllt Hans Jakob, sein Sohn hat ein Zahlenhirn und wird vom alten Schulmeister

Jacob Kohler gelobt, bei dem er selbst schon die Schule besucht hat. Die Schulmeister heißen in Linn fast immer Kohler, das hat Tradition. Vielleicht wird aus Jakob ein Kaufmann, wer weiß? Zahlen werden auch in Amerika eine wichtige Rolle spielen.

Helene mustert ihn. Sie riecht den Rauch vom *Bären*, wagt aber nicht, nach dem Erfolg der Versammlung zu fragen.

Er spricht von sich aus. «Die Versammlung war ein Erfolg. Ich bin sicher, dass wir genug tatkräftige und solvente Männer zusammenbringen, um unseren Verein zu gründen. Ich werde ihn anführen. Im März treffen wir uns wieder zur Vereinsgründung. Bis dahin muss klar sein, wer mitkommt und wie die Reise finanziert wird. Es gibt noch viel zu klären und zu erledigen.» Seine Freude überschießt plötzlich: «Wir wandern aus, Helene, Jakob, Leni – noch diesen Frühling besteigen wir das große Schiff und wandern aus nach Amerika!»

Jakob lässt sich von der Freude anstecken, er rennt um den Tisch zum Vater, hängt sich an ihn, kräht laut «Amerika, Amerika!»

Hans Jakob umfasst Helenes Hüfte, wirbelt sie mit sich und Jakob herum, dann hängt sich auch noch Leni an die Schürze der Mutter. Die ganze Familie ist im Freudentanz, das gefällt ihm. Erst als er Helene loslässt, bemerkt er Tränenspuren auf ihrem Gesicht.

Er blickt zu seinem Sohn. Jakob gehört die Zukunft, er soll es so guthaben wie der gleichaltrige Sohn Bernhard seiner Schwester Verena. Er selbst, Hans Jakob Bläuer von Linn, wird nie mit seinem Schwager Bernhard Fischer von Brugg gleichziehen können. Stadtbub Bernhard wird dereinst das Erbe seines Vaters als Textilindustrieller antreten, ihm steht auch der Weg in die Politik offen. Jakob aus Linn kann nicht das Gleiche erreichen. In Amerika aber beginnen alle neu, alles ist offen.

März

Hans Jakob lässt die Zügel über die Rücken der zwei Pferde tanzen, die seinem Fuhrwerk vorgespannt sind. Endlich fährt er aus Brugg hinaus. Der Tag ist regnerisch wie so viele in diesem Frühjahr. Es werden Überschwemmungen gemeldet im Land – auch in diesem Jahr hält das außergewöhnlich schlechte Wetter an. Immerhin dringen jetzt ein paar Sonnenstrahlen durch die Wolken. Sein Blick fällt auf eine Anhöhe über der Bözbergstraße. Genau hier stand der Galgen der Gnädigen Herren von Bern, unweit des Prophetengutes, erinnert er sich. Der Vater nahm ihn und Johannes mit zu einer Hinrichtung – er war vielleicht zehnjährig, etwa 1793 muss das gewesen sein. Eine Menge Leute folgte dem Landvogt und seinem Gericht zum Galgenhübel. Die Kindsmörderin – sie hieß Barbara, was ihn eigenartig berührte, weil sie den gleichen Vornamen trug wie eine seiner Schwestern – wurde unter den Galgen geführt und dort mit dem Schwert gerichtet. Ein grausliches Schauspiel, eine grausliche Tat. Oft sind es Mägde, die Unzucht treiben und dann aus Verzweiflung ihr eigenes Kind umbringen. Auch der neue Kanton Aargau hat schon Kindsmörderinnen gerichtet.

Er wendet den Blick ab, blickt auf die glänzenden Pferderücken, die sich vor ihm auf und ab bewegen. Er hatte die Pferde und das Fuhrwerk beim Gasthof *Rotes Haus* in Brugg untergestellt und die Gerichtskanzlei aufgesucht, um eine Urkunde zu unterzeichnen. Dort steht, dass er, Hans Jakob Bläuer, sein Glück in Amerika finden wolle. Und es ist festgehalten, dass er einen beträchtlichen Teil des Vermögens, das seine erste Ehefrau ihrem Sohn Jakob vermacht hat, nach Amerika mitnehmen dürfe. Das Geld ist für Jakobs Erziehung und Ausbildung bestimmt. Er hat ein Gelübde abgelegt vor dem Oberamtmann und Zeugen, dass er das Geld gewissenhaft verwenden werde. Es roch nach Papier und Tinte, Sand wurde über die Unterschriften gestreut, endlich konnte er die Amtsstube verlassen. Er hofft sehr, dass das Leben in Amerika freier ist und ihm der Amtsschimmel erspart bleibt.

Vergangenen Samstag trat er vor den Gemeinderat in Linn. Dieser zeigte sich erfreut über die Auswanderungspläne von Anna Wülser, weil die Unterstützung der armengenössigen Witwe dadurch wegfallen wird. Hans Jakob hat von der Gemeinde hundertfünfzig Franken erhalten mit der Auflage, für die Witwe und ihre Kinder zu sorgen. Das wird er tun.

Langsam nimmt alles Gestalt an, auch wenn ihm manchmal der Geduldsfaden reißt. Hans Jakob knallt mit der Peitsche, um die Pferde anzutreiben. Helene hat mehrmals erlebt, wie er mit der Faust auf den Tisch schlug, weil ihn Notare, Gerichtsschreiber und Gemeinderäte zur Verzweiflung trieben. Es gibt Wichtigeres zu tun! Er verhandelt mit dem Basler Transportunternehmen Halter und Hindenlang über die Reise nach Amsterdam. Mehrere Treffen fanden statt, der Vertragsabschluss steht bevor. Wenigstens fließen bei Helene keine Tränen mehr – oder er sieht sie nicht.

Er lässt die Augen über die Felder gleiten, die alle bestellt sind. Auch er hat neben allem anderen gepflügt, geeggt und angesät. Seine Felder sind bei der Linde. Für den noch kahlen Baum hat er keine Augen. Einige Frauen machen viel Aufheben um ihn, eine hat gefragt, ob es in Amerika auch Linden gebe. Das interessiert ihn nicht. Der alte Baum ist nur ein alter Baum, nichts mehr.

Ein wichtiges Ziel hat er erreicht: Der Verein wurde am vergangenen Samstag im *Bären* gegründet. Sie haben ihn zum Anführer ernannt – das schmeichelt ihm, er gibt es zu. Endlich kann sein Verhandlungsgeschick zum Tragen kommen.

Es hat Enttäuschungen gegeben: Heinrich Bläuer, Lochbauer und Gemeinderat, ein wichtiger Mann in Linn, hat sein Interesse am Verein zurückgezogen. Es hat aber auch Zuzüge gegeben: Vetter Jacob Bläuer mit Frau und sechs Kindern will sich der Auswanderung anschließen. Die Schwester und der Schwager aus Schinznach haben zwei weitere Familien für die Auswanderung empfohlen, eine Familie zählt ebenfalls sechs Kinder. Bei den kinderreichen Familien werden viele Mäuler zu stopfen sein. Zu Samuel Gyger kommen noch zwei einzelne Männer hinzu. Insgesamt 58 Personen sind gewillt, unter seiner Führung auszuwandern, das scheint ihm eine schöne Anzahl und noch überblickbar.

Er ist auf dem Stalden angelangt. Vor dem *Bären* steht eine große Anzahl Fuhrwerke, man macht hier Rast. Die großen Fuhrwerke haben sechs oder acht Pferde vorgespannt, um die schweren Lasten über den Bözberg zu ziehen. Eines der größten Fuhrwerke mit acht tänzelnden Pferden trägt den Schriftzug *Fischer Textilien en gros.*

Jaja, der Bernhard. Nach Abschluss der endlosen Schreibereien in den Amtsstuben ließ er beim *Roten Haus* seine zwei Pferde vorspannen und machte bald darauf Halt beim Handelshaus Fischer. Der Schwager lief im Kontor hin und her, diktierte den Schreiberlingen an den Stehpulten Bestellungen und kontrollierte Rechnungen. «Ah, Schwager Hans Jakob aus Linn», begrüßte ihn Bernhard und diktierte weiter. Schließlich wandte er sich ihm doch zu, winkte einen Commis herbei, der Hans Jakob das bestellte Garn aus Bernhards Fabrik aufs Fuhrwerk lud.

Bernhard nahm ihn beiseite: «Willst du wirklich auswandern, Hans Jakob? Das hast du nicht nötig! Ein tatkräftiger Mann wie du könnte morgen anfangen als meine rechte Hand. Mein Geschäft läuft immer besser, ich kaufe eine weitere Spinnmaschine.»

Mit knapper Höflichkeit bedankte er sich für Bernhards Angebot. «Ich lasse alles hinter mir. Drüben fange ich neu an – größer, anders.»

«Womit wirst du neu anfangen? Drüben wirst du auch Felder bestellen und musst vielleicht erst roden, bevor du zum ersten Mal ansäen kannst. Man hört so einiges von den Auswanderern. Einfach wird der Anfang nicht.»

«Ich weiß, ich brauche diese Herausforderung. Vielleicht handeln wir einmal im großen Stil zusammen? Drüben ist alles möglich.»

«Wir werden sehen, Schwager. Pass auf dich und deine Familie auf, die Überfahrt ist nicht ungefährlich. Deine Schwester will sich von dir verabschieden.» Er schickte einen Laufburschen los, bald darauf erschien Verena auf der geschwungenen Treppe der Villa, elegant gekleidet, eine Dame aus der Stadt.

«Du nimmst fast alle mit dir, Hans Jakob – meine Brüder Johannes und Andreas, meine Schwester Barbara und vielleicht auch Schwester Salomea. Alle hast du angesteckt mit deinen Ideen und deiner Tatkraft. Meine ganze Familie zieht in die Welt hinaus, vielleicht werde ich euch nie wiedersehen.» Sie umarmte ihn, hatte Tränen in den Augen. Bei der Umarmung spürte er die Rundung ihres Leibes, sie sprachen über Verenas Kinder und die Schwangerschaft, und sie schien rasch getröstet, winkte ihm noch einmal zu, bevor sie über die Treppe entschwand.

Die Linde kommt in seinen Blick. Selbst die Pferde erkennen sie: Bevor er am rechten Zügel zieht, haben sie schon den Weg hinunter ins Dorf Linn eingeschlagen. Die meisten Häuser an der Dorfstraße sind einfache Holzhäuser, ebenerdig und strohbedeckt. Sein Bauernhaus ist das schönste in der Reihe, aus Stein, zweistöckig, mit großen, gerundeten

Tenntoren. Aber es gehört nicht ihm allein, die Geschwister sind Miterben, er konnte sie nicht auszahlen.

Knecht Kobi kommt ihm entgegen, er übergibt ihm die Zügel zum Abschirren. Er wird Kobi mit dem Garn zu den Handwebern schicken. Die Handweber stellen Fragen, sie haben Angst, dass sie nach dem Spinnen auch noch das Weben verlieren, weil er auswandert. Hans Jakob hat mit dem Käufer des Hauses – er heißt Hans Jakob Kohler – abgemacht, dass er Knecht und Magd übernimmt.

Das Aufsuchen weiterer Amtsstuben bleibt ihm nicht erspart. Der Schreiber heute, der endlos mit dem Messer die Feder spitzte, bevor er sie endlich ins Tintenfass tauchte und zur nächsten Passage ansetzte, hat seine Geduld arg strapaziert. Morgen fährt er nach Aarau, er muss die Unterlagen des Auswanderervereins unterbreiten. Als die Gnädigen Herren von Bern von den Franzosen vertrieben wurden, freuten sich alle. Aber auch die Franzosen bereicherten sich links und rechts. Mit dem neuen Kanton Aargau wurde einiges besser. Der Zehnt nach Königsfelden respektive an die Berner Herren, über den sich alle beklagt hatten, fiel endlich weg. Inzwischen gibt es auch in Aarau mehr als genug Beamte.

Diese Federfuchser werden ihm Auflagen machen. Sie haben Angst, dass die Auswanderer nie aufs Atlantikschiff gelangen, sondern verarmt in ihre Heimatgemeinden zurückkehren. Als Chef muss er für die anderen Auswanderer geradestehen. Er kann nur Leute mitnehmen mit genügend Geld. Fast alle beschaffen sich das Geld durch den Verkauf von Liegenschaften. Seine eigene Familie verkauft ihre zwei Häuser in Linn, die Brüder Brack verkaufen ihre Häuser in Gallenkirch, die Familien aus Schinznach und Thalheim verkaufen ihre Häuser daselbst. Die allein reisenden Männer haben Geld zur Seite gelegt und beziehen ein Vorerbe.

Als Anführer trägt er die Verantwortung für die Reise nach Amsterdam und für die Überfahrt. Er wird für das Wohlergehen jener sorgen, die sich ihm angeschlossen haben. Das Geld, das sie ihm anvertrauen, wird sicher sein, sie werden ihr Ziel erreichen, dafür steht er gerade.

Was danach kommt, liegt nicht in seiner Verantwortung und auch nicht in seiner Macht.

Linde Linn, Mitte April

«Wir treffen uns morgen in der Früh an der Ländte in Brugg. Denkt an die Beschränkung der Anzahl Kisten, die ihr mitführen dürft, und an deren Gewicht. Beladet euch nicht mit zu viel Gepäck, das nur hinderlich ist. Verwahrt euer Geld sicher. Und nun wünsche ich uns allen einen guten Abschied von der alten Heimat. Wir freuen uns auf den Neubeginn und neues Glück in Amerika!» Hans Jakob Bläuer, der Anführer der Auswanderer vom Bözberg, hat gesprochen. Die Auswanderer, ihre Familien und Angehörigen klatschen.

Man hat sich an diesem Sonntag unter der Linde Linn versammelt, um Abschied zu nehmen, denn am Montag ziehen die Auswanderer mit Ziel Nordamerika los. Die Transportgesellschaft stellt Kähne, die sie bis zur Mündung in den Rhein tragen. Dort stehen größere Schiffe bereit für die Reise auf dem Rhein. In der Nähe von Amsterdam erfolgt die Einschiffung auf die Meerschiffe für die Fahrt über den Atlantik bis Philadelphia. So hat es ihr Anführer geschildert und für sie in die Wege geleitet. Der große, kräftige Hans Jakob ist ein Mann, der Verantwortung übernimmt und dem man vertrauen kann. Er drückt die Hände seiner Auswanderer, die sich eng um ihn scharen, und die Hände der Angehörigen, die ängstlich seinen Blick suchen, aber keinen Zweifel im hellen, klaren Blau seiner Augen entdecken können.

Man lässt sich nieder unter dem Baum, der gerade erst die Blätter ausgetrieben hat. Nach dem trüben, trostlosen Jahr 1816 und dem nassen Frühling zweifelten einige, ob das Laub der Linde wie üblich sprießen wird. Was, wenn die Wiesen und Bäume nie mehr grün, die Früchte auf den Feldern ein weiteres Jahr faulen würden? Eine gewaltige Hungersnot wäre die Folge. Schon jetzt gibt es viel mehr herumstreunende Bettler. Man dreht jedes Kartöffelchen zweimal um. Die Gesichter der Taglöhner sind hager, Diebstähle haben zugenommen. Verschiedene Pfarrer und Priester verkünden in den Kirchen, die Menschen würden für ihre Sünden bestraft. Auf den Jahrmärkten malen Wahrsager die Zukunft in düstersten Farben, sprechen von Weltuntergang. Einige Menschen glauben an den Untergang, fügen sich in ihr Schicksal oder begehren auf. Andere suchen einen Ausweg und finden ihn in der Auswanderung. Wieder andere sind überzeugt, dass sich alles zum Guten wenden werde, es brauche nur etwas Geduld. Wer hat recht? Man kann es nicht wissen.

Die Angehörigen scharen sich eng um die Familien der Auswanderer. Da sind die Familien der Brüder Brack und ihrer Schwester Anna Wülser-Brack, umgeben von weiteren Bracks, die in Gallenkirch bleiben. Da sind die Familien Bläuer von Linn, die Familien aus Schinznach und die einzelnen Männer, die sich zueinandergesetzt haben. Es ist einer der wenigen sonnigen Tage dieses Frühlings. Man sitzt unter dem Blätterdach der Linde, das viel mehr Licht durchlässt als später im Jahr, wenn die Blätter dichter decken. Der Boden ist mit Sonne und Schatten gesprenkelt, die Gesichter ebenso.

Sonne und Schatten mischen sich auch in den Köpfen. Diejenigen, die zurückbleiben, sehen vor allem den Schatten. Ihre Verwandten ziehen weg, nie mehr wird man sie an einem Sonntag nach der Kirche besuchen können, vielleicht gibt es kein Wiedersehen. Das ist unvorstellbar. Vor allem

Mütter und Väter leiden, die ihre Kinder verlieren, ihre Großkinder. Man hat ihnen nicht genug bieten können. Die Missernte des letzten Jahres war nur die Spitze von allem. Zu viele Kinder müssen unter sich den Hof und das Land teilen. Früher traten junge Männer in fremde Kriegsdienste. Jetzt versuchen ganze Familien ein Auskommen in der Fremde. Mit großen Schiffen fahren sie nach Übersee. Ob sie dort finden, was sie sich erhoffen?

Einige der Auswanderer haben nun, da es losgeht, einen flauen Magen. Bis jetzt war man beschäftigt, hatte keine Zeit zum Nachdenken. Jetzt sind die Kisten gepackt, Hof und Felder verkauft. Es gibt kein Zurück mehr. Was erwartet sie drüben? Das weiß niemand so genau, auch wenn Hans Jakob viel versprochen hat: eigenes Land in den Weiten der amerikanischen Prärie. Fruchtbareres Land als auf dem Bözberg. Ein Klima, das günstiger ist, längere Sommer, größere Ernten. Eigenes Wirtschaften, ohne Obrigkeit im Nacken. Das gefällt. Der Vater hat nicht das Sagen auf dem Hof bis ins Alter, mit den Geschwistern muss man nicht teilen. Es wird aber auch weniger helfende Hände geben. Knechte und Mägde bleiben zurück, niemand könnte ihre Schiffspassagen bezahlen. Schon die Reise für die eigene Familie kostet viel Geld.

Amerika. Der Name verspricht viel, ist vollmundig, rollt gut über die Zunge. Auswandern nach Amerika. Nicht das kleine, enge Dasein leben, das man zur Genüge kennt. Zusammen werden sie etwas Neues ausprobieren – etwas, das für die Väter oder Großväter nicht möglich gewesen wäre. Amerika. Das ist der Duft der weiten Welt und etwas ganz anderes als die harte Arbeit auf den kargen Feldern in Linn und Gallenkirch. Amerika bedeutet: Neues entdecken und Altes zurücklassen.

Man packt unter der Linde die Körbe aus, entnimmt ihnen hartes Brot, schrumpelige Äpfel vom Vorjahr und ein paar geschwellte Kartöffelchen. Hans Jakob lässt Käse verteilen, den er mit dem Käsehändler gegen die letzten Tücher getauscht hat, die ihm seine Handweber geliefert haben. Es wird Wein getrunken, für die Kinder gibt es Wasser.

Er und seine Familie sitzen inmitten der Auswanderer und ihrer Familien. Und doch ist es, als ob ein Kreis um sie gezogen wäre. Man hält Abstand, hier ruht der Anführer. Sie haben ihn genug belästigt mit ihren Fragen, Anliegen und Geldangelegenheiten. Morgen wird es ernst, er wird für sie zuständig sein. Heute sparen sie ihn aus, lassen ihn in Ruhe. Ein Kreis der Ehrfurcht und Bewunderung ist um ihn gezogen.

Eine schon ältere Frau durchbricht den Kreis um Hans Jakob und seine Familie. Es ist Salomea, die älteste Schwester des Anführers. Sie grüßt, setzt sich neben den Bruder und die Schwägerin. «Es wird nichts mit dem Auswandern», sagt sie ohne weiteres. «Mein Mann hat ein Machtwort gesprochen, ich kann es nicht umstoßen.»

Hans Jakob schaut in Salomeas Gesicht, das von harten Linien gezeichnet ist. «Schade», sagt er, «du hättest gut in den Verein gepasst.» Er schätzt die Vernunft und Besonnenheit seiner ältesten Schwester, die auch in schwierigen Situationen ruhig Blut bewahrt.

«Vielleicht folgen wir auf einem späteren Schiff. Schreibe mir von der Reise, von den ersten Erfahrungen in Amerika – das wird ihn überzeugen.» Sie überlegt. «Wie viele Leute reisen mit dir?»

«Unser Verein umfasst 57 Leute – 33 stammen aus Linn und Gallenkirch. Einen Mann kann ich nicht mitnehmen, weil er zu wenig Geld hat. Insgesamt sind es neun Familien, einschließlich der Witwe Anna Wülser mit Kindern, für die die Gemeinde bezahlt, und vier einzelne Männer, darunter Andreas, der mit Johannes' Familie reist.»

«Sind alle, die mitreisen, Bauern?»

«Auch ein Schlosser, ein Zimmermann, ein Schreiner und ein Weber sind mit dabei. Die Handwerker werden nützlich sein, wenn wir Häuser bauen. Ich denke, die Mehrheit von uns wird Land bestellen in Amerika, wir werden sehen.»

Salomeas Augen schweifen in die Ferne, sie kaut nachdenklich ein Stück Brot mit Käse, das ihr die Schwägerin gereicht hat. Dann erhebt sie sich, drückt dem Bruder und der Schwägerin die Hand. «Alles Gute für die Reise und in Amerika. Lasst von euch hören!» Sie verabschiedet sich von den anderen Geschwistern, geht rasch davon.

Hans Jakob und Helene bleiben allein zurück in ihrem Kreis, Jakob hat sich den anderen Kindern angeschlossen, Leni schläft mit offenem Mund.

«Was stand im Brief, der gestern aus Amsterdam eingetroffen ist?», fragt Helene.

Ihr Mann kaut auf einem Grashalm, es dauert, bis er antwortet: «Die Brüder Märk mit 114 Auswanderern sind schon am 20. März in Amsterdam eingetroffen. Sie hatten dem Handelshaus Zwyssler & Co. bereits vor der Einschiffung die Hälfte der Fahrpreise entrichtet. Das Handelshaus hat schlecht gearbeitet, ein Schiff für die Weiterfahrt steht nicht bereit. Der Schweizer Konsul von Planta setzt sich für den Verein Märk/Gysi ein.»

Sie ist erschrocken. «Hoffentlich gelingt ihnen bald die Einschiffung.»

«Das ist in der Tat zu hoffen, denn jeder zusätzliche Tag bedeutet zusätzliche Kosten: Mehr als hundert Leute müssen verpflegt und untergebracht werden, bis sie die Atlantikpassage endlich antreten können.» Er überlegt. «Ich bin froh, dass unser Verein nur halb so viele Personen umfasst, das macht es einfacher. Unser Transportunternehmen Halter und Hindenlang ist verlässlich, davon bin ich überzeugt. Den

Fahrpreis für die Atlantikpassage werden wir erst bezahlen, wenn wir eingeschifft sind.»

Helene atmet auf. Sie vertraut Hans Jakob wie alle anderen auch. Er ist ihr Mann, älter und erfahrener als sie, sie bewundert seine Tatkraft. Nur selten erfassen sie noch Zweifel, ob es richtig ist, was sie tun. Ihre Lider sind auf einmal schwer, sie streckt sich neben der Kleinen aus, die Augen fallen ihr zu.

Hans Jakob blickt auf seine schlafende Frau, er ist dankbar, dass sie die Reise gemeinsam antreten. Er wirft den Grashalm weg, streckt sich aus und blickt zum breiten Stamm der Linde. Es braucht mehrere Männer, um den Stamm zu umschließen. Starke Äste gehen aus ihm hervor, die sich im frühen Laub schwarz abzeichnen. Die Linde kann ihm als Vorbild dienen. Er ist der Stamm, um den sich die Leute scharen. Er wird sich nicht biegen oder verbiegen lassen. In Amsterdam spricht man eine andere Sprache, in Amerika auch. Aber Vertrag ist Vertrag, er wird sich durchsetzen.

Nein, betrügen lässt er sich nicht. Aber wie alles genau sein wird in Amerika, ob sie das Leben leben können, das sie sich vorgestellt haben, weiß auch er nicht. Er schaut ins Blätterdach. Wind ist aufgekommen, ein kalter Biswind, der die frischen Blätter in diese und jene Richtung biegt. Vielleicht sind die Auswanderer in Amerika nur Blätter im Wind? Den umfangreichen, fest verankerten Stamm der Linde gibt es dort nicht. Er selbst kann nur Stamm sein für die Zeit des Aufbruchs, und er wird geradestehen für die Reise. Dann ist alles offen. Ja, er hat die Zeitungen gelesen, die im *Roten Haus* auflagen, er hat einiges gehört. Noch gibt es aber kaum Zeugnisse von Auswanderern.

Er greift erneut nach einem Grashalm, kaut darauf herum. Er wird sich nicht dem Zweifel hingeben, nicht jetzt, im letzten Augenblick. Er behält die Zweifel, die in den letzten Wochen des Nachts aufgetaucht sind und ihm manche Stunde

Schlaf geraubt haben, für sich. Helene hat nichts bemerkt von seiner Unruhe, er hat an die Decke gestarrt und sich nicht auf der Bettstatt hin und her gewälzt, um sie nicht zu stören. Er hat alles mit sich selbst abgemacht. Er spuckt den Grashalm aus. Es ist gut, dass es jetzt losgeht.

Unruhe ist aufgekommen unter dem Baum. Der Biswind bläst plötzlich scharf, er fährt in die Glieder. Andreas hat sich erhoben, blickt wirr um sich. Alle schauen zu, wie er zur Linde stolpert und seine Arme um den Stamm legt. Versteht er, dass er Linn und die Linde bald verlassen wird? Man kann nicht in seinen Kopf sehen, vielleicht sucht er nur Schutz vor dem kalten Wind. Johannes geht zu ihm, zuerst wehrt sich Andreas, löst sich dann aber vom Baum und schreitet mit gesenktem Kopf neben dem Bruder zurück zu dessen Familie.

Helene ist erwacht, setzt sich schlaftrunken auf und weckt die Kleine – sie wimmert, drückt sich an die Mutter. Jakob löst sich von seinen Kameraden und kommt zurück zur Familie. Hans Jakob steht auf und verabschiedet alle, wünscht ihnen eine gute letzte Nacht vor dem Aufbruch. Gemurmel setzt ein, Körbe werden gepackt, kalte Hände gerieben, rasch ziehen alle davon.

Nur die Linde bleibt, hält dem Biswind stand.

Texel bei Amsterdam, Mai

Die Fregatte *De Hoop* gleitet mit geblähten Segeln aus dem Hafen. Die Auswanderer des Vereins Märk/Gysi lehnen an der Reling und schwenken Taschentücher. Die Leute des Vereins Bläuer stehen im Hafen um ihren Anführer Hans Jakob und winken zurück. Rasch werden die Figuren an der Reling kleiner und lösen sich auf.

Jakob drückt sich an den Vater: «Wann fahren wir los?»

«Bald, in einigen Tagen.» Er ist erleichtert. Der Verein Märk/Gysi war schon im März in Amsterdam angekommen und hat eine große Summe Geld bezahlt, bevor ein Schiff bereitstand. Nur dank der Hilfe des Provinzgouverneurs und des Schweizer Konsuls konnten die Auswanderer schließlich auf der *De Hoop* unterkommen und mit viel Verzögerung auslaufen. Das darf seinem Verein nicht passieren.

«Wenn ich das alles gewusst hätte, wäre ich zu Hause geblieben», sagte ihm Märk vor ein paar Tagen unter vier Augen. «Unser ganzes Geld steckt in diesem Schiff, in der Passage über den Atlantik. Hoffentlich reichen die Vorräte, von denen wir während des Wartens schon gezehrt haben. Wenn wir nur wohlbehalten ankommen! Sind wir einmal dort, werden wir es schaffen, auch wenn wir ganz unten anfangen, als ‹Redemptioner›.»

«Was sind ‹Redemptioner›?», hat er Märk gefragt.

«Wenn man nicht den ganzen Betrag der Schiffspassage bezahlen kann, verdingt man sich nach der Ankunft bei einem Farmer oder Handwerker, bis der Betrag abbezahlt ist. Die Kinder werden separat verdingt und können nicht bei den Eltern bleiben. Je nach Höhe des Fehlbetrags dient man mehrere Monate oder Jahre. Dann ist man frei.» Er überlegte. «Unser Schiff heißt ‹Hoffnung› – ich hoffe, dass es seinem Namen Ehre macht.»

Hans Jakob nickte. Adrian Märk ist nicht der einzige Anführer mit Problemen. Auch der große Auswandererverein Märki/Itel, der schon Mitte April eingetroffen ist, streitet sich mit der Reederei ums Geld.

Samuel Gyger zupft an seinem Ärmel. «Die *De Hoop* ist weg. Wann kommt unser Schiff?»

«Wir erwarten zwei Schiffe – die *John* und die *Johanna Elisa*. Die Reederei hat sie für heute angekündigt», erklärt er ungeduldig, weil Gyger ihn seit Tagen mit Fragen löchert.

Samuel sucht mit den Augen das Meer ab. «Ich sehe keine Schiffe. Die Leute vom Verein Märk/Gysi haben sehr lange auf ihr Schiff und die Abfahrt gewartet. Jene vom Verein Märki/Itel warten noch immer. Einige betteln in den Straßen von Amsterdam.»

«Ich weiß», sagt Hans Jakob kurz angebunden. Er hat den alten Aargauer auch gesehen, der Handorgel spielte und einen Hut vor sich hingestellt hatte. Und die Kinder, die die vornehmen Leute aus Amsterdam um Almosen anbettelten. «Die Preise für die Überfahrt sind ausgehandelt, die Schiffe werden heute erwartet, mehr kann ich nicht sagen», beschei-det er Gyger und wendet sich ab. Mit der Hand umfasst er den Geldbeutel in seinem Sack. In weiser Voraussschau hat er noch in Linn das Geld für die Reise nach Amsterdam und einen Betrag von 120 Gulden pro Person für die Atlantikpas-sage einkassiert. Auf dem Geldbeutel hat er Nacht für Nacht geschlafen, das Geld ist sicher bei ihm. Dennoch wird er froh sein, wenn er es der Reederei abliefern kann. Das wird er erst tun, wenn er das Schiff, ihre Plätze und den Proviant besich-tigt hat. Erst nach der Einschiffung wird ihm der Schweizer Konsul die 32 Franken pro Person zurückerstatten, die er als Sicherheit hinterlegen musste. Bei anderen Vereinen mag das Misstrauen berechtigt sein. Die Zustände hier haben ihn überrascht, sich selbst gesteht er es ein. Tausende Auswande-rer aus Baden und Württemberg haben Amsterdam über-schwemmt, weil sie nach dem katastrophalen 1816 nicht mehr an eine Zukunft in ihrem Land glaubten. Viele lungern herum ohne Geld.

Sein eigener Verein ist ohne Unstimmigkeiten von zu Hause abgereist. Das Treffen am Morgen der Abreise in Brugg war fröhlich und kaum von Wehmut überschattet. Mit der Zeit wurden die Leute stiller. Das Wasser hat sie immer weitergetragen, zuerst durch den Aargau, dann mündete die Aare in den Rhein, größere Schiffe warteten, sie zogen an Ba-sel vorbei und dann an deutschen Städten und Landschaften und solchen der Niederlande, bis sie schließlich bei Amsterdam landeten.

Alles ist nicht vorhersehbar. Wegen der vielen Auswanderungswilligen sind die Preise gestiegen, er hat 180 Gulden für die Atlantikpassage ausgehandelt, jeder muss 60 Gulden nachzahlen. Das ist nicht allen möglich. Was soll es: Dann fangen sie halt in Amerika als «Redemptioner» an – gut, dass es diese Lösung gibt.

Er schaut sich um. Sie sind auf Texel. Fremd schaut die Insel aus, flach, sandig, vom Wind zerzaust. Das Gras in Linn ist saftig grün, hier ist es gelblich und trocken. Kein einziger Baum gedeiht auf dem kargen Boden. An nichts kann man sich festhalten, selbst der Blick gleitet ab. Einen Baum wie die Linde Linn kann man sich hier nicht vorstellen.

Hans Jakob dreht sich zurück zum Meer, kneift die Augen zusammen. Dort draußen sind zwei Punkte auszumachen. Wenn nicht alles täuscht, sind das die versprochenen Schiffe. Bald geht es los!

Am 18. Mai 1817 sind die Fregatten *John* und *Johanna Elisa* zum Auslaufen bereit. An der Reling der *John* stehen Hans Jakob Bläuer und Rudolf Fäs, Anführer einer anderen Aargauer Auswanderergruppe. Die Segel sind gesetzt, die Taue gelöst. Die Auswanderer haben sich in lockeren Gruppen zusammengefunden. Barbara Bläuer, die Schwester des Anführers, hat ihre neun Kinder um sich geschart. Sie jauchzt, als sich das Schiff in Bewegung setzt, und auch Witwe Anna Wülser strahlt. Andere sind nachdenklich, die Überfahrt über den Atlantik, das weite Meer, das man sich nicht vorstellen kann, bereitet ihnen Sorgen. Andreas, der tumbe Halbbruder des Anführers, stolpert über die aufgerollten Taue. Sein Bruder Johannes hält eine Flasche in der Hand, nur halb versteckt.

Hans Jakob hat keine Augen für seine Brüder: Erstmals spürt er das Rollen der Wellen. Ein Glücksgefühl steigt in ihm auf. Er geht zu den Frauen, nimmt Helene bei der Hand, zieht sie neben sich an die Reling. Ihr Gesicht ist ausdruckslos, sie erwidert aber den Druck seiner Hand. Er schaut in die Takelage, die Segel knattern einen Moment und blähen sich, das Schiff nimmt Fahrt auf. Sie winken den Zurückbleibenden zu, darunter etliche Leute der Gruppe Märki/Itel, die auf eine Passage im Juni vertröstet wurden.

Man winkt sich zu von Schiff zu Schiff, die *Johanna Elisa* segelt auf gleicher Höhe. Auf diesem Schiff hat Hans Jakob den jungen Samuel Gyger und die Familien untergebracht, die ihm weniger nahestehen. Mit dabei auf der *John* sind Hans Jakobs Geschwister mit Angehörigen und die Familien Brack aus Gallenkirch.

Gallenkirch. Linn. Wie weit weg das ist! Erst gut einen Monat sind sie fort, und doch liegen Welten zwischen dem Abschied unter der Linde und der Fahrt auf dem Meerschiff. Die Überfahrt dauert im besten Fall sechs Wochen, hat der Kapitän gesagt, vielleicht aber auch acht oder mehr bei Windstille oder Sturm. An Stürme mag Hans Jakob nicht denken. Zuunterst im Schiffsbauch logieren die billigsten Passagiere, die Leute aus Baden und Württemberg. Die Vereine Bläuer und Fäs belegen das zweitunterste Deck, die Männer und die Frauen sind voneinander getrennt untergebracht. Es ist eng dort unten, aber es wird gehen. Hans Jakob ist zufrieden: Alle 57 Personen seines Vereins sind an Bord.

Die beiden Schiffe bewegen sich jetzt auseinander. Samuel Gyger legt die Hände an den Mund und schreit «gute Fahrt» zu ihnen herüber, Bläuer und Fäs winken.

Rudolf Fäs ist ein älterer, vernünftiger Mann. Zusammen haben sie beim englischsprachigen Kapitän vorgesprochen und verlangt, die Vorräte zu sehen. Mit eigenen Augen konnten sie sich überzeugen, dass auf beiden Schiffen große Mengen an Brot, Erbsen, Gerste und Reis geladen sind sowie große Wasserfässer, aus denen jeder Person täglich eine halbe Maß zusteht. Danach haben sie dem Zahlmeister das letzte Geld für die Passagen ausgehändigt und nach der Einschiffung das Depositgeld vom Schweizer Konsul zurückerhalten – alles gemäß Plan.

Die Frauen sind vom Deck verschwunden. Hans Jakob spürt ein flaues Gefühl im Magen. Noch sind sie nicht auf dem offenen Meer, die See ist aber schon aufgewühlt. Er wird sich daran gewöhnen.

Ein Knurren und Stöhnen dringt an sein Ohr. Andreas. Er umklammert den Mast, stößt diese Laute aus. Sind es Laute der Verzweiflung oder der Freude? Hans Jakob geht zu ihm, löst die Hände des Bruders, führt ihn zur Treppe und hinunter zu seinem Lager. Nebenan liegt Johannes, eine Flasche lugt unter seinem Kittel hervor.

«Andreas hat den Mast umarmt, so wie er es oft mit der Linde getan hat», sagt er zum Bruder. «Sprich mit ihm – ich muss wieder an Deck gehen.»

«Linde», sagt Andreas. «Wo ist sie?»

«Hier kannst du sie nicht finden», erklärt Johannes. «Aber ich kann dir von der Linde erzählen.» Andreas nickt freudig.

Der Boden unter dem Lager der Brüder geht auf und ab. Als sich Hans Jakob an der Treppe umdreht, stecken die Köpfe der Brüder zusammen. Johannes erzählt, wie sie mit der Mutter unter der Linde gesessen haben und der Baum zu ihnen gesprochen hat. Ja, das kann Johannes – etwas erfinden aus dem Nichts. Andreas lauscht hingegeben.

Linn, Dezember 1855

Der Gemeindeschreiber von Linn blättert das mehrseitige Dokument noch einmal durch, legt es zur Seite, kratzt sich in den grauen Haaren. Aufgrund seines gestandenen Alters sollte er weise sein. Dieses Dokument aber lässt ihn ratlos zurück. Es ist überaus kompliziert, enthält viele Namen und Zahlen – und zu viele Fragen.

Und doch lässt es ihm keine Ruhe, er nimmt es noch einmal zur Hand. An diesem grauen Dezembermorgen hat es ihm ein Bote des Notars in Brugg überbracht. Er soll das Dokument in den Gemeindeakten ablegen, nichts weiter. Aber da sind Namen darin, es klingt etwas an. Ein Jüngling war er damals, als sich eine große Gruppe von Leuten aus Linn und Gallenkirch unter der Linde versammelte und tags darauf auswanderte. Angesehene Leute waren darunter – verschiedene Familien Bläuer aus Linn und Brack aus Gallenkirch.

Der Anfang des Dokuments ist einfach zu verstehen. «Zu wissen seie hiermit», lautet der Titel. Es geht um den Nachlass des 1817 nach Amerika ausgewanderten und am 21. Juli 1854 gerichtlich für tot erklärten Hans Jakob Bläuer von Linn. Der Schreiber schaut auf. Hans Jakob Bläuer – das war der Anführer der Auswanderer! Eigenartig, dass die Ehefrau und Kinder nicht als Erben genannt sind. Der Bläuer hatte eine Familie, daran erinnert er sich.

Noch einmal geht er die Liste der Erben durch. An erster Stelle genannt ist Salomea Mettauer, geborene Bläuer, Schwester des Erblassers, die im Staat Pennsylvania in Nordamerika lebt. An zweiter Stelle stehen die Kinder des seligen Johannes Bläuer: Die Söhne Jakob und Johann wohnen in Altenburg in der Nähe, Sohn Heinrich lebt in St. Louis, Missouri, und Tochter Anna ist bereits verstorben. Johannes Bläuer – zu ihm gibt es doch eine Schrift ... Er sucht unter den Dokumenten früherer Jahre, wird fündig: Johannes Bläuer verstarb 1826 in Philadelphia, er hinterließ kein Vermögen. An dritter Stelle in der Erbenliste des Hans Jakob Bläuer stehen die Kinder der Schwester Barbara Bläuer, verehelichte Schaffner, Staat Indiana. An vierter Stelle erscheinen die Kinder der verstorbenen Schwester Maria Bläuer, die nicht ausgewandert ist und in Oltingen lebte. An fünfter Stelle folgen die Kinder der verstorbenen Schwester Verena Bläuer, verheiratet mit Bernhard Fischer von Brugg. Unter diesen Kindern ist der Sohn Bernhard Friedrich Fischer aufgeführt. Das ist der wohlhabende Fischer aus Brugg, der im Ständerat war! Der wird hier erben – wer hat, dem wird gegeben.

Der Erbenliste folgt ein Vorbericht. Darin ist von Andreas Bläuer die Rede. Sein Bruder Johannes habe ihn nach Amerika mitgenommen und dafür 2000 Gulden aus dem Erbe des Vaters kassiert. Ein Jahr nach der Ankunft habe Johannes den Bruder Andreas an Schwager Johann Schaffner in Indiana übergeben, wofür dieser eine Entschädigung von 500 Gulden erhalten habe.

Der Schreiber schaut auf, er kaut an seiner Feder. Warum musste Andreas Bläuer «übergeben» und offensichtlich betreut werden? Vielleicht war er nicht richtig im Kopf? Andreas Bläuer ist noch im selben Jahr in Indiana verstorben – der Wechsel von Bruder zu Schwager hat ihm kein Glück gebracht.

Der Schreiber blättert. Es folgen weitere Vorberichte, dann Aufzählungen des nicht teilbaren und des teilbaren Vermögens. Der Unterschied ist ihm nicht klar. Schließlich folgt die Zahl von 34'417 Franken an teilbarem Vermögen. Wird dieses Geld den Erben zugestellt, auch jenen in Amerika? Das ist anzunehmen – es ist heutzutage fast alles möglich. Der Notar hat das Erbdokument in Brugg am 13. Dezember 1855 unterzeichnet.

Der Schreiber stellt sich ans Fenster seiner Stube. Dieser Dezembertag ist trüb – die Linde zeichnet sich mit ihrem schwarzen Geäst nur schwach vor dem Schnee ab.

Er erinnert sich an die Auswanderer, die unter der Linde saßen. Es war ein Sonntag im Frühling, die Linde trug frisches Laub. Er war mit dem Vater zum Baum gegangen, weil dieser Gewissheit haben wollte, wer bei diesem verrückten Vorhaben dabei sein würde. Der Vater stellte sich strikt gegen die Auswanderung: Seine Meinung war, dass man nach dem Jahr ohne Sommer Geduld haben müsse – das Wetter werde sich bessern. Und so geschah es dann auch. Von den Auswanderern aus Linn und Gallenkirch hörte man nichts mehr. Weitere Auswanderungen untersagte der Staat damals – zu vieles war ungewiss. Seit einigen Jahren machen sich wieder Auswanderer auf den Weg. Man weiß jetzt eher, was einen erwartet, in den Zeitungen gibt es viele Artikel zur Auswanderung nach Amerika.

Da. Auf einmal hat er das Bild des Anführers Hans Jakob Bläuer vor seinem inneren Auge: Er war ein stattlicher Mann, saß mitten unter seinen Leuten, neben sich seine zweite Ehefrau, eine junge Frau aus der Stadt. Ein Bub gehörte zur Familie, wohl aus erster Ehe, und ein kleines Mädchen. Unter der Linde saßen etliche kinderreiche Familien und ein paar einzelne Männer. Bläuer erhob sich, richtete das Wort an seine Leute. An den Inhalt der Rede kann er sich nicht erinnern. Sein Vater und er kehrten der Linde den Rücken, sie hatten genug gesehen. Die Familien Bläuer und Brack hinterließen eine große Lücke in Linn und Gallenkirch. Auf jenen, die zurückblieben, lasteten Schulden, weil sie die Häuser der Bläuer und Brack zu hohen Preisen kauften und das Geld jahrelang abstotterten.

Die Frühlingsbilder von damals sind weg, der Schreiber blickt ins nackte Geäst der Winterlinde. Das Dokument enthält einige Informationen zu den Geschwistern Bläuer und ihren späteren Aufenthaltsorten in Pennsylvania, Indiana und Missouri. Man blieb nicht zusammen, sondern verteilte sich auf verschiedene Staaten.

Erstaunlich ist, dass man vom Erblasser – er war doch der Anführer der Auswanderer – nichts weiß. Oder kommt das noch? Der Schreiber kann sich gut an einen anderen Fall erinnern: Vor ein paar Jahren wurde der Auswanderer Samuel Gyger gerichtlich für tot erklärt, seine Geschwister teilten das Erbe der Eltern unter sich auf. Doch dann trafen Briefe von Gyger aus Indiana ein, die offensichtlich echt waren. Das Erbe wurde eingezogen, neu aufgeteilt und Gygers Teil nach Amerika überwiesen.

Welchen Jahrgang hat Bläuer? Er nimmt den Taufrodel der Gemeinde Linn hervor, geht Seite um Seite durch und findet den Eintrag, den er gesucht hat: Hans Jakob Bläuer wurde 1783 geboren, sein Vater hieß Jakob. Hans Jakob ist oder wäre jetzt ein alter Mann von 72 Jahren. Die Neugierde des Schreibers ist geweckt. Er sucht weiter und wird fündig im Jahr 1817, Mitte März: Eine von Bläuer verfasste und unterzeichnete Schrift bezeugt, dass dieser bei der Auswanderung die Bürgschaft für die Witwe Anna Wülser-Brack übernahm.

Der Schreiber überlegt. Es werden nur Leute gerichtlich für tot erklärt, von denen es lange Jahre kein Lebenszeichen gab. Bläuers Frau und Kinder sind nicht unter den Erben – offenbar hat man auch von ihnen keine Nachricht. Was ist mit dieser Familie passiert? Warum wissen die mitausgewanderten Verwandten nichts – pflegte man keinen Kontakt? Wanderte Bläuer vielleicht weiter in den Wilden Westen Amerikas, von dem man viel Übles hört? Kam die Familie dort ums Leben? Fragen über Fragen, die wohl nicht zu beantworten sind.

Er nimmt das Dokument und legt es als letztes Dossier des Jahres 1855 im Gemeindearchiv ab. Sein Blick wandert noch einmal zur Linde. Der Vater hatte recht mit seinen Vorbehalten: Eine Auswanderung ist ein Wagnis und mit vielen Fragezeichen behaftet.

Er, Sohn seines Vaters, wurde Gemeindeschreiber in Linn. Er ist in Linn geboren und wird in Linn sterben.

Susann, 2021

Anfang November
Die Wellen des Thunersees kräuseln sich vor ihren Augen, Bäume huschen vor dem Zugfenster vorbei. Für einmal liest sie nicht, genießt einfach den Blick über das Wasser und auf Merligen, Sigriswil und das Niederhorn auf der anderen Seeseite.

So unverhofft ist sie heute frei geworden – es ist Mittwoch, ein unüblicher Tag für den Lindenbesuch. Vor neun Uhr fand sie wie gewohnt die Kiste mit den noch im Dunkeln angelieferten Büchern im Laden, als sie aufschloss. Ihre «Zauberkiste» nennt sie sie manchmal. Immer zittern ihre Finger ein bisschen, wenn sie die Bücher auspackt, die Titel prüft, die Umschläge mustert, die Etiketten aufklebt. Sonnenstrahlen fielen in den Raum, als sie die bestellten Bücher einordnete. Wie üblich machte sie einen kleinen Rundgang durch den Laden, stellte aktuelle Bücher auf die leeren Ständer, überprüfte die Ordnung in den Gestellen, rückte hier und dort ein Buch zurecht. Im Regal mit der Beschriftung *Bäume* und *Berge* stellte sie Lücken fest, die Bergbücher sind immer noch mehr gefragt als jene zu den Bäumen, aber das kann sich ändern.

Das Klingeln des Telefons schreckte sie aus ihren Gedanken, es war keine ungeduldige Kundin, sondern ihre Mitarbeiterin mit der spontanen Frage, ob sie heute kurzfristig Susann ablösen solle, das Wetter sei doch schön, Susann könne etwas unternehmen, dafür würde sie gern am Freitag freinehmen, ihr Mann plane wegen des schlechten Wetterberichts für den Norden ein verlängertes Wochenende im Süden. Für den Freitag hatte Susann mit der Linde geliebäugelt, in der Tat ist jedoch der Wetterbericht schlecht. Sie erklärte sich einverstanden, hielt aber fest, dass dies der letzte derart kurzfristige Abtausch sei. Nicht Elisa ist das Problem, weiß sie, sondern ihr kürzlich pensionierter Mann, der frei sein will für seine oft kurzfristig geplanten Ausflüge und Reisen mit seiner Frau. Elisa traf zwanzig Minuten später im Laden ein, übernahm fliegend die Beratung einer anspruchsvollen Kundin. Sie selbst zog sich zuhause rasch um, kaufte am Bahnhof einen Imbiss und erreichte den 10-Uhr-Zug.

Die zweieinhalb Stunden Fahrt ziehen rasch vorbei, nach dem Thunersee kommt das Aaretal, zwischen Bern und Brugg gibt es weitere Blicke auf die Aare, auf Schlösser und Herbstlandschaften. Erstmals fährt sie mit dem Postauto hinauf nach Linn. Sie kennt die Dörfer Umiken und Hafen, horcht auf bei der Station Gäbi. Hier in der Nähe muss der Gäbihübel sein, Ort der Hinrichtungen, den Georg erwähnte, sie kann die Anhöhe aus dem Postauto nicht ausmachen. Der Flecken Ursprung folgt, wo der Freitagsmann wohnt, es ist aber Mittwoch und nicht Freitag, er spielt keine Rolle an diesem Tag. Die Fahrt führt an der in einer Talsenke gelegenen Kirche vorbei, es folgen die Stationen Gemeindehaus und später Altstalden und Neustalden mit der Passhöhe. Das Postauto fährt eine Schlaufe hinüber nach Gallenkirch, einige Schulkinder steigen aus, und als es in Linn hält, verlassen die restlichen Kinder den Bus. Allein geht sie zum Baum, bleibt stehen.

Novemberlinde. Du wirkst vom Wind zerzaust, deine dem Wind ausgesetzte Seite ist schon ziemlich entblättert. Dein Stamm und die Äste sind gut sichtbar, das Blätterdach ist löchrig. Du bist nicht unverletzlich, niemand ist es – vielleicht sind es nur die Berge, vielleicht. Ich lasse dich einen Moment hinter mir, sehe Lägeren Burghorn, mehr Hügel als Berg. Und rechts davon, in gerader Linie über die Habsburg hinweg, das ist das verschneite Säntismassiv, sagt meine App.

Ich komme zu dir zurück, die Bank ist kühl. Etliche deiner Blätter sind braun gesprenkelt, dürre, braune Blätter liegen im Gras. Der Wind fährt hinein, Sirren, Knistern. Wolkenbänder ziehen sich über den blassblauen Himmel, Flugzeuge brummen, Traktoren rumpeln, Motoren lärmen. Autos fahren den Linnerberg hoch, zweigen ab, ein Velofahrer tritt in die Pedale. Die Wintersaat ist hellgrün, geschwungene Linien ziehen sich über das Feld, ein frischer Anblick, fast frühlingshaft. Zuerst kommt jetzt aber der Winter, Linde, er bringt dir Ruhe.

Ich weiß nicht, wieso ich jedes Mal mit dir rede, wenn ich hier bin. Tun das die anderen Menschen auch, die dich besuchen? Hat man schon immer mit dir gesprochen? Sind diese Stimmen von einst hörbar – trägt der Wind sie mit sich? Du gibst keine Antwort, bist einfach da, ein Gegenüber für mich. Es ist gut zu wissen, dass es dich gibt. Am Tag und in der Nacht. Das ganze Jahr über. Durch die Zeit.

Manchmal glaube ich fast, dass sich deine Rinde hebt und senkt, dass du atmest. Aber du bist nicht menschlich, bist etwas Anderes, Eigenes. Du hast viel Energie in dir. Menschen suchen dich auf, weil sie deine Kraft spüren. Sie versprechen sich Heilung von dir. Du bist lind, linderst ihre Leiden. Du breitest dein Dach über sie aus, bist für alle da. Niemand kann dich für sich allein beanspruchen. Du gehörst nur dir selbst und der Sonne, dem Mond, dem Wind und den Jahreszeiten. Jetzt ist Herbst, bald ziehst du dich zurück in dein Inneres, bist wieder einfach Baum, nur Baum. Noch dürfen wir teilhaben an dir.

Sie blickt noch einmal ins Blätterdach, beugt sich dann zum Rucksack, packt das Picknick aus, isst Maissalat, trinkt Süßmost.

Tabakgeruch dringt in ihre Nase. Sie schaut sich um, ein alter Mann mit Zipfelmütze steht beim Baum, er saugt an seiner Pfeife. Als er ihren Blick bemerkt, kommt er heran, setzt sich neben sie. «Zu Besuch bei der Linde?», fragt er mit der Pfeife im Mundwinkel.

«Immer wieder», bestätigt sie, «fast jeden Monat.»

«Oh, eine Lindenfrau. Es gibt auch Lindenmänner. Im Sommer trifft man sie fast jeden Tag, im November nur noch selten.» Er schmaucht seine Pfeife, stößt Rauch aus. «Es wird viel falsches Wissen über die Linde verbreitet. Man sagt, hier seien Pestopfer begraben. Das stimmt nicht: Die Linde steht auf sandigem Boden, das ist kein Ort für Gräber. Einmal haben sie sogar die Erde aufgegraben, aber keine Toten gefunden.»

«Sie haben recht: Die Linde ist kein Ort für Tote, sondern für Lebende, sie ist ein Ort der Begegnung.»

Er mustert sie aus den Augenwinkeln. «In der warmen Jahreszeit ist die Linde überlaufen, man lässt sie nicht in Ruhe und kommt selbst nicht zur Ruhe. Früher war es stiller um den Baum. Da waren Liebespaare, ja – meine Eltern haben sich unter der Linde gefunden. Es gab Maifeste, Tanz. Als im frühen 19. Jahrhundert viele Linner auswanderten, sollen sie sich unter der Linde von jenen verabschiedet haben, die zurückblieben.» Der alte Mann pafft und lächelt verschmitzt. «Ohne jene, die der Heimat den Rücken kehrten, hätten wir unser Haus nicht – meine Vorfahren haben es von einer Auswandererfamilie gekauft.» Ein letztes Rauchfähnchen steigt aus der Pfeife, er erhebt sich. «Ich gehe nach Hause, die Kälte setzt mir im Alter mehr zu als früher. Ich brauche einen Tee, der mich wärmt, Lindenblütentee natürlich. Die Blüte der Linde verpasse ich nie.»

«Ich war leider nicht da im Juni, der Duft soll himmlisch sein, hat man mir gesagt.»

«Das war wohl einer dieser Lindenjünger, der von himmlischem Duft gesprochen hat. Es riecht gut bei der Linde in der Zeit um den längsten Tag, ja. Man pflückt die Blüten, dörrt sie und genießt den Tee. Meine Mutter hat es mir vorgemacht. Ich halte mich nicht immer an ihre Vorgaben, beim Tee aber schon. Auf Wiedersehen.»

Susann winkt dem kleinen Mann mit dem zerfurchten Gesicht nach, sorgsam hält er seine ausgegangene Pfeife in der Hand, schlägt die Dorfstraße ein. Die Sonne steht bereits tief über dem Linnerberg, obwohl ihre Armbanduhr erst 14 Uhr anzeigt. Die Laubwälder schimmern gelbbraun, der Schatten der Linde liegt wie eine löchrige Decke über der Wiese. Kleine Mücken umschwirren ihr Gesicht, eine späte Hummel brummt vorbei.

Der kalte Wind fährt ihr in die Glieder, sie steht auf, zieht die Jacke enger um sich. Kurz entschlossen schlägt sie den Weg ins Dorf ein, biegt ab ins Neubauquartier und hinunter auf den Weg zum Sagemülitäli. Die Hänge sind auch hier recht grün, Schafe mustern die einzelne Wanderin neugierig. Der Weiher ist ihr Ziel, aber er ist weiter weg, als sie gedacht hat. Ganz allein ist sie im Täli, kommt sich vor wie aus der Zeit gefallen, beschleunigt den Schritt. Endlich erblickt sie den Weiher, graugrün ist seine Farbe im Spätherbst, braungelbe Blätter fallen kreiselnd von den Bäumen, der Geruch von feuchter Erde liegt in der Luft. Rilkes Zeilen aus *Herbsttag* scheinen vor ihr auf: «Wer jetzt kein Haus hat, baut sich keines mehr. Wer jetzt allein ist, wird es lange bleiben, wird wachen, lesen, lange Briefe schreiben und wird in den Alleen hin und her unruhig wandern, wenn die Blätter treiben.»

Das Schattental bedrückt sie. Sie kehrt um, läuft, ja rennt fast zurück, nimmt den Weg durch den alten Dorfteil von Linn, hetzt zur Linde hoch und ist froh, dass das Postauto noch dasteht.

Sie steigt ein und starrt an der Linde vorbei, für einmal findet sie dort keinen Trost.

Ende Dezember
Der Blick auf Mönch und Jungfrau ist wie immer, das Jungfraujoch sitzt fest im Sattel zwischen den beiden Bergen. Nur bei ihr ist seit einer Woche alles anders. Sie liegt in Decken gewickelt auf dem Sofa, obwohl ihr Buchladen an diesem Freitag, 31. Dezember offen ist.

Der Weihnachtsverkauf bringt den größten Umsatz im Jahr, sie sind dann immer zu zweit im Laden, freie Freitage gibt es nicht.

Am 23. Dezember abends verspürte sie ein Kratzen im Hals. In der Nacht kam Fieber dazu, Schüttelfrost, ihre Glieder schmerzten. Am 24. Dezember morgens schleppte sie sich für den Test zur Apotheke und ging dann zurück nach Hause ins Bett. Elisa musste diesen letzten Tag vor Weihnachten allein bestreiten – der Test war positiv.

Ihre Freundin Jeannette aus Murten, mit der sie den Heiligabend verbracht hätte, buchte kurzfristig in ein Bed-and-Breakfast um. Jeannette ist ihre älteste Freundin, sie haben zusammen die Lehre gemacht, sie arbeitet aber nicht mehr im Buchhandel. Die Freundin, die eigentlich Ferientage verbringen wollte, hat in den vergangenen Tagen für sie eingekauft, Mahlzeiten an die Tür gebracht und sogar in der Buchhandlung ausgeholfen. Heute Abend wird Jeannette zum ersten Mal die Wohnung betreten, der Selbsttest ist negativ ausgefallen, sie werden aufs neue Jahr anstoßen.

Sie ist noch schwach, aber dankbar, dass Fieber und Gliederschmerzen fort sind. Zum Glück hat sie den Geruchssinn nicht verloren, der Duft von Zitronen, Orangen und Mandarinen aus der Duftlampe hat ihr die einsamen Tage der Krankheit erleichtert, wie auch die Gespräche mit Jeannette, den Mitarbeiterinnen und mit Remo am Telefon. Der Sohn schien besorgt über ihre starken Symptome an Weihnachten und froh, dass seine Gotte Jeannette in ihrer Nähe war. Heute am Silvestermorgen ploppte nochmals ein Anruf von ihm auf, sie sehe weit besser aus, meinte er erleichtert und schlug ihr von Neuem eine Kanadareise für den Juni vor. Fast hätte sie gesagt: Im Juni blüht die Linde, ich weiß nicht, ob ich kommen kann.

Die Linde. Sie war nicht mehr dort, beobachtet sie nur auf dem Bildschirm. Kahl ist der Baum jetzt, zuvor war er tief verschneit. Die Linde gehört wieder sich selbst. Ein vergrößertes Bild vom Baum, das sie im November aufgenommen hat, hängt an der Wand neben den Fotos von Remo. Vielleicht fällt es Jeannette am Abend auf, ihr würde sie es erklären. Das Bild zeigt die Herbstlinde in ihrer Kraft, aber auch Verletzlichkeit, die Sonne dringt durch das Geäst mit den gelblichgrünen Blättern und beleuchtet den knorrigen, vielgestaltigen Stamm.

Sie nimmt ihr Smartphone zur Hand, will Lindenbilder suchen. Auf dem Display ist eine neue Mail, sie klickt sie an. Sie stammt vom Freitagsmann, von Georg. Nie haben sie einander geschrieben. «Liebe Susann, du warst nie mehr bei der Linde an einem Freitag, auch heute nicht, am letzten Tag des Jahres. Gern würde ich dich dort einmal treffen im Januar, wenn du magst. Kündige mir doch an, falls du hinfährst. Lösche diese Mail, wenn sie dir lästig ist. Ein gutes neues Jahr wünscht Georg.»

Lästig ist ihr die Mail nicht, sie legt das Telefon weg. Vorbehalte hat sie aber schon – dieser Mann gibt so wenig von sich preis. Freude? Ja, auch das. Morgen beginnt das neue Jahr, sie fühlt sich besser, kann wieder planen. Ihr persönliches Lindenjahr – sie blickt zum Bild – geht weiter, auch die Winterlinde gehört dazu.

Lili, 1923/1932/1943

Linde Linn, Juli 1923

Lili legt die goldgelben Ähren neben sich, eben hat sie den Kindern die Unterschiede und Gemeinsamkeiten erklärt. Ihr Blick wandert zum Acker. Der junge Bauer nähert sich der Linde, holt mit der Sense aus, mäht in einem Halbkreis den Weizen nieder, macht ein paar Schritte, holt von Neuem aus. Sie folgt seinen Bewegungen. Streift auch er sie mit den Augen, bevor er seine Sense mit neuem Schwung ansetzt? Man hört nur das rhythmische Zischen der Sense, Lili ist verstummt. Die Mädchen, die neben ihr auf den schmalen Bänken unter der Linde sitzen, schlenkern unruhig die Beine, die Buben, auf dem Boden vor ihnen, scharren mit den Füßen.

Sie wendet sich den Kindern zu, wählt drei Ähren aus, hält sie hoch. «Wenn ihr aufgepasst habt und die Getreidearten und ihre Verwendung richtig benennt, packen wir die Körbe mit den Vorräten aus.»

Ernst, der Bauernbub, springt hoch: «Der Roggen hat kurze Fäden, der Weizen fast keine.»

Lili streckt die dritte Ähre den Mädchen hin. Bethli enttäuscht sie nicht: «Die mit den ganz langen Fäden ist eine Gerstenähre. Aus Weizen und Roggen backt man Brot, Gerste verfüttert man dem Vieh», spult das Mädchen herunter.

«Aus Gerste braut man auch Bier», ergänzt Ernst und setzt sich wieder.

«Bravo. Es ist Zeit fürs Mittagessen», verkündet Lili. Sie packt Brot, Käse und Schinken aus den Körben, verteilt die Feldflaschen mit Tee. Die Kinder greifen zu, mampfen zufrieden, auch Lili beißt in ihr Käsebrot. Nach dem Mittagessen wird sie mit den Kindern durch das Sagemülitäli wandern, das ihr die Einheimischen empfohlen haben. Über Effingen werden sie auf den Stalden zurückgelangen, zum *Bären* auf der Passhöhe. Das frühere Wirtshaus ist jetzt das Ferienheim von Rheinfelden. Seit die Eisenbahn eröffnet wurde im vergangenen Jahrhundert, habe der Verkehr über den Bözberg stark abgenommen, hat man ihr gesagt. Wenn sie im *Bären* aus dem Fenster schaut, sieht sie aber jeden Tag viele Pferdefuhrwerke, die sich über den Pass schieben, während einige Automobile an ihnen vorbeikurven. Sie, die Lehrerin aus Rheinfelden, betreut die Mädchen und Buben im Ferienlager.

Die Linde hat man ihr als wichtigstes Ausflugsziel empfohlen. Der knorrige, gewaltige Stamm der Linde hat sie sprachlos gemacht, als sie vorhin mit den Kindern ankam. Sie schaut in die Krone des Baumes hoch, die sich dicht und grün über ihr ausbreitet. Mächtig ist die Linde, und doch fühlt man sich von ihr nicht bedroht. Der breite Stamm mildert die Brise, die sie vorhin auf ihrer Haut spürte, die Äste und Blätter spannen ein Schutzdach aus, das Schatten spendet.

Der junge Bauer, der am Abhang verschwunden ist, nähert sich wieder der Linde. Sie legt das angebissene Käsebrot zur Seite, folgt einmal mehr mit den Augen seinen Bewegungen, sieht den Schweiß auf seinen braungebrannten Armen und seinem Gesicht. Sein Haar ist sonnengebleicht, seine Augen, die sie jetzt treffen, sind hellbraun. Einen Augenblick ruht seine Arbeit, er säubert das Sensenblatt, wetzt es, holt von Neuem zum Schwung aus. Der zweite Bauer – ein Bruder? – schwingt seine Sense in einigem Abstand. Den beiden Bauern folgen Knechte, sie binden die geschnittenen Ähren zu Garben.

«Fräulein Burg, wieso essen Sie Ihr Brot nicht fertig?», fragt Hans keck. «Man muss aufessen.»

«Du hast recht, Hans.» Sie lacht. «Ich habe ganz vergessen, dass mein Brot noch neben mir liegt und nicht in meinem Bauch verschwunden ist.» Sie nimmt ein paar große Bissen, schluckt das Brot hinunter, steht auf. Der Bauer ist nur wenige Meter entfernt, sie geht zu ihm hin: «Können Sie mir sagen, welcher Weg ins Sagemülitäli führt?»

Er hält mitten im Schwung inne, setzt die Sense ab, mustert sie. Zuckt es in seinen Mundwinkeln? «Nehmen Sie den Weg gegenüber, er führt ins Täli.»

Das hat sie sich gedacht. Sie dankt für die Auskunft und klatscht in die Hände: «Packt zusammen, Kinder! Wir wandern ins Sagemülitäli, einen Weiher werdet ihr sehen, einen Wasserfall und eine alte Mühle. Dann geht's zurück auf den Stalden, wo uns noch ein paar Tage im Ferienlager bleiben.» Sie nickt dem Bauern zu, schenkt ihm ein Lächeln, winkt zum Abschied. Fast schüchtern lächelt er zurück, setzt wieder seine Sense an.

Die Kinder sammeln sich etwas oberhalb des Baums. Lili erblickt die dunkle Burg. «Schaut dort drüben – das ist die Habsburg. Dort lebten im Mittelalter Ritter. Später stiegen die Habsburger in Österreich zu Königen und Kaisern auf.» Die Kinder beäugen die Burg staunend.

«Sie heißen Lili Burg. Sind Sie ein Burgfräulein von der Habsburg?», fragt Hans.

«Mein Vater war nicht Ritter, er arbeitete in der Schuhfabrik Bally.»

«Darum haben Sie immer so schöne Schuhe an», meint Greti bewundernd.

Sie schaut auf ihre plumpen Schnürschuhe. «Heute habe ich grobe Schuhe angezogen, denn wir wollen wandern. Los geht's!» Sie greift nach Bethlis Hand. Das Mädchen wird von den andern geschnitten. Bethli habe die Weisheit mit Löffeln gegessen, sagen die Buben, aber auch die anderen Mädchen hinter vorgehaltener Hand. Immer wieder zieht eins der Kinder an Bethlis Zöpfen, und wenn sich das Mädchen umdreht, grinsen sie unschuldig. Kennt sie das nicht? In der Schule in Schönenwerd war sie die kluge Lili. Man hat sich nicht gewundert, dass sie nach der Bezirksschule ins Seminar eingetreten ist. «Die Tochter des Bally-Chefbuchhalters ist ein Blaustrumpf», sagte man hinter ihrem Rücken, «sie ist siebenmalklug. Das passt nicht zu einem Mädchen. Kein Mann will so eine zur Frau.» Sie schaut nicht zurück, biegt mit den Kindern auf den Weg ins Täli ein.

Am Abend sitzt Max unter der Linde am Platz, wo sie am Mittag gesessen hat. Er hat sich nach dem Abendessen unter einem Vorwand entschuldigt und die Mutter und den älteren Bruder auf der Bank vor dem Bauernhaus alleingelassen. Dort sitzen sie an Sommerabenden meist zu dritt zusammen, nicht selten stimmt die Mutter ein Lied an, in das die Söhne brummelnd einstimmen. Eines der Lieder ist *Am Brunnen vor dem Tore, da steht ein Lindenbaum.* Max mag diese Melodie, sie ergreift ihn, rührt an sein Inneres. Aber so denkt und spricht ein Bauer nicht.

In Linn haben sie auch eine Linde, aber nicht draußen vor dem Tor, sondern abseits vom Dorf auf der Anhöhe. Dort, wo seine Familie ihre Äcker hat. Auf der Bank unter der Linde hat er heute diese Lehrerin angetroffen. Wie eine Königin thronte sie unter ihren Bienen und Drohnen, die sie umschwärmten. Dennoch hatte sie auch Augen für ihn – sie hat nur ihn beachtet, nicht seinen Bruder oder die Knechte.

Wahrscheinlich hat er sich getäuscht. Sie ist eine aus dem Flachland, eine Gebildete zudem. Sie hat gelächelt und ihm zugewinkt, ja. Aber was soll sie mit einem jungen Bauern aus Linn anfangen? Eine wie sie kann doch jeden aus der Stadt haben, einen Beamten oder einen Lehrer wie sie selbst. So einer kann ihr etwas bieten. Sie lächelt wohl jedem zu, hat nicht ihn gemeint, sie ist umgänglich, nett zu allen. Hübsch ist sie zudem – dunkle Haare, hochgesteckt, rahmen ihr volles Gesicht, sie ist eher kleingewachsen, hat etwas Spitzbübisches in ihrem Ausdruck. Mit ihr kann man lachen. Sie weiß aber auch viel, hat den Kindern von den Habsburgern erzählt. Lili Burg ist ihr Name, hat er gehört. Kein Burgfräulein ist sie, er lächelt. Sie hat aber eine Burg von Wissen um sich, eine Weltläufigkeit, die ihm abgeht, obwohl er sich auch für so manches interessiert. Er nimmt die drei Ähren in die Hand, die auf der Bank liegen. Gut hat sie die Unterschiede von Weizen, Roggen und Gerste erklärt. Sie hat nicht nur Buchwissen, sondern kennt sich auch im bäuerlichen Alltag aus, kann man denken. Aber er denkt zu viel, wird sie wohl nie wiedersehen.

Er dreht sich um. Die Sonne steht hoch über dem Jura, der längste Tag ist noch nicht lange her. Sein Blick gleitet über den Weg, der vom Stalden herüberführt. Dort bewegt sich etwas – eine Figur, eine Person, eine Frau. Sie ist es! Er dreht sich zurück, starrt angestrengt auf das Getreidefeld, das sie heute abgeerntet haben.

«Ach, da sind Sie ja», sagt sie keck und setzt sich neben ihn. «Ich habe heute bei der Ernte zugeschaut, hatte die Kinder mit mir. Können wir uns duzen? Ich bin Lili.»

Natürlich ist sie, gefällig. Er fährt sich mit der Hand durch das sonnenbleiche Haar. «Ich heiße Max.» Er räuspert sich. «Ich bin Bauer und wohne hier im Dorf.»

«Das hab' ich mir schon gedacht», sie lacht und blickt in den Baum. «Eure Linde ist gewaltig. Weißt du, wie lange sie schon hier steht?»

«Nein, weiß ich nicht. Sie war immer schon da, sagen die Leute. Nach ihr heißt unser Dorf Linn.»

«Die Linde ist wichtiger als das Dorf?» Sie dreht sich um und gleitet mit den Fingern über die raue Rinde. «Der alte Baum hat sicher schon vieles gesehen. Menschen haben unter ihm Schutz gesucht und sich hier getroffen, wie wir heute», fügt sie hinzu.

«Es war nur so ein Gedanke, dass Sie vielleicht am Abend zur Linde kommen – zu hoffen wagte ich es nicht.»

Sie schaut ihm ins Gesicht. «Wir sind per du, Max. Ich habe mich von den Kindern lossagen können heute Abend. Statt mit ihnen *Eile mit Weile* zu spielen, bin ich hier.»

«Ich möchte dich etwas fragen: Wie alt bist du?», platzt er heraus.

«Schon sehr alt», sagt sie mit ernster Miene. «Anfang dieses Monats bin ich dreißig geworden. Und du?»

«Dreiunddreißig. Ich hätte dich jünger geschätzt.»

«Bist du jetzt enttäuscht über die alte Lehrerin?» Dreißigjährige Frauen sind alte Jungfern, sie weiß es doch. Der Oberlehrer hat es ihr letzthin bestätigt. Der Kollege möchte wohl, dass sie sich verheiratet und ihre Stelle aufgibt, weil die Kinder sie mehr mögen als ihn, für ihn ist sie Konkurrenz. Und sie weiß es ja selbst: Frauen in ihrem Alter sind mit Kinderwagen unterwegs oder haben schon Schulkinder. Sie ist eine Ausnahme. Die Schulkinder sind ihre Kinder – das sagt sie oft, wenn jemand fragt oder Andeutungen macht. Alles wäre anders gekommen mit Oskar, aber er ist nicht mehr da. Sie ist Lehrerin, bringt den Kindern das ABC bei, fördert speziell die Mädchen im Schwimmen und Kochen. Sie wohnt in einem Zimmer beim Gerichtspräsidenten, der hat auch eine Familie, heranwachsende Kinder. Und er hatte einen Praktikanten, der Oskar hieß. Das war in der Kriegszeit, ist lange her.

Max hat weitergeredet, sich entschuldigt für seine Bemerkung. Er erklärt, dass er froh sei über ihr Alter, weil er mit allzu jungen Mädchen nichts anfangen könne.

«Du willst etwas anfangen mit mir?», hätte sie fast vorwitzig gefragt, sich aber zurückgehalten. Manchmal muss man den Mund halten, den Dingen ihren Lauf lassen.

Er fragt nach ihrer Familie, und sie erzählt ihm von Schönenwerd, wo sie aufgewachsen ist, vom Vater, der als Chefbuchhalter in der Schuhfabrik Bally arbeitete bis kurz vor seinem Tod, von den Schwestern, von ihrer Stiefmutter – Halbschwester ihrer leiblichen, früh verstorbenen Mutter –, die ihr ein liebes Mueti war und ist.

«Ich führe den Hof zusammen mit der Mutter und dem Bruder, mein Vater lebt nicht mehr. Unser Hof ist einer der größten in Linn, er befindet sich mitten im Dorf, gegenüber dem Brunnen. Ich würde ihn dir gern zeigen, aber in Linn gibt es viele Augen, die Leute würden reden, wenn wir durchs Dorf spazieren.»

«Ich verstehe. Unser Ort ist die Linde, hier haben wir uns heute kennengelernt.» Sie erhebt sich. «Ich muss jetzt gehen, sie vermissen mich sicher schon. Die Kinder müssen ins Bett.»

Max springt auf. Angst packt ihn, dass sie davongeht und nicht wiederkommt. Er legt die Arme um sie, drückt einen Kuss auf ihre Wange, und da sie ihn nicht wegstößt, sucht und findet er ihren Mund. Eine Wärme breitet sich in ihm aus, wie er sie noch nie erlebt hat. Als er sie loslässt, erfüllt ihn diese Wärme, er hofft, dass sie nicht sichtbar ist. Ihr Gesicht ist gerötet, das tröstet ihn. Er nimmt ihre Hand, fragt, ob sie am nächsten Abend wieder zur Linde kommt. Sie erwidert den Druck seiner Hand, verspricht es. Rasch geht sie auf dem Weg Richtung Stalden davon, wieder winkt sie ihm.

Die Sonne steht tiefer, die Stoppeln auf dem Feld leuchten rötlich. Er fährt sich über die Stirn, kann es kaum glauben. Wie ist es möglich, dass sich in einem Tag alles ändert? Oder ist es nur ein Traum? Er sieht ein anderes Leben vor sich, eines mit Lili an der Seite. Sie wird zu ihm kommen, sein Haus mit Wärme füllen. Er wird ihr alles geben, was sie will.

Max ballt die Faust, reckt sie zur Linde empor, bevor er sich umdreht und ins Dorf zurückkehrt.

Linde Linn, November 1923

Welche Veränderung: Mitte Juli breitete die Linde ihr grünes Blätterdach über den Wanderern aus, unter einem auch am Abend noch hellen Himmel. Jetzt zeichnen sich der Stamm und das Geäst dunkel ab, die meisten Blätter sind weg. Ein kühler Wind fährt in die Glieder. Trotzdem haben sie an diesem Novemberabend auf Lilis Wunsch hin die Linde aufgesucht.

Auch im Dunkeln fühlt sie sich hier zu Hause. Mehr zu Hause als im Hof an der Dorfstraße in Linn, sie gesteht es sich ein, spricht es aber nicht aus. Das hat Max nicht verdient. Er steht zwischen ihr und seiner Mutter und dem Bruder. Es ist schnell gegangen, sie alle brauchen Zeit. Max legt seine Hand auf ihre und wärmt sie, das tut gut. Er spricht nicht. Mit Max kann man auf eine gute Art schweigen, das ist viel wert.

Bilder ziehen durch ihren Kopf. Die Treffen unter der Linde während des Ferienlagers – so schnell sind sie sich nahegekommen. Im Spätsommer besuchte er sie an Sonntagen in Rheinfelden, sie spazierten den Rhein entlang und auch mal über die Brücke nach Deutschland. Er nahm ihre Hand, sie küssten sich unter den Weiden am Flussufer. In Rheinfelden waren sie vorsichtiger. Dort war sie die Lehrerin, eine Respektperson, die nicht leichtfertig Umgang pflegt mit Männern. Rheinfelden ist offener als Linn, aber es gibt Regeln. Beim Gerichtspräsidenten, wo sie ein Zimmer hatte, waren sie am Mittag zum Sonntagsbraten eingeladen. Es war ein fröhliches Mittagsmahl, mit den Kindern flogen Scherzworte hin und her. Als Max wieder abgereist war, meinte der Gerichtspräsident, Max sei zwar nur ein Bauer, aber ein gescheiter und einer, der einen eigenen Kopf habe.

Viel steifer war ihr erster Besuch in Linn. Der Hof mit der rötlich bemalten Hausfront, den zwei hölzernen, gerundeten Scheunentoren und dem gepflegten Bauerngarten vor dem Haus gefiel ihr sofort. Max hatte angekündigt, dass Linn sich dem Fortschritt nicht verschließe, man habe seit einigen Jahren Telefon, Wasser und elektrisches Licht im Haus. Er öffnete die Tür in einen engen Gang. Aus dem Dunkel traten ihr Max' Mutter und der Bruder entgegen. Die Mutter öffnete die Tür in die Stube, Licht fiel in den dunklen Gang. Lili bewunderte den grünen Kachelofen in der Wohnstube, die Treppe zu den Kammern im ersten Stock, die großzügige Küche. Auf der Sitzbank fühlte sie sich wohl. Aber das Gespräch kam nicht recht in Gang. Max' Mutter fragte sie nach Beruf und Alter, obwohl sie von beidem sicher schon wusste. Lehrerin? Dreißig Jahre? Ja, ob das denn nach Linn passe, ob Lili nach Linn passe?

«Max ist überzeugt davon», hatte sie geantwortet, «ich kann mich einfügen.»

Seine Mutter hatte die Brauen hochgezogen. «Wir wohnen eng zusammen hier im Haus. Kochen kann die Lehrerin wohl nicht?»

«Doch, selbstverständlich, ich unterrichte meine Schülerinnen auch im Kochen.»

«Kochen für den Haushalt in der Stadt ist nicht dasselbe wie hier auf dem Hof.»

Max hatte sich von der Sitzbank erhoben, sie mit hochgezogen. «Ich zeige Lili jetzt Haus und Hof. Wir haben uns verlobt und planen die Hochzeit im Oktober.»

Seiner Mutter war der Mund offen gestanden. Der Bruder, der vorher kein Wort gesprochen hatte, meinte trocken: «Na, das geht ja schnell! Gibt es einen Grund dafür?»

Max hatte den älteren Bruder scharf gemustert. «Es gibt nur einen Grund: Wir gehören zueinander und wollen zusammenbleiben.» Er hatte ihre Hand genommen, ihr die Kammern, den Stall mit Pferden und Kühen und das Tenn gezeigt, Magd und Knecht vorgestellt, sie in den Garten, zum Hühnerhof und über die Felder geführt. Dann hatten Mutter und Bruder sie kurz angebunden verabschiedet.

Sie hat sich nicht beirren lassen. Max gehört zu Linn, es gibt ihn nicht ohne Linn, er hält zu ihr. Manchmal staunt sie über sich selbst. Innerhalb weniger Wochen hat sie gekündigt, zur Freude des Oberlehrers und Wehmut der Kinder. Lili – Bäuerin in Linn? Ihre Familie war überrascht, hat ihr aber keine Steine in den Weg gelegt.

«Wenn der Krieg nicht gekommen wäre, hättest du dein Studium in Neuenburg abgeschlossen, als Frau hätte dich aber niemand für den Mathematikunterricht angestellt», hatte Mueti zu ihr gesagt. «Wenn Oskar nicht an der Spanischen Grippe gestorben wäre, wärst du mit ihm verheiratet.»

«Das stimmt», hatte sie bestätigt. «Und wenn ich Max nicht getroffen hätte, wäre ich wohl mein Leben lang Lehrerin geblieben.»

«Du bist dreißig, du weißt, was du tust», hatte Mueti sie bestärkt.

Das Hochzeitsfest war schlicht gewesen, Trauung in der Kirche Bözberg, Essen im Gasthof zur Linde in Linn beim ebenfalls frisch vermählten Wirtepaar Ernst und Elise Bossard. Die Mütter waren anwesend, ihre Schwestern, sein Bruder, zwei Freundinnen von ihr, ein Dienstkollege aus dem Aktivdienst von ihm. Eine kleine Gesellschaft. Das Brautpaar schlicht in Schwarz gekleidet, kein Firlefanz. Ernsthaftigkeit, aber auch Fröhlichkeit. Zwei, die wissen, was sie tun im reifen Alter über dreißig. Seit einem Monat ist sie Max' Frau, Bäuerin in Linn.

Nur am Morgen, wenn sie in der kalten Kammer oben erwacht und unten das Scheppern von Töpfen und Pfannen hört, weiß sie manchmal nicht, wo und wer sie ist. Sie will aufstehen, sich ankleiden, ein kleines Frühstück zu sich nehmen und sich rasch auf den Weg in die Schulstube machen, mit den Büchern und Heften unter dem Arm. Es gibt aber keine Schulkinder mehr, die auf sie warten. Der Lehrer in Linn würde sie nie für eine Vertretung fragen. Eine verheiratete Frau arbeitet nicht, sie unterstützt ihren Mann.

Ein eigenes Kind ist noch nicht in Sicht, letzthin hat sie wieder ihre Tage bekommen. Vielleicht wird sie wegen ihres Alters keins bekommen, das vermutet die Schwiegermutter. Eher widerwillig hat sie sie in die Tätigkeiten in Haus und Hof eingeführt. In der Küche ist Lili ihr aber nur im Weg, das hat sie schnell begriffen. Was kann sie tun, um Anerkennung zu finden? Es ist ihr nicht klar. Sie wird sich nicht verdrängen lassen. Einmal ist sie früher erwacht als die Schwiegermutter, und der Haferbrei war bereits fertig, als diese aus ihrer Kammer kam. Niemand hat ihren Haferbrei zurückgewiesen, sie hat etwas Zucker und Zimt beigefügt, Max hat ihr erfreut zugeblinzelt. Sie wird Schritt für Schritt vorgehen.

Es ist kühl geworden. Die umbrochenen Schollen auf dem Feld sind kaum noch zu erkennen. Max spürt, dass sie fröstelt, er legt den Arm um ihre Schultern. «Da ist noch etwas.»

Sie schaut ihn von der Seite an, sein kantiges Profil. Will er Kritik äußern, Enttäuschung darüber, dass sie sich seiner Mutter zu wenig unterordnet?

«Unser alter Nachbar hat schlecht gewirtschaftet, er muss den Hof verkaufen. Wir haben den Hof gekauft, gestern war die Verschreibung, darum sind wir weggefahren. Sobald der Alte geräumt hat, ziehen Mutter und Bruder ins Nachbarhaus. Die Felder bestellen der Bruder und ich mit den Knechten gemeinsam. Mutter übernimmt den Haushalt drüben, die Magd nimmt sie mit. Du kannst von jetzt an deinen Haushalt selbst führen und dir eine Magd auswählen. Du hast viel aufgegeben für mich. Ich möchte dir auch etwas bieten.»

Ein kleiner Schrei entfährt ihr, eine Last gleitet von ihren Schultern. «Danke, Max – tausend Dank. Du kannst dir nicht vorstellen, wie viel mir die Eigenständigkeit bedeutet. Ich werde dich nicht enttäuschen, werde mich in alles einleben.» Sie gleitet mit den Fingern über seine Stirn und seine Nase, beugt sich hinüber und küsst ihn auf den Mund. «Bäuerin Lili. Du wirst staunen, was sie fertigbringt, wenn man ihr freie Hand lässt.»

Lili zieht ihn von der Bank hoch zum Stamm der Linde, fährt mit den Fingern über die schrundige Rinde. «Der Baum hat schon viel erlebt, viele Zeiten, viele Menschen. Wir sind nicht der erste Mann und die erste Frau, die sich hier treffen. Andere Paare haben viel Schwierigeres gemeistert. Ich glaube, der Baum gibt Kraft. Komm – wir lehnen uns an ihn, umspannen ihn so weit wie möglich!»

Max mustert Lili lächelnd – keine Frau in Linn würde so etwas tun. Lili ist anders und passt doch hierher. Seine Frau ist etwas Besonderes. Er streckt die Arme aus, gibt ihr die Hand, sie spüren die kühle, rissige Rinde an ihrem Gesicht und ihren Händen. «Wir müssten wohl zu fünft oder sechst sein, um die Linde zu umspannen», keucht er, sie sieht den Atem vor seinem Mund. «Vielleicht kommen wir in späteren Jahren mit unseren Kindern hierher, versuchen es nochmals?»

Ein Schatten zieht über ihr Gesicht. Sie hofft sehr, dass sie Kinder bekommen wird: Er wird sich wohl Buben wünschen als Nachfolger für den Hof, sie eher Mädchen, die sie fördern kann. Das Geschlecht ist aber nicht wichtig. Wenn sie nur schwanger wird, wenn sie nur Kinder gebären kann und die Schwiegermutter nicht Recht bekommt.

Die Baumrinde hat Furchen in ihr Gesicht gedrückt, sie fröstelt, löst sich vom Baum. Ein Blatt gleitet an ihnen vorbei, sie hascht danach und erwischt es nicht, es landet mit einem trockenen Knistern zu ihren Füßen. Er legt die Arme um sie, wärmt sie. So könnte sie immer bleiben, denkt sie. Oder zumindest lange Zeit, bis sie sich freimachen wird, um mit ihm zurückzugehen ins Dorf und weiter in ihr Leben hinaus.

Linn, März 1932

Lili wischt sich mit der Hand über die Stirn, bläst eine Strähne von der feuchten Stirn. Die Wäsche flattert in der Hofstatt an der Leine – weiß, gelb, rot, braun. Blusen, Hemden, Röcke, Kleider, Hosen. Die Unterwäsche bläht sich im Wind, die Leintücher bauchen. So viele Leintücher sind es – zum ersten Mal hat sie auch jene der Schwiegermutter mitgewaschen. Dort drüben steht sie, mustert Lilis Werk. Ist Anerkennung auf ihrem Gesicht zu lesen, oder täuscht sie sich? Die Schwiegermutter nickt ihr zu, geht ins Haus.

Geschafft. Lili atmet tief durch. Vor Tagen schon haben sie begonnen, Wäsche ist Schwerarbeit. Zuerst das Füllen der Zuber mit Wasser – Verschwallen nennt man es –, um die Zuber wasserdicht zu machen. Am nächsten Tag hat sie mit der Magd die Wäsche sortiert, die weiße Wäsche eingelegt, dann die farbige. Es folgte das Einreiben mit Kernseife, das Kochen der Weißwäsche im Waschhafen und Erhitzen der Buntwäsche. Am dritten Tag haben die Wäscherinnen Stück für Stück gerieben und auf dem Waschbrett geschlagen. Dann das Spülen heiß, warm und kalt, das Auswinden von

Hand, große Stücke zu zweit. Die Männer haben Pflöcke eingeschlagen, Seile befestigt, die Frauen die Wäsche aufgehängt.

Sie stützt die Hände in die Hüften, ihr Rücken schmerzt. So viel Arbeit. Aber man sieht, was man gemacht hat. Und man riecht es. Sie schnuppert an einem der Leintücher. Der Duft von frischer Wäsche, von Sonne, Wind und Blüten schmeichelt der Nase. So wie auch jener von selbstgebackenem Brot. Oder jener des Bratens am Sonntag. Die Arbeit als Bäuerin gefällt ihr. Sie kann schalten und walten, wie es ihr passt, jetzt, da die Schwiegermutter ihr nicht mehr dauernd über die Schulter schaut. Bäuerinnen kochen, nähen, flicken, putzen und waschen, dienen den Männern zu im Stall und auf den Feldern, beim Heuen und Binden der Garben. Die Männer helfen auch den Frauen. Max schlägt zwei weitere Pfosten ein. Sie schaut zu, wie er das Loch vorbereitet, den Pfosten hineinsteckt, den Hammer anhebt und niedersausen lässt. Geballte Kraft. Männerarbeit. Sie leitet die Frauen an, die Magd, die Lehrtochter, die Wäscherinnen, die dreimal im Jahr kommen, sie arbeiten einander zu. Lili mustert ihre Hände, sie sind rot und schrumpelig, das geht vorbei.

Sie dreht sich zu den drei Wäscherinnen, die mit ihr das Werk begutachten, greift in die Schürzentasche, lobt die gute Arbeit und überreicht jeder zwei Fünfliber. Die drei älteren Frauen mustern die silberglänzenden, großen Münzen in ihrer Hand und bedanken sich. «Wir sind wieder da für die Sommerwäsche», bestätigt jene, die für alle spricht. Dann machen sich die drei auf den Weg zur nächsten Bäuerin, bei der die große Wäsche ansteht.

Lili blickt in den hellblauen Frühlingshimmel, an dem ein paar wenige, weiße Wolken dahinziehen. Sie nimmt die Taschenuhr hervor: Es ist Mitte des Nachmittags. Die Zeit reicht, um die Linde aufzusuchen, bevor es ans Zubereiten des Abendessens geht. Manchmal stiehlt sie sich Zeit für einen kurzen Lindenbesuch, zum Innehalten. Sie kann sich das leisten, weil sie die Arbeit gut organisiert und Helferinnen hat. Die Arbeiten für die Aargauer Bäuerinnen, die sie präsidiert, und das Komitee, das einen Schweizerischen Landfrauenverband anstrebt, verschiebt sie auf den Abend. Niemand kann sagen, dass sie ihre Tätigkeiten tagsüber vernachlässigt wegen ihrer Arbeiten außer Haus. Sie weist Magd und Lehrtochter an, eingemachtes Gemüse aus dem Keller zu holen, Rüebli und Kartoffeln zu rüsten und zu schälen, den Herd einzuheizen und das gepökelte Fleisch bereitzustellen.

Sie zieht die Schürze nicht aus, wirft vor dem Haus einen Blick in den Garten, der noch winterlich kahl aussieht, abgesehen von ein paar Krokussen und Märzenglöckchen. Raschen Schrittes geht sie auf der Dorfstraße nach oben in Richtung Linde, begegnet niemandem, atmet auf. Da trifft sie vor dem obersten Bauernhaus der strenge Blick von Martha Wildi, die Kartoffeln aus dem Keller geholt hat. « Die Lili ist mal wieder unterwegs», stellt sie fest. «Wohin geht es diesmal? Zu einer der Sitzungen in Brugg oder gar weiter weg? Der Max wird dich wohl abholen müssen zu nachtfahrender Stunde. Oder du lässt dich wieder von einem fremden Mann nach Hause chauffieren?»

Ach, die Martha. Sie ist nur wenige Jahre älter als sie selbst, gehört aber einer anderen Frauengeneration an. Martha hat ein strenges Auge auf die zugezogene Lili, die sich nicht mit der Arbeit auf dem stattlichen Hof zufriedengibt, sondern die Bäuerinnen organisiert und hinter sich schart, Forderungen stellt. Als ob das nötig wäre. Es ist doch alles gut, wie es ist, es braucht keine neumodischen Frauen, die mehr wollen, als zu Heim und Herd zu schauen, die Kinder zu erziehen und ihrem Mann bei der Arbeit den Rücken zu stärken.

Lili überlegt fieberhaft. «Sitzungen finden nur selten statt, ich war fast eine Woche mit der großen Wäsche beschäftigt», antwortet sie. «Die Wäsche hängt jetzt, das Trocknen braucht Zeit, ich mache ein paar Schritte auf die Anhöhe.»

«Zur Linde wohl? Da sieht man dich ja immer wieder. Unsereins hat keine Zeit, sich dort hinzusetzen – das ist etwas für Auswärtige.»

«Mag sein», sagt Lili, «für dich bin ich noch immer die Auswärtige, das passt also. Jedem und jeder das Seine, Martha. Es hat Platz für uns alle in Linn.»

«Platz für alle, sagst du, Lili – du bist aber nicht wie alle.» Martha dreht sich um und geht ins Haus.

Lili setzt ihren Weg fort, ihr Rücken ist gerade, der Blick vorwärtsgerichtet. Niemand wird merken, dass sie sich ärgert, dass ihr Magen flau ist.

Die Linde ragt noch kahl in den Himmel. Lili geht an ihr vorbei bis zum Punkt, von wo die Habsburg sichtbar ist. Das schneebedeckte Massiv dahinter in der Ferne ist der Säntis, hat ihr Max erklärt. Das wusste sie nicht, als sie mit den Schulkindern damals hier saß. Die Habsburg hat sie ihnen gezeigt. «Burgfräulein» hat sie einer der Knaben genannt.

Sie wendet sich zur Linde, setzt sich mit dem Rücken zum Stamm, so dass man sie von den Wegen, die am Baum vorbeiführen, nicht entdecken kann. Nein, ein Burgfräulein ist sie nicht geworden. Aber Bäuerin. Die Entscheidung war nicht falsch, sie hat einen Mann gewählt, der ihr zur Seite steht, nicht nur sie ihm. Sie hat – obwohl sie über dreißig war – zwei Söhne geboren, die für sie, ihren Mann und die Schwiegermutter eine große Freude sind. Der Ältere ist großgewachsen, der Jüngere eher klein, nur eineinhalb Jahre trennen die beiden, im Charakter sind sie ganz verschieden. Sie hat sich im Dorf gut eingelebt, soweit das möglich ist als Auswärtige und als eine, die noch anderes im Kopf hat.

Max hat ihr den Einstieg als Bäuerin erleichtert. Auch für ihn kam es in den letzten Jahren wohl überraschend, dass sie sich nicht nur für den eigenen Hof interessiert, sondern für die Rechte und die Anerkennung anderer Bäuerinnen einsetzt, von denen es etliche weniger guthaben als sie selbst. Sie hat den ersten Bäuerinnentag im Mai 1929 in Brugg organisiert, mehr als 1000 Frauen nahmen teil, sie mussten kurzfristig vom Saal des *Roten Hauses* in die Stadtkirche umziehen. Der Aargauische Landfrauenverband wurde gegründet, den sie präsidiert. Das hat sich so ergeben, eines hat zum anderen geführt: Auf dem Markt in Brugg, den sie regelmäßig besuchen, hat sie mit Bäuerinnen geredet und deren Interesse geweckt. Die Bäuerinnen merkten, dass sie keine Aufwieglerin ist, aber dafür sorgen will, dass ihre wichtige Arbeit auf dem Hof mehr Anerkennung findet. Gemeinsam ist man stärker. In Brugg hat sie sich mit interessierten Bäuerinnen einmal nach dem Markt in einer Gartenwirtschaft zusammengesetzt, obwohl sich das für Frauen nicht ziemt. Sie haben das Datum und die Organisation des Bäuerinnentags besprochen, man hat zusammengearbeitet, sie selbst die Zügel in der Hand gehalten.

Sie hat sich nicht aufgedrängt, nur Themen wahrgenommen, die in der Luft lagen. Die einen zollen ihr Anerkennung für ihren Einsatz. Die anderen neiden ihr den Erfolg. Die Martha ist nicht allein. Bei ihr weiß sie wenigstens, woran sie ist, weil sie ihr Missfallen offen äußert. Andere meiden sie oder reden schlecht hinter ihrem Rücken. Das tut weh. Auch Max bekommt zu spüren, dass seine Frau anders ist als andere, aber bis jetzt hat er sich nicht beklagt. Vielleicht leiden gar die Söhne darunter? Noch hat sie nichts bemerkt, muss aber die Augen offenhalten. Sie wird sich nicht bremsen lassen.

Linn ist weit weg von der Bezirkshauptstadt Brugg, der Kantonshauptstadt Aarau, der Bundesstadt Bern. Meist kümmert man sich hier nicht um die Geschehnisse in der Welt. Seit 1929 ist alles anders: Es gibt eine Weltwirtschaftskrise, in

Deutschland und anderswo hat sich das Geld entwertet, die Sparer fürchten um ihr Geld, die Arbeitslosigkeit und Not der Armen ist auch in der Schweiz angekommen. Die Bauern sind besser dran: Sie können sich selbst versorgen, ihre Nahrungsmittel sind weiter gefragt, auch wenn die Preise etwas eingebrochen sind. Die Bilder in der Zeitung von den Schlangen von Arbeitslosen vor den Ämtern und armen Leuten, die vermehrt aufs Land drängen und manchmal auch bei ihnen anklopfen, sind vor ihren Augen.

Meist kommt sie unter der Linde zur Ruhe, das Gedankenkarussell verlangsamt sich und steht endlich still. Nicht heute. Ihr Kopf brummt, der Rücken schmerzt von der rauen Rinde. Das breite Geäst spendet kaum Schatten, die Sonne blendet unbarmherzig. Heute gewährt ihr die Linde keinen Schutz. Martha hat ihr das gute Gefühl nach Abschluss der großen Wäsche gestohlen.

Lili mag jetzt nicht nach Hause zurückkehren. Sie erhebt sich und schlägt den Feldweg in Richtung Sagemülitäli ein, erst dann biegt sie ab zum Dorf, so kann sie Marthas scharfem Blick entgehen. Der Weg führt am Baumgarten ihres Hofes vorbei. Fröhlich flattert die Wäsche im Wind, ihre Laune hebt sich. Trotzdem lenkt sie die Schritte am kleinen Schulhaus vorbei nach rechts zum Restaurant Linde, vor dem eine weit kleinere Linde steht als jene auf der Anhöhe. Die Gaststube mit dem riesigen, blauen Kachelofen ist leer, sie hört Scheppern in der Küche.

Wirtin Elise Bossard steht am Herd, gibt der Magd Anweisungen, blickt zur Tür: «Lili. Bist du fertig mit der großen Wäsche? Das muss gefeiert werden!» Sie überlässt die Pfannen der Magd, stellt rasch ein Plättchen mit Schinken und Speck zusammen, schneidet vom frisch gebackenen Brot, gießt Most in zwei Gläser.

«Ich will dich nicht aufhalten, Elise.»

«Das tust du nicht. Komm, wir setzen uns in die Gaststube.»

Sie sitzen einander gegenüber, stoßen mit dem Most an, langen herzhaft zu.

Lili leckt sich die Finger ab. Sie genießt es, für einmal nicht perfekt zu sein. «Martha hat mich schlecht gemacht, weil ich zur Linde gegangen bin, nachdem die große Wäsche aufgehängt war. Sie sprach von meinen Sitzungen, meinen Abwesenheiten. Sie denkt wohl, ich sei eine schlechte Mutter und eine schlechte Ehefrau dazu.»

Elises Mundwinkel zucken. «Jaja, die Martha. Sie hat ein scharfes Auge auf uns, die nicht vom gleichen Schlag sind wie sie. Mir hat sie an den Kopf geworfen, meine drei Kinder seien eine wilde Bande. Und es gehöre sich nicht für mich, allein mit Männern in der Gaststube zu sitzen, wenn Ernst als Förster unterwegs sei. Ich bin doch Wirtin, oder nicht? Ich bediene die Gäste und setze mich zu ihnen, mit oder ohne Ehemann.»

«Wenn sie uns jetzt sähe: Zwei Frauen, die allein in der Gaststube hinter einem Plättchen sitzen und es sich gutgehen lassen – das würde ihr gar nicht gefallen», lacht Lili. Es tut gut, hier im Dorf eine Gleichgesinnte zu haben, eine Frau, die anpackt und nicht immer darüber nachdenkt, was sich ziemt für eine Frau und was nicht. «Martha hat Bedauern mit Max, weil er mich manchmal nach Sitzungen auf dem Stalden abholt. Auch das hat sie beobachtet.»

«Du musst wissen: Die Martha hatte mal ein Auge geworfen auf Max – euer Hof ist doch der schönste im Dorf. Aber der Max hat sich Zeit gelassen, und dann kamst du ...»

«Weißt du was? Es macht mir Mühe, dass wir Frauen nicht besser sind: Neid gibt es auch unter uns, es sind nicht nur die Männer, die uns einschränken. Im Kreis der Aargauer Bäuerinnen erlebe ich aber viel Solidarität und gegenseitige

Anerkennung. Und in Linn gibt es zumindest eine Frau wie dich!» Die Gläser und das Plättchen sind leer, die Schatten draußen länger geworden. «Hab Dank für alles, Elise – das nächste Mal kommst du zu mir.» Lili erhebt sich beschwingt, da ist wieder dieser listige, begeisterungsfähige Blick in ihren Augen, dem man nicht widerstehen kann.

Elise nickt und verabschiedet sie. Draußen sind Männerstimmen zu hören, drei Bauern betreten die Gastwirtschaft und setzen sich an den Stammtisch. «Hast du die Frau vom Max Kohler bewirtet, war sie ganz allein hier?», fragt der Älteste.

«Natürlich habe ich sie bewirtet, Lili ist eine Freundin. Was darf es denn sein?»

«Eine Freundin, aha. Zum Glück bist du bodenständiger, Elise – du bist eine von hier und nicht dauernd unterwegs in irgendwelchen Weiberangelegenheiten.» Elise stellt den bestellten Most vor sie hin, die Männer prosten einander zu. Das Thema Lili ist vom Tisch, sie sprechen jetzt vom Holzen und Pflügen.

Nach dem Abendessen greift Lili zum Nähkorb, um Socken zu stopfen. Sie sucht das passende Garn hervor, stößt das Stopfei in den Socken, stopft routiniert das Loch, macht einen Knoten und schneidet das Garn ab. Sie schiebt das geflickte Sockenpaar Max hin, der es nicht beachtet: Er schmaucht seine Pfeife, ist ins *Brugger Tagblatt* vertieft. Da sind auch noch die Socken der Söhne, die aufs Stopfen warten.

Wie wenn ihre Gedanken sie herbeigerufen hätten, stürmen die Söhne auf einmal die Treppe herunter, eine wilde Jagd ist im Gang, der Ältere verfolgt den Jüngeren, dabei sollten die beiden längst schlafen. Die Falte zwischen Max' Brauen vertieft sich. Sie steht auf, klatscht in die Hände: «Ab nach oben, Buben – es ist Zeit zum Schlafen!» Sie scheucht sie die Treppe hoch, folgt ihnen in die Kammer, zieht die Decken um die beiden Kinderkörper fest, streicht über ihre Wangen, wünscht gute Nacht. Sie wartet einen Moment draußen im Gang, die beiden haben sich genug verausgabt, ihr Atem wird ruhig.

Leise geht sie über die Treppe zurück in die Wohnstube. Die Socken der Buben packt sie zurück in den Korb. Morgen wird sie die Magd oder die Lehrtochter damit beauftragen.

Endlich hat sie Zeit für ihre eigenen Dinge. Sie geht zum Sekretär aus Nussbaumholz, den auch Max benutzt für die Unterlagen des Hofes. In der obersten Schublade sind zwei Stapel mit Blättern und Zeitungsausschnitten: Der eine Stoß dokumentiert den Zusammenschluss. Viel Arbeit steckt da drin. Allein auf dem Bözberg gab es Landfrauen-Vereinigungen in Linn, Gallenkirch, Ober- und Unterbözberg, man arbeitete kaum zusammen. Sie wollte einen und verbinden, stieß auf Skepsis. Erst nach dem Bäuerinnentag in Brugg schlossen sich einige Landfrauen aus der Umgebung an, andere blieben auf Distanz. Der Aargauische Landfrauenverband ist ein Erfolg, das kann man sagen. Als Präsidentin ist sie gefordert, muss dranbleiben.

Sie greift sich den anderen Stoß mit Unterlagen, setzt sich an den Tisch, schaltet die Lampe ein. Da ist der Pressebericht über den schweizerischen Bäuerinnentag an der Saffa, der Schweizerischen Ausstellung für Frauenarbeit 1928. Ein Lächeln überzieht ihr Gesicht, als sie sich an diesen Tag erinnert. Mit einer Bäuerin aus Brugg ist sie nach Bern an die Ausstellung gefahren. Sie hat dort viele Ideen mitbekommen, den Referaten zugehört und Rosa Neuenschwander, Anna Schneider und Elsa Lichtenhahn kennengelernt. Mit ihnen sitzt sie jetzt in der Studienkommission für einen Schweizerischen Landfrauenverband. Als Präsidentin der Aargauer

Bäuerinnen hat sie Gewicht. Klar, die großgewachsene Bernerin Rosa, zehn Jahre älter als sie selbst, Berufsberaterin für Mädchen und Präsidentin des Bernischen Frauenbundes, ist die Anführerin. Sie weiß, wie man es macht, fordert nicht zu viel und nicht zu wenig: Den Landfrauen gehe es nicht um Macht oder gar das Stimmrecht, betont sie in Vorträgen. Man wolle das ländliche Leben pflegen und erhalten, lege Wert auf Ausbildung, Selbstversorgung und gegenseitige Unterstützung. Dagegen kann niemand etwas haben.

An der Seite der Gründerinnen steht Ernst Laur, Direktor des Schweizerischen Bauernverbandes. Mit ihm haben sie sich in Brugg getroffen. Einige Male hat Laur sie in seinem Automobil nach Hause gefahren, er wohnt in Effingen. Es ist alles auf guten Wegen: Bereits Anfang Juli wollen sich fünf kantonale Verbände zum Schweizerischen Landfrauenverband zusammenschließen. Sie wird dabei sein!

Max faltet das *Tagblatt* zusammen und findet die von seiner Frau geflickten Socken. Sein Blick gleitet über die Vase mit den Märzenglöckchen auf dem Tisch. Lili versteht es, das Heim schön zu gestalten, neben ihr fühlt er sich wohl. Zur Zeit seiner Mutter wirkte die Stube dunkel und karg. Sein Blick gleitet zu ihrem Gesicht im warmen Schein der Lampe, es ist gerötet, sie zwinkert ihm zu. Ihre Arme sind über den Akten verschränkt, sie hat darüber gebrütet, er hat es nicht einmal bemerkt. Lili studiert Unterlagen für ihre Kommissionen, fährt weg, ist wieder da. Nie aber vernachlässigt sie ihre Pflichten auf dem Hof. Sie näht und flickt, hat die Waschtage gemeistert, vor dem Dunkelwerden hat sie mit der Magd und der Lehrtochter die trockenen Wäschestücke eingesammelt, morgen wird gebügelt, gefaltet und versorgt. Die beiden Buben kommen nicht zu kurz, sie lieben ihre Mutter, vielleicht gerade, weil sie nicht immer hinter ihnen her ist und ihnen Freiheit lässt. Wenn einen der Buben etwas drückt, ist sie da – so wie sie auch für ihn da ist.

Max mag ihr spitzbübisches Lachen, er kann ihr nicht böse sein. Vielleicht sollte er ein Machtwort sprechen, wenn sie es übertreibt mit ihren Abwesenheiten. Würde sie sein Machtwort akzeptieren? Er fordert seine Frau nicht heraus. Er hat sie als selbstständige Lehrerin kennengelernt. Nun ist sie eine selbstbewusste Bäuerin. Er hat gewusst, dass sie anders ist als die Frauen von hier. Sie spricht viel, manchmal zu viel, hält sich nicht zurück. Im Dorf nimmt man ihr das übel. Lili ist wortmächtig, manchmal sogar scharf im Ausdruck. Er selbst ist es nicht. Das Machtwort ist nicht seine Sache.

Er will auf seiner Pfeife weiterpaffen, hat sie aber zu lange nicht beachtet, sie ist ausgegangen. Sorgfältig klopft er die Asche in den Becher, schaut zu Lili. Sie verstaut ihre Unterlagen im Sekretär, schaltet die elektrische Lampe aus, über die er manchmal noch staunt, obwohl sie vor Lili Einzug gehalten hat im Haus. Lili greift nach seiner Hand, zusammen gehen sie nach oben in die Kammer.

Linde Linn, Juli 1932

Das Automobil hält an. Lili, in festlicher Tracht und passenden Schuhen, steigt aus, in der einen Hand die Haube mit Rosshaarspitze, in der anderen die Mappe mit Unterlagen. Bauerndirektor Laurs sonst strenger Blick ist verschmitzt, er genießt wie sie den Erfolg dieses Tages, hält lässig einen Stumpen zwischen den Fingern. Sie bedankt sich für die Unterstützung und die Fahrt nach Hause, er verdankt ihren Einsatz. Es ist dem Bauerndirektor ein Anliegen, dass die Bäuerinnen, die wichtige Arbeit auf den Höfen leisten, gestärkt werden.

Ihrem Wunsch gemäß hat Ernst Laur sie zur Linde gebracht und nicht zum Hof. Sie will nicht, dass Martha sie mit dem fremden Mann im Auto entdeckt. Davon hat sie Laur nichts erzählt. Es ist doch normal, dass ein Mann und eine Frau, die an einer gemeinsamen Sache arbeiten, zusammen reisen, auch wenn sie kein Ehepaar sind. Das ist nicht unschicklich. Laur ist für sie nichts anderes als ein – fast väterlicher – Berater. Dank der Autofahrt ist sie früher zurück in Linn, sie haben die Gründungsversammlung, die der Bauerndirektor im Hintergrund begleitet hat, gleich noch besprechen können. Sie winkt Laur zum Abschied, das Automobil hinterlässt eine Staubwolke auf dem ungeteerten Sträßchen und entschwindet.

Sie riecht den Geruch des Stumpens an ihrem Blusenärmel. Gut, dass sie noch ein bisschen auslüften und Abstand gewinnen kann. Mit Wehmut denkt sie an die Duftwolke, die um den längsten Tag den Baum umgeben hat. Wie jedes Jahr hat sie viele Lindenblüten gepflückt und getrocknet, um regelmäßig Tee für ihre Familie aufzubrühen.

Sie setzt sich auf die Bank bei der Linde, lehnt sich zurück. Geschafft. Die Landfrauen sind jetzt in einem schweizerischen Verband zusammengeschlossen. Noch vor einem Jahr verhallte ihr Aufruf zur Vereinigung ungenutzt. Dieses Jahr ist alles anders: Die kantonalen Verbände beider Basel, aus dem Aargau, aus Bern, Schaffhausen und dem Waadtland haben sich verbunden, ein fünfköpfiger Vorstand ist bestimmt. Jeder Verband entsandte zwei stimmberechtigte Delegierte, dazu kamen Bäuerinnen aus verschiedenen Landesteilen als Gäste. Das schöne, warme Wetter, die Aufbruchstimmung, die gelungene Gründung des Verbands, die Herzlichkeit unter den Teilnehmerinnen, alle in festlicher Kleidung, die meisten in Tracht – alles hat gestimmt! Die Gründung des Verbandes ist ein großes Geschenk zu ihrem Geburtstag, den sie am 4. Juli gefeiert hat.

Lili sitzt im Schatten der Linde, trotzdem läuft ihr der Schweiß über Gesicht und Rücken. Meist wird die Linde von der Bise bestrichen, der heutige Tag aber ist windstill. Sie lockert das schwarze, mit Blümchen bestickte Mieder, an dem die Silberketten mit Rosetten befestigt sind. Gleich fühlt sie sich besser, atmet tief ein und aus, schließt die Augen.

Noch einmal ziehen die fröhlichen Gesichter an ihr vorbei, noch einmal empfindet sie das Hochgefühl bei der Gründung des Verbands, als sie gewählt waren und darlegten, wie sie sich zum Wohle der Landfrauen einsetzen würden. Die neugewählte Präsidentin Anna Schneider scherzte mit Elsa Lichtenhahn. Beide Frauen stehen Hauswirtschaftsschulen vor und sind Ehefrauen von Direktoren landwirtschaftlicher Schulen.

Sie selbst, die neue Vizepräsidentin, ist Bäuerin in Linn bei Brugg, 39 Jahre alt. Mit den renommierten Kolleginnen kann sie nicht mithalten. Oder doch? Ein Mädchen studiert nicht – aber das Lehrerinnenseminar durfte die kluge Tochter des Bally-Chefbuchhalters besuchen. Dann schrieb sie sich für ein Mathematikstudium in Neuenburg ein, ziemlich vermessen für eine junge Frau. Lili hatte schon immer ihren Kopf, sie setzte sich in Neuenburg neben ihre Kommilitonen und büffelte mathematische Formeln. Ein Jahr lang. Dann begann der Krieg. Die Studenten wurden ins Militär eingezogen und Lili nach Schönenwerd beordert: Man brauchte sie als Ersatzlehrerin für die Aktivdienst leistenden Lehrer. Nach dem Krieg war an eine Wiederaufnahme des Studiums nicht zu denken. Sie erhielt eine feste Stelle als Lehrerin in Rheinfelden, der Beruf erfüllte sie.

Unter der Linde, vor neun Jahren, kam noch einmal alles anders: Sie traf Max und wurde Bäuerin in Linn. Ihr Weg kann sich sehen lassen – sie ist eine der 12'000 Bäuerinnen, die jetzt dem Verband angehören. Nichts war bei ihr vorgegeben, kein Ehemann, an dessen Seite sie ihre Laufbahn beschreiten konnte wie Anna und Elsa. Ihr Ehemann hat ihr aber auch keine Steine in den Weg gelegt.

Sie schnuppert, öffnet die Augen. Der Geruch des Stumpens ist verflogen. Ein anderer, viel angenehmerer Geruch legt sich darüber. Der Duft von Heu ist so stark, dass sie sofort in eine andere Welt eintaucht. Der Heuet ist in vollem Gang. Ihre Familie ist heute am Heuen. Gestern war sie mit dabei, nicht in Sonntagstracht natürlich. Sie hat mit den anderen Frauen das Heu hinaufgestemmt, die Männer haben das Fuder geladen und gebunden, die Frauen auf der Wiese nachgerecht. Max hat den Pferden das Zeichen zum Anziehen gegeben, die Tiere haben das schwankende Fuder bis ins Tenn gezogen.

Ihr Rücken hat geschmerzt am Abend, sie ist in der Kammer auf ihr Bett gefallen und froh gewesen, dass sie die Unterlagen für die Gründungsversammlung schon am Abend zuvor durchgearbeitet hatte. Als sie heute aufgewacht ist, war sie frisch für die große Aufgabe, musste nur noch in die bereitgelegte Festtracht schlüpfen.

Lili hört Stimmen, sie dreht sich um. Ein riesiges Heufuder erscheint über dem Rand des Abhangs, der Wagen hält in Schräglage. Max, der Knecht und ein Taglöhner zurren das Fuder fest, die Magd, die Lehrtochter und ihre beiden Buben rechen die letzten Halme zusammen. Niemand schaut zur Linde. Lili ruft nach den Buben. Der Ältere, siebenjährig, hält einen Moment inne, wendet sich dann ab. «Du gehst schon wieder weg, Mutter», hat er sie am Morgen getadelt. Der Jüngere lässt den Rechen fallen, kommt zu ihr und erzählt atemlos, dass er mit der Magd Eier gesammelt und ihr im Stall geholfen habe. Dann läuft er zurück auf die Wiese, greift wieder nach dem Rechen.

Sie erhebt sich, winkt allen zu, sie ist nicht sicher, ob Max ihr zugenickt hat. In ihrer feierlichen Tracht ist sie fehl am Platz, für die anderen ist heute kein Festtag, sondern ein Tag mit harter Arbeit, auch die Kinder sind einbezogen. Ihr Hochgefühl ist verflogen, sie nimmt die elegante Haube in die eine Hand, die Mappe in die andere.

«Ich bin bald bei euch», ruft sie und erwartet keine Antwort, erhält auch keine. Sie schlägt den schnellsten Weg hinunter ins Dorf ein, er führt an Marthas Haus vorbei, aber das ist ihr jetzt egal. Sie macht nichts Schlechtes, setzt sich für das Wohl der Bäuerinnen ein. Jetzt gilt es aber erst einmal, die Pflichten einer Bäuerin zu erfüllen.

Vor ihrem Hof hält sie einen Moment inne. Wie ansehnlich das Wohnhaus ist mit dem gepflegten Bauerngarten; eine Weinrebe rankt sich über Hausmauer und Garteneingang. Man erzählt, dass Familie Bläuer, die das Haus erbauen ließ, nach Amerika auswanderte. Wie kann man nur einen so schönen Hof zurücklassen, um mit ungewissem Schicksal in die Fremde zu gehen? Die Umstände sind ihr nicht bekannt. Familie Kohler, Vorfahren von Max, konnte den Hof von den Auswanderern kaufen und besitzt ihn bis heute.

Hastig öffnet sie die Haustür, steigt zur Kammer hoch und kickt die eleganten Trachtenschuhe – bei Bally gekauft, obwohl sie keinen Rabatt mehr bekommt – in die Ecke. Sie hängt die kostbare Haube an einen Nagel an der Wand, knüpft das Mieder auf, schlüpft aus der Tracht, streift die Alltagskleider über und bindet ein Tuch ums Haar. Die Bilder der Gründungsfrauen vor ihren Augen sind schwach geworden, sie werden von Männerbildern überlagert – dem kantigen Kopf von Max, den Bubenköpfen ihrer Söhne.

Schon ist sie wieder unten. Ein Blick in die Küche zeigt ihr, dass noch viel vom Lindenblütentee übrig ist, den sie gestern aufgegossen, abgesiebt und kühlgestellt hat. Sie gießt sich ein Glas ein, mustert die hellgelbe Flüssigkeit, die ihr wie ein Destillat der Linde erscheint: Der Lindenblütentee, der durch ihre Kehle rinnt, entspannt und erfrischt gleichzeitig. Wenn sie zurück sind vom Heuen, wird sie allen davon anbieten. Sie stößt die Tür auf, greift hinter dem Haus nach der Heugabel und macht sich auf den Weg zu ihrer Familie.

Linn, Februar 1943

Lili sitzt am Tisch, die Lampe ist eingeschaltet an diesem Nachmittag. Sie dreht den maschinengeschriebenen Brief in der Hand, den sie als Präsidentin nur noch unterschreiben und dem Postboten übergeben muss. Er ist in einem größeren Umschlag angekommen, adressiert an Frau L. Kohler-Burg, Linn bei Brugg. Viele Briefe finden zu ihr, sie bekommt mehr Post als Max. Als Präsidentin des Schweizerischen Landfrauenverbands braucht sie jetzt zwei Schubladen des Sekretärs für ihre Akten, Max reicht eine.

Im Jahr des Kriegsausbruchs 1939 hat sie von Elsa das Präsidium übernommen. Sie wusste, dass das Amt sie sehr beanspruchen und ihrer Familie Opfer abverlangen würde. Als langjährige aargauische Präsidentin und Vizepräsidentin des schweizerischen Verbands war sie für das Amt vorgesehen, konnte nicht einfach passen, wollte es auch nicht.

Sie schaut in den düsteren Winternachmittag hinaus. Das Präsidentinnenamt bedingt noch mehr Sitzungen, Telefonate, Reisen, Gespräche und Aktenstudium. Seit Kurzem erst ist alles einfacher, weil der Schweizer Bauernverband dem Landfrauenverband in Brugg ein Büro zur Verfügung stellt und die Geschäftsstelle mitfinanziert. Dort arbeitet die neue, vollamtlich angestellte Sekretärin Mascha Oettli. Öfter reist Lili für Treffen oder Unterschriften nach Brugg, manchmal kommt Mascha zu ihr nach Linn, oder sie telefonieren. Die Zusammenarbeit mit der Agronomin ist gut, Mascha nimmt ihr viel ab.

Es klopft an der Haustür – Elise steht draußen. Lili führt die Wirtin der *Linde* in die warme Stube, schwer lässt sich Elise auf einen Stuhl fallen, legt einen duftenden Brotlaib auf den Tisch: «Da, unser wöchentliches Bauernbrot, frisch aus dem Ofen.» Lili bedankt sich, fragt nach der Wirtschaft und der Familie.

«Alles gut an sich.» Elise knetet die Hände. «Dir gestehe ich es aber: Manchmal ist mir alles zu viel. Ernst ist Förster und Bauer, die Wirtschaft besorge ich mit der Magd fast allein. Ich bin Wirtin, Bäuerin und Mutter. Zum Glück sind die Kinder jetzt groß. Sohn Ernst wird Förster wie sein Vater, wirten will er nicht. Vielleicht eine der Töchter? Ihre Männer müssten mitmachen, das wird schwierig.» Sie überlegt. «Ich werde dreiundvierzig dieses Jahr, fühle mich schon ziemlich alt.»

«Ich bin bald fünfzig», stellt Lili fest.

«Fünfzig – du, Lili? Ich glaube es nicht, du hast so viel Schwung. Du schaffst alles.»

«Opfer gehören dazu. Dann kommt aber so ein Brief voller Anerkennung, und alles ist gut.» Sie streckt Elise den handgeschriebenen Brief hin.

«Ein Brief aus dem Bundeshaus, von Friedrich Traugott Wahlen, Beauftragter des Anbauwerks! Entziffern kann ich seine Handschrift nicht, lies vor.»

«Wahlen dankt uns Frauen für die ‹tatkräftige Förderung des Anbauwerks›. Er hofft auf weiteres gutes Einverständnis, die Arbeit werde nicht weniger …»

«In der Tat. So viele Bäuerinnen müssen jetzt in der Kriegszeit den Hof allein bewirtschaften, die ganze Last liegt auf ihnen. Wir beide haben den Vorteil, dass unsere Männer zu alt sind für den Landsturm und unsere Söhne zu jung für den Aktivdienst.»

«Du hast recht. Trotzdem leisten auch wir Mehrarbeit. Max hat mehr Getreide angebaut, ich habe ihm dabei geholfen, habe auch mehr Gemüse gezogen. Das ist unser Beitrag zur Anbauschlacht.»

«Zum Glück geht es nur um den Anbau, nicht um eine kriegerische Schlacht. Vieles wächst auf unseren Feldern und in unseren Gärten. Aber nicht Zucker, Reis und Teigwaren, dafür brauchen auch wir Lebensmittelkarten. Meine Gäste hätten gern echten Bohnenkaffee und nicht den wenig schmackhaften Ersatz aus Zichorien, Gerste oder Roggen. Mir ist die Schmierseife ausgegangen, ich kann keine mehr kaufen.»

Lili lächelt. «Du wirst von mir ein Rezept für Schmierseife erhalten, das unter den Landfrauen herumgereicht wird.»

«Gern», sagt Elise, «du hast so viele Beziehungen – bis ins Bundeshaus reichen sie.»

«Ständerat Wahlen hat versprochen, an unserer Delegiertenversammlung in Romanshorn einen Vortrag zu halten.»

«Ein Brief aus dem Bundeshaus. Das Präsidium des Schweizerischen Landfrauenverbands, zu dem viele tausend Bäuerinnen gehören. Eine Delegiertenversammlung in Romanshorn, die du leitest, mit einem Referat von Wahlen. Du bist uns allen über den Kopf gewachsen, Lili. Ich kann da nicht mithalten, bin nur Wirtin und Bäuerin, eine einfache Frau vom Land.»

«Genau diese Frauen vertrete ich, Elise, für sie bin ich da, für sie mache ich diese große Arbeit. Und ich bin eine davon.»

«Das stimmt.» Elise überlegt. «Wahrscheinlich warst du schon immer zu Höherem geboren. Aber du bist eine Frau, und es hat dich nach Linn verschlagen. Du vertrittst auch die

Bäuerinnen von Linn, nur passt das vielen nicht. Martha wird nicht müde, über dich zu schnöden, und sie hat einige Frauen in ihrem Gefolge.»

«Ich weiß», Lilis Stimme klingt resigniert, «lange Zeit hat es mich geschmerzt. Aber ich begreife jetzt, dass man es nie allen recht machen kann.»

Elise erhebt sich, sie stützt die Hände in die Seite. «Auch von mir sagen einige, ich hätte Haare auf den Zähnen, nur weil ich resolut bin und mich manchmal durchsetze. Heute ist Wirtesonntag, darum habe ich mir eine Stunde für mich genommen. Jetzt geht's wieder an die Arbeit. So vieles ist liegengeblieben.»

Lili begleitet Elise zur Haustür, schaut ihr nach. Eine einzelne Flocke landet kalt auf ihrer Hand, weitere folgen, bald wird der Schnee dicht.

Max und ihr jüngerer Sohn – sechzehn ist er inzwischen – sind noch nicht vom Holzen zurück. Der Ältere macht eine Lehre auswärts und ist nur noch selten zu Hause. Wahrscheinlich wird der Jüngere den Hof übernehmen. Er erinnert sie an Max, als sie ihn unter der Linde kennenlernte, sie hat es gut mit ihm.

Linde Linn, Mai 1943

Lilis Kopf fühlt sich an wie ein Bienenhaus, so dicht waren diese zwei Tage. Auf dem Stalden ist sie aus dem Postauto gestiegen. Hier war das Ferienheim von Rheinfelden, hier hat ihre Zeit auf dem Bözberg begonnen, zwanzig Jahre ist es her. Die Vorstandsfrauen und Delegierten sind mindestens so anspruchsvoll zu führen wie die Schulkinder.

Sie geht durch den Wald, hat die Linde als Ziel. Kein Auto fährt sie hin: Ernst Laur hatte im Jahr des Kriegsausbruchs einen Verkehrsunfall und trat als Bauerndirektor zurück.

Neue Kräfte haben das Sagen, Männer wie Friedrich Traugott Wahlen.

Das war die große Enttäuschung der Tagung: Wahlen sagte sein Referat kurzfristig ab. Sein Vertreter würdigte die wichtige Stellung der Bäuerin und ihre große Arbeit speziell während des Krieges, vermochte das Publikum aber nicht zu begeistern, wie es Wahlen getan hätte. Ob Wahlen noch weiter in der Politik aufsteigen wird, es zum Bundesrat schafft?

Das frische Grün des Laubwaldes tut ihren Augen gut, am Boden rascheln die braunen Blätter des Vorjahres. Eigentlich geht sie nicht gern allein durch den Wald. Sie hätte von Brugg anrufen können, ja, aber der Telefonapparat hätte ins Leere geschellt, die Männer sind auf dem Feld. Es ist lange her, seit Max sie letztmals mit dem Fuhrwerk abholte. Ihre Sitzungen sind zu häufig, er mag sich nicht bemühen und sie ihn auch nicht.

Endlich öffnet sich der Wald, gibt den Blick frei auf Wiesen und Felder, die Linde und den Linnerberg. Sie lässt sich unter dem Baum auf die Bank fallen, ohne ihn eines Blickes zu würdigen. Erst muss sie Ordnung schaffen in ihrem Kopf.

Da war die Bahnfahrt mit Sekretärin Mascha Oettli, im Zug letztes Vorbereiten, dann die Vorstandssitzung. Übernachten in einer Pension in Romanshorn. Bereits um 9 Uhr Beginn der Delegiertenversammlung unter ihrer Leitung, 60 Delegierte und Gäste. Verlesen des Jahresberichts 1942, endgültige Genehmigung der Statuten, kurze Berichte der einzelnen Organisationen, Vorstellen der Jahresrechnung, Neuaufnahme der Neuenburger Bäuerinnen, Verabschieden des Arbeitsprogramms. Die Wahlen, einschneidend für sie selbst: Weil die Zeiten schwierig sind, hat man sie bis Ende des Krieges erneut zur Präsidentin gewählt, obwohl ihre Amtszeit abgelaufen ist. Davon weiß Max noch nichts.

Einen umstrittenen Punkt diskutierten sie am Schluss: Brauchen Bäuerinnen Kinderbetreuung außer Haus? Dieses Thema ist neu, auch für sie selbst. Sie hatte die Magd, die einspringen konnte, als die Buben klein waren. Nicht alle können sich Dienstboten leisten, zudem mangelt es zunehmend an Mägden und Knechten. Wieso sollten die Bäuerinnen sich nicht bei der Kinderbetreuung organisieren? Sie vermarkten ihre Produkte gemeinsam, arbeiten in vielen anderen Bereichen zusammen. Eine Umfrage in den kantonalen Verbänden soll Klärung in dieser Frage bringen. Sie selbst hat sich entschieden, steht für Krippen und Horte ein.

Die Tagung war ein Erfolg und hat dem Verband und ihr selbst Anerkennung gebracht, die aufwändige Vorbereitung hat sich gelohnt. Ihre «viele Arbeit und große Verantwortung» wurden ausdrücklich verdankt.

Sie lehnt sich zurück. Endlich hat sie Augen für den Baum. Die Linde zeigt sich in hellem Grün. Die Blätter sind noch nicht ganz aufgefaltet, hängen in Büscheln an den Ästen. Jedes Mal ist es ein Wunder, wenn die alte Linde im April die Blätter austreibt.

Der Baum an sich ist ein Wunder. Man kann das bei ihm finden, was man braucht. Sie gewinnt Abstand vor der Rückkehr auf den Hof, wenn sie unter ihm sitzt, wird von Lili, der Verbandspräsidentin, zu Lili, der Bäuerin, Mutter und Ehefrau. In den letzten Jahren ist es für sie schwieriger geworden, einfach nur Bäuerin zu sein. Alltag und Familie erfüllen sie weniger als früher, die Söhne sind erwachsen.

Sie erhebt sich. Sie ist bereit für die kleine Welt, die Bedürfnisse der Familie, Kochen, Waschen, Flicken. Man weiß, was man getan hat, wärmt sich in der Stube, erholt sich, sammelt neue Kraft. Und ist dann wieder bereit zum Aufbruch in die große Welt.

Kleine Welt – große Welt. Das ist der Wechsel, den sie braucht.

Linn, November 1943

Lili sitzt im warmen Licht der Lampe. Die Fenster sind verdunkelt, wie es seit Herbst 1940 vorgeschrieben ist. Gern würde sie den Apparat einschalten, um die Nachrichten von Radio Beromünster zu hören: Vielleicht wird über die Delegiertenversammlung der Schweizer Bauern berichtet. Aber der Zeitpunkt ist nicht günstig. Vorhin haben sie gegessen, was die Magd gekocht hat, Blut- und Leberwurst, Salzkartoffeln, Sauerkraut. Der saure Duft des Krauts hängt noch in der Luft. Gesprochen haben sie kaum. Der ältere Sohn ist nicht da, der jüngere hat sich nach oben in die Kammer verzogen, wie immer, wenn die Luft zwischen den Eltern dick ist.

Bei der Rückkehr war sie kurz bei der Linde. Unwirtlich ist sie im November bei kühlem Wetter, fast kahl reckt sich ihre Silhouette in den Himmel. Die meisten Blätter im oberen Teil des Baumes sind fort, seine Struktur ist sichtbar wie im Frühling.

An diesem späten Nachmittag ist der Biswind über die Kuppe gezogen, sie hat den Mantel enger um sich geschlungen und sich gar nicht erst hingesetzt. Trotzdem war es gut, einen Moment bei der Linde zu sein. Sie fühlt sich jetzt frischer, der Stumpengeruch in ihren Kleidern ist weniger stark.

An der Delegiertenversammlung des Schweizer Bauernverbands wird so viel gepafft, dass einem die Augen brennen. Es geht anders zu bei den Männern, ruppiger, ohne dass aber offene Feindseligkeit ausbricht. Der Präsident hatte seine Mühe mit der Disziplin, das kennt sie ebenfalls. Man muss die Schwierigen im Auge behalten und versuchen, die Mehrheit hinter sich zu scharen. Bei den Männern erfolgen die Angriffe direkter, bei den Frauen mehr auf Umwegen. Nie hat sie selbst Sitzungsleitung gelernt, es war ein Hineinwachsen, Rosa Neuenschwander hat ihr Wissen mit Lili geteilt.

Heute war sie selbst Delegierte. Seit zwei Jahren ist der Landfrauenverband Mitglied beim Bauernverband. Bauern und Bäuerinnen arbeiten auf den Höfen Hand in Hand – der Beitritt war naheliegend. Er führte zur finanziellen Unterstützung des Bäuerinnen-Sekretariats durch den Bauernverband, man arbeitet jetzt unter dem gleichen Dach in Brugg. Der Beitritt hatte auch zur Folge, dass heute zum ersten Mal in der Geschichte des Bauernverbands eine Frau an der Delegiertenversammlung das Wort ergriff.

Lili blickt zu ihrem Mann. Noch hat er sich nicht nach ihrem Auftritt erkundigt. Max ist hinter dem *Brugger Tagblatt* verborgen, die Zeitungsseiten rascheln, Rauch steigt von seiner Pfeife auf. Wie viel lieber mag sie den Pfeifengeruch als jenen der Stumpen heute im Kursaal in Bern … Trotz Auslüften bei der Linde hängt der Stumpengeruch noch im dunklen Kleid, das sie angezogen hat, weil sie dachte, dass man sie in diesem Aufzug ernster nimmt als in der Tracht.

Letztes Jahr sind Max und sie zusammen an die Delegiertenversammlung gefahren, er ist Vertreter des regionalen Bauernverbands. Das war etwas Neues: Ehemann und Ehefrau, beide als Delegierte anwesend. Dieses Jahr hat Max auf die Teilnahme verzichtet, weil sie angekündigt hat, an der Versammlung das Wort zu ergreifen, um die Anliegen ihres Verbandes einzubringen. Das war ihm zu viel. Dabei ist es nur folgerichtig: Die Bäuerinnen sind dem Bauernverband beigetreten, damit ihre Anliegen bei den Männern Gehör finden. Nur gemeinsam können sie in der Landwirtschaft und Agrarpolitik etwas bewirken.

Es galt heute, den richtigen Zeitpunkt für ihre Wortmeldung zu finden. Sie stimmte bei den Geschäften mit, hörte den Referaten zum Thema «Sicherung der schweizerischen

Landwirtschaft in der Nachkriegszeit» zu. Das Kriegsende scheint absehbar, man glaubt, dass Deutschland den Krieg verlieren wird. Friedrich Traugott Wahlen, der sich in Romanshorn kurzfristig entschuldigt hatte, war jener Referent, der sie am meisten überzeugte. Alle Punkte seines Referats bekam sie aber nicht mit, weil sie in Gedanken fieberhaft an der Formulierung ihrer Anliegen feilte. Als der Präsident die Referate verdankte und das Wort freigab, streckte sie sofort auf und erhob sich, damit man sie hinter den breiten Rücken der Männer nicht übersehen konnte. Die Überraschung glückte, der Präsident schluckte leer und erteilte dieser Frau in der Männerversammlung das Wort.

Sie greift nach dem Korb mit dem Garn und dem Stopfei – löchrige Socken gibt es wie immer zuhauf. Soll sie flicken, ohne ein Wort mit Max gesprochen zu haben? Sie schiebt den Korb von sich. «Ich möchte über die Versammlung in Bern sprechen und dir erzählen, wie es mir ergangen ist», sagt sie laut.

Die Zeitung bleibt oben – zittert sie in seiner Hand? Dann gleitet sie hinunter zum Tisch, Max' Gesicht taucht auf, er nimmt die Pfeife aus dem Mund. «Du musst mir nichts erzählen. Wildi und Wülser, der mich als Delegierter ersetzte, waren hier. Sie hatten ihr Fuhrwerk in Brugg am Bahnhof eingestellt und waren schneller zurück als du.»

Lili war mit dem Postauto auf den Stalden gefahren und von dort zu Fuß gegangen. Sie erzählt Max nicht, dass die Männer mit ihrem Fuhrwerk an ihr vorbeigefahren sind, ohne anzuhalten. Fritz Wildi ist der Ehemann von Martha, das sagt genug. Sie haben das Heu nicht auf der gleichen Bühne. «Du weißt schon alles?», fragt sie Max.

«Alles. Ihr Landfrauen pocht nach der Mithilfe bei der Anbauschlacht auf eine anerkannte Stellung auch nach dem

Krieg. Du hast dich für eine maßvolle Modernisierung im bäuerlichen Haushalt eingesetzt.»

«Genau: Wir verlangen nicht Boiler und Staubsauger für einfache Bauernhäuser, aber einen nichtrauchenden Feuerherd und Badegelegenheit in einem beheizten Raum. Die Einrichtung soll praktisch sein und der Bäuerin unnötige Arbeit ersparen.»

«So weit, so gut. Diese Bedingungen sind auf unserem Hof und etlichen anderen erfüllt. Du hast dann aber von staatlich eingesetzten Betriebsberaterinnen gesprochen, die nötig seien, um eure Anliegen durchzusetzen.»

«Ja. Staatlich unterstützten Betriebsberaterinnen würde Respekt entgegengebracht, sie könnten den Bäuerinnen den Rücken stärken.»

«Wir brauchen nicht den Staat auf dem Hof, Lili, schon gar nicht vom Staat eingesetzte Frauen, die uns auf die Finger schauen. Die Kollegen Wülser und Wildi waren entsetzt. ‹Und weißt du was?›, hat Wildi zu mir gesagt. ‹Dann hat die Deine noch eins draufgegeben: Sie hat den Ausbau von Landkindergärten verlangt und, wo nötig, Kinderkrippen für die ganz Kleinen. Kinderkrippen! Diese Frauen wollen nicht mehr selbst zu den Kindern schauen! Meiner Frau käme das nie in den Sinn.› So hat er es erzählt. Vielleicht hat er alles verdreht?»

«Wildi hat die Anliegen recht gut zusammengefasst», erklärt sie ruhig. «Es ist mir klar, dass Martha Wildi keinen Kinderhort in Anspruch nehmen würde, und ich hätte es auch nicht tun müssen, weil ich im Haus Hilfe hatte von der Magd und der Lehrtochter. Junge Bäuerinnen von heute haben diese Hilfen oft nicht mehr.» Lili hat sich in Fahrt geredet, ihr Gesicht ist rot angelaufen. Sie sieht nicht Max vor sich, sondern die Männer, die ihr an der Versammlung den Rücken zukehrten, auf dem sie ihre Ablehnung zu lesen glaubte. Sie hört noch einmal das Raunen, das durch die Reihen ging, als sie die Krippen erwähnte. «Wir nehmen Anliegen auf, die das Leben der Bäuerinnen einfacher machen. Nicht, dass euch Bauern nach den Dienstboten auch noch die Bäuerinnen davonlaufen.»

«Du überziehst es, Lili, und hast damit auch mich lächerlich gemacht!»

«Keinesfalls, Max. Das ist nicht gegen dich gerichtet und hat nichts mit dir zu tun.» Eindringlich blickt sie ihn an. Ihr Gesicht wirkt weich im Lampenlicht, er sieht in ihren Zügen etwas vom Liebreiz von früher, mag es sich aber nicht eingestehen. «Die Landkindergärten und Kinderkrippen sind auch in unserem Verband umstritten. Wenn die Betriebsberaterinnen und Kinderhorte nicht gefragt sind, lassen wir diese Ideen fallen. Manchmal muss man einfach etwas in den Raum stellen, um Bewegung hineinzubringen, um eine Entwicklung auszulösen. Das ist meine Aufgabe als Verbandspräsidentin. Ich vertrete mehr als 20'000 Bäuerinnen. Es muss sich einiges ändern für die Landfrauen, die Zeit steht nicht still, man muss Schritt halten.»

«Ach so – Schritt halten. Für den Moment habe ich genug von deinen Schritten und Auftritten. Wo ist die Frau, die ich damals bei der Linde kennenlernte? Meist sitzt mir die Verbandspräsidentin gegenüber.» Max klopft seine Pfeife aus, steht auf und steigt die Treppe hoch zur Kammer.

«Ohne den Max von damals gäbe es die Lili von heute nicht», ruft sie ihm nach. Hat er sie gehört, etwas gemurmelt?

Sie löscht das Licht und folgt ihm auf der Treppe nach oben.

Susann, 2022

Mitte Januar
Die Winterlandschaft zieht vor dem Zugfenster vorbei, vorhin das graublaue Wasser des Thunersees, jetzt verschneite Felder, Wälder und Dörfer mit Häusern, die Schneekappen tragen. Die Flocken fallen so dicht wie in den Wintern von früher, auf dem Weg zum Bahnhof hat sie tiefe Spuren in den Schnee getreten. Sie ist froh, dass sie wieder reisen kann. Noch verspürt sie Müdigkeit, arbeitet aber seit dem 3. Januar wieder.

In Brugg besteigt sie das Postauto. Nicht ohne Mühe bahnt es sich den Weg auf den Bözberg, es schlittert in einigen Kurven, der Fahrer gibt Gegensteuer. Endlich taucht die Linde auf, eine Silhouette in Schwarzweiß. Sie ist die einzige Passagierin, steigt aus; das Postauto fährt gleich wieder weg. Der Baum steht vor ihr, schneeumweht, einsam.

Unter dem Baum die dunkle Figur eines Mannes mit Schlapphut. Georg. Sie hat ihm mitgeteilt, dass sie am Freitag die Linde besucht. Sie geht auf ihn zu.

«Der Schnee hat dich nicht abgeschreckt», stellt er fest. Er hat den Hutrand tief ins Gesicht gezogen, mustert sie lächelnd, sein Blick wirkt offener als bei den früheren Begegnungen – oder meint sie das nur, weil keine Brille seine Augen verdeckt?

«Mit Brille ist es wohl schwierig im Schnee?»

«Heute ist so vieles anders.» Er wendet sich zum Baum. «Was sagst du zur Winterlinde?»

Der Schnee fällt in großen, nassen Flocken auf ihr Gesicht, als sie am Baum hochschaut. «Der knorrige Stamm liegt bloß, dadurch wirkt der Baum älter als im Sommer. Das ausladende Blätterdach ist fort, der Baum bietet keinen Schutz.»

Er nickt. «Die Winterlinde gehört nur sich selbst. Meine Achtung vor dem Baum ist im Winter noch größer. Urtümlich wirkt er und erhaben. Wie klein und unbedeutend sind wir Menschen, die um ihn wuseln – so schnell sind wir alle weg.»

Kälte steigt in ihr hoch. Die Linde ist unwirtlich, sie hat hier nichts zu suchen. «Vielleicht setzt mir die Kälte mehr zu als sonst. Ich fahre mit dem nächsten Postauto zurück.»

«Man hält es hier nicht lange aus im Schneetreiben oder bei Eiseskälte, ich weiß.» Er überlegt. «Kann ich dich zum Mittagessen im *Bären* in Bözen einladen?»

Auf seinem Schlapphut liegt eine dicke Schneeschicht, vielleicht hat er längere Zeit auf sie gewartet, das Postauto kommt erst in einer Dreiviertelstunde wieder vorbei. «Gern, Freitagsmann – Schneemann.» Sie wischt den Schnee von seinen Schultern, er hebt die Hand und streift ihn von ihrer Mütze. Lachend stapfen sie zum Parkplatz, steigen in sein Auto. Schemenhaft steht die Linde vor ihnen, wird kleiner, als sie sie hinter sich lassen, löst sich auf im Schneetreiben.

Er hat die Brille aufgesetzt, die schnell beschlägt, er gibt sie ihr, sie wischt sie für ihn ab, er setzt sie wieder auf. Durch den verschneiten Wald gelangen sie zum Gasthaus *Bären* auf der Passhöhe, er biegt links ab, fährt vorsichtig.

«Wieso heißen so viele Gasthäuser hier *Bären*?»

Er starrt angestrengt durch die Frontscheibe, die Scheibenwischer schieben den Schnee hin und her. «Als die Berner Herren das Sagen hatten, benannten viele ihre Wirtschaften nach dem Berner Wappentier.»

«Ach, da wäre ich nicht draufgekommen.»

Das Auto kämpft sich durch den Schnee, die Landschaft verbirgt sich hinter Schneeschleiern. Sie putzt ihm die Brille noch zweimal, bevor sie im Dorf Bözen, das sie nicht kennt, auf den Parkplatz des dortigen *Bären* einbiegen.

Er zeigt auf den verschneiten Bären, der vor dem Gasthaus steht. «Die Macht der Berner reichte bis Bözen. Das Nachbardorf Hornussen war unter der Herrschaft der Habsburger, ein alter Grenzstein zwischen den Dörfern markiert noch heute diese frühere Grenze zwischen Bern und dem österreichischen Fricktal.»

Sie betreten das altehrwürdige Gasthaus, finden Platz im ersten Stock neben dem großen, grünen Kachelofen, bestellen das Tagesmenü.

«Ich hatte Covid, war zwischen Weihnachten und Neujahr mehrheitlich im Bett.»

Erschrocken mustert er sie durch seine wieder klare Brille. «Du hast nichts davon geschrieben in deiner Antwortmail. Hast du dich gut erholt? Hattest du Hilfe in den Tagen der Krankheit?»

«Alles gut überstanden, danke, sonst wäre ich nicht hier. Ich arbeite wieder. Eine Freundin hat mir geholfen, zuhause und in der Buchhandlung.»

Die Serviererin stellt die dampfenden Tagesteller vor sie hin, die Mahlzeit schmeckt, sie essen schweigend.

Nach dem Essen sagt er übergangslos: «Meine Frau leidet an schwerer Demenz, seit Dezember ist sie in einer Institution.»

«Oh, das tut mir leid.» Sie sucht seinen Blick.

Er schaut zur Seite, die Worte sprudeln aus ihm heraus. «Vor zwei Jahren fing es an mit kleiner Vergesslichkeit, es folgte die große. Sie kämpfte dagegen an, klebte überall Zettel hin, um sich zurechtzufinden. Unsere Tochter riet zur Abklärung. Die Diagnose Demenz erreichte meine Frau nicht mehr, die Verwirrung nahm stetig zu. Tagsüber konnte ich Anita nicht mehr alleinlassen, für vier Tage die Woche fand ich einen Platz in einer Tagesklinik, Freitag bis Sonntag betreuten meine Tochter und ich sie abwechselnd zu Hause.

Die Nächte waren schlimm, weil Anita oft umherirrte und ich kaum mehr Schlaf fand. Die Arbeit tagsüber war meine Erholung, mein Stück Normalität. Gegen Ende des Jahres wurde der Druck für die Tochter und mich zu groß, ich meldete Anita in einer Demenzabteilung an, wir warteten auf einen freien Platz. Als es so weit war, machte uns Anita in einem lichten Moment Vorwürfe. Inzwischen hat sie sich eingewöhnt und fragt nicht mehr nach ihrem Zuhause, sie hat es vergessen.» Er schaut Susann an. «Jetzt weißt du fast alles.»

«Danke, dass du es mir erzählt hast. Warum hast du nicht schon früher davon gesprochen?»

«Ich wollte kein Mitleid von dir», sagt er fast schroff. «Die Freitage waren mein Stück Normalität. Unter der Linde bin ich nur ich.»

«Das verstehe ich. Wir sind nicht so wichtig unter der Linde – der Baum hat schon so viel erlebt.»

Die Serviererin bringt die bestellten Espressi an den Tisch, Susann genießt den Kaffee, der heiß durch ihre Kehle rinnt.

«Du hast einen Sohn erwähnt, vom Vater des Sohnes bist du schon lange getrennt und lebst allein?»

Sie nickt. «Für dich ist das Alleinsein wohl neu und ungewohnt. Ich mag es, meine Wohnung für mich allein zu haben, auch wenn ich mich freue, wenn meine Freundin einige Tage bei mir verbringt und mein Sohn mich wieder einmal besuchen wird. Beat und ich hatten uns innerlich schon länger verloren, als wir uns trennten.»

«Es war schwierig für mich, Anita und ich lebten immer mehr in verschiedenen Welten. Vielleicht war das schon vor ihrer Demenz der Fall, aber wir bemerkten es nicht. Ich war ihr dankbar, dass sie mir mit ihrer Arbeit das Studium ermöglicht hatte, denn ich war spät dran, holte die eidgenössische Matura nach und studierte Ingenieur, als unsere Tochter Nadine schon geboren war. Später hat sich Anita aus dem Berufsleben verabschiedet, das Geldverdienen lag ausschließlich bei mir, sie hatte die Tochter und den Garten. Meine Faszination für die Linde teilte sie nicht, das war aber auch nicht nötig, sie hatte Gemüse, Blumen und Büsche, ich den Baum.» Er schüttelt den Kopf. «Ich habe mich noch nie vor jemandem so ausgebreitet, tut mir leid, der Leidensdruck war wohl zu groß.» Er winkt der Serviererin, begleicht die Rechnung.

«Warum entschuldigst du dich? Ich verstehe jetzt einiges besser. Wir haben einen großen Teil unseres Lebens gelebt, einiges ist gut gelaufen, anderes weniger, vieles können wir nicht mehr ändern.»

«Warum liebst du die Linde?»

«Wenn ich das wüsste ... Sie spricht etwas in mir an, das ich nicht erklären kann. Es ist tröstlich zu wissen, dass sie da ist und bleibt, auch wenn wir gehen.» Sie schaut zum Fenster hinaus, die Flocken fallen noch immer, aber weniger dicht. «Ich habe ihr Bild vor Augen, jetzt das Winterbild, das Schneebild. Ich nehme es mit, wenn ich nach Hause fahre.»

Er nickt. «Kann ich dich nach Brugg bringen? Dort ist die Institution, in der meine Frau untergebracht ist.»

Susann konsultiert ihre App auf dem Smartphone: «Danke. Ich nehme das Postauto bis nach Frick, fahre dann mit der Bahn über Basel nach Hause. So lerne ich das Fricktal kennen, die ehemaligen österreichischen Lande, von denen du gesprochen hast.» Sie erhebt sich. «Vielleicht treffen wir uns im Februar unter der Linde? Ich schreibe dir vor meinem nächsten Besuch.» Sie bedankt sich für das Essen, umarmt ihn einseitig, so wie man es seit Covid macht, eilt zur Haltestelle. Keine Minute zu früh: Der Bus schiebt sich durch den Schnee heran, sie steigt ein. Sie sieht ihn unter der Tür des *Bären* stehen, winkt ihm, er winkt zurück.

Mitte Februar
Da bin ich wieder, Linde, es ist eisigkalt, vielleicht nur wenig unter Null, aber die Bise beißt. Wie ein Winterscherenschnitt erhebst du dich vor mir. Auf einigen deiner Äste, den Bänken und dem Land um dich herum liegt Schnee, der Himmel hinter dir ist milchig blau. Ich schaue an dir hoch. Deine Höhe und dein Umfang beeindrucken noch mehr als während der Blätterzeit. Mächtig bist du, gewaltig, uralt. Unfassbar die Zeiten, die du erlebt hast.

Deine Rinde ist rau und von tiefen Furchen und Klüften durchzogen wie ein Felsmassiv. Ich möchte mich an dich lehnen, aber du bist kalt unter meiner Stirn, meinen Händen. Deine Wärme hat sich in den Boden zurückgezogen, zu den Wurzeln, im Frühjahr wird sie wieder spürbar sein, wenn deine Säfte in Fluss kommen und die Blätter sprießen.

Vorhin bin ich durchs Dorf gegangen, alle Dächer sind weiß, kein Mensch war zu sehen. Linn hat etwas Zeitloses, Archaisches, wie du auch. Die Bauernhöfe an der Dorfstraße stehen dicht beieinander, früher waren Miststöcke vor den Häusern, habe ich auf Tafeln gesehen, jetzt säumen verschneite Vorgärten die Straße. Unterhalb der Höfe sprenkeln Obstbäume den Hang, wie mit der Schere aus schwarzem Papier geschnitten, schwarze Bäume auf weißem Grund.

Die Kälte war weniger scharf im Dorf als hier bei dir. Ich zähle deine Stammteile – ja, Georg hat recht, es sind sieben Stämme, die in die Höhe streben. Dort oben sehe ich die Stahlseile, die einige deiner Stammteile verstreben, man hat an dir gearbeitet, glaubte, dich so zu stärken. Brauchtest du diese Unterstützung, oder hat man sie dir aufgezwungen?

Ich trete einige Schritte zurück, mache Fotos. Ein Herbstfoto von dir ziert die Wand in meinem Wohnzimmer. Es zeigt deine Kraft, aber auch deine Verletzlichkeit: Im Herbst ist dein Blätterdach nicht mehr voll, du verabschiedest dich, ziehst dich zurück.

Du wirkst knorriger und kräftiger im Winter als im Sommer, urtümlicher auch, niemand kann dir etwas anhaben, niemand hält es lange unter dir aus, du gehörst nur dir selbst.

Meine Finger sind frostig, Tränen der Kälte schießen in meine Augen. Ich schlüpfe in die Handschuhe und ziehe die Mütze in die Stirn, wickle das Halstuch um mein Gesicht, so dass nur die Augen frei sind.

So lange stehst du schon da an dieser Wegkreuzung. So viele Menschen sind an dir vorbeigezogen. Wie hast du ihr Leben beeinflusst? Hast du es geprägt? Wer hat dich gepflanzt? Hat man dich aufgesucht in Krisenzeiten, in Zeiten der Pest?

Falls du eine Pestlinde bist, hältst du den Tod möglicherweise für immer fest in deinem Stamm, tief ist er in dir eingeschlossen. Oder hast du ihn vielleicht durch eine deiner Spalten und Schrunden entweichen lassen, zieht er als neue Pandemie durch die Lande, weit weniger schlimm als 1349 oder 1668, aber trotzdem schlimm genug, er lähmt, ja erstickt unser unbeschwertes Leben?

Am Anfang unserer Pandemie hat man dich abgesperrt, weil du eine Sehenswürdigkeit bist. Es durfte nicht sein, dass sich die Leute unter dir sammeln, sich nahekommen. Jetzt bist du wieder zugänglich und frei, ziehst mehr Leute an als vorher, man sucht Schutz bei dir, auch vor der Pandemie, habe ich gelesen.

Ich muss mich bewegen, mir ist so kalt. Er kommt wohl heute nicht. Wir haben per Mail abgemacht an diesem Freitag unter der Linde, unter dir, aber es ist wohl etwas dazwischengekommen, oder es gibt ein Missverständnis, ich glaube nicht, dass er mich absichtlich versetzt. Seit der Begegnung im Januar verstehe ich besser, wer er ist, was ihn umtreibt. Die

Demenz seiner Frau macht ihm das Leben schwer. Es ist einfacher, allein zu sein als zu zweit allein zu sein. Unsere Mails waren kurz, wir brauchen die Linde, die uns verbindet, du bietest uns einen Raum ohne Wände, zum Sein.

Aber nicht heute. Die erste Stunde mit dir allein war gut, Linde, ich habe dich erfahren in deinem Winterdasein, das Warten machte mir nichts aus. Dann die halbe Stunde im Dorf, die Scherenschnittbäume, der Weg zurück.

Jetzt greift die Kälte mit eisigen Fingern nach mir. Ich muss noch ein paar Minuten durchhalten, lasse den Blick schweifen über die weißen Felder hin zu den verschneiten Wäldern, mache die paar Schritte zur Anhöhe, schwarz zeichnet sich die Habsburg ab mitten im Weiß.

Ich höre ein Brummen, beschleunige meinen Schritt, lasse dich zurück. Das Postauto fährt vor, öffnet seine Türen, nimmt mich auf.

Jürg, 1979

Linde Linn, Ende Juni
Die Linde taucht vor ihnen auf, wuchtig, grün, ausladend. Er gesteht es sich ein: Der Baum ist ihm nicht mehr gleichgültig wie zu Beginn der Arbeiten. Jeden Morgen hält er Ausschau, wenn sie sich mit dem Kleinlaster nähern. Er glaubt jetzt etwas zu wissen von ihm. Obwohl: Was bedeutet das schon – einige Tage Arbeit am Baum? Sie sind gekommen, um zu gehen. Wie all die andern Besucher auch. Nur die Linde ist und bleibt.

Als sie vor zehn Tagen erstmals vorgefahren sind, stand er dem Koloss ratlos gegenüber. Da stand dieser riesige, alte Baum mit der schrundigen Rinde, und er wusste nicht, wie er ihn einordnen sollte. Der Vorarbeiter hatte geschwärmt von der alten Linner Linde, ihrer Größe, ihrem Umfang und Alter, ihren samtigen, behaarten Blättern, dem Duft ihrer Blüten. Und vom großen Auftrag, den sie erhalten hatten, den Baum zu sanieren. In den Fünfzigerjahren habe man der Linde Zwang angetan mit Metallringen, Drahtseilen und Mauerwerk, sagte er – es gelte, den Baum zu befreien. Das leuchtete ein, zu dritt arbeiten sie seither am Baum, an einigen Tagen unterstützt von Spezialisten im Metallbau.

Der Vorarbeiter stellt den Kleinlastwagen mit der Aufschrift *Garten- und Baumpflege* auf einem der Parkplätze ab. Sie springen heraus, verteilen die orangeweißen Signalkegel mit dem Hinweis *Baumpflege.* «Heute entfernen wir Totholz im unteren Teil der Linde und gleichen Schäden aus», verkündet der Vorarbeiter. Sie sperren einen großzügigen Bereich um die Linde mit Seilen und Pflöcken ab, ziehen den Helm und ihre Schutzkleidung an. Der Vorarbeiter steigt die Leiter hoch, die Motorsäge umgehängt, der Kollege dient ihm zu. Jürgs Aufgabe ist es, das heruntergefallene Holz zu zerkleinern und zu verladen. Aus Sicherheitsgründen muss er warten, bis die Kollegen die Arbeiten an einem Teil des Baumes beendet haben und die Leiter verschieben.

Jürg zündet sich eine Zigarette an, er blickt in den Baum hoch. Ja, der Baum ist befreit von den Metallringen und Drahtseilen, die sich tief in seine Äste eingegraben hatten. Die Linde ist jetzt viel diskreter mit Bolzen und Stahlseilen gesichert, die sie nicht einschnüren. Trotzdem: Richtig frei ist der Baum nicht, man kann auch die Stahlseile als Fesseln sehen. Wäre es nicht möglich, ihn einfach sich selbst zu überlassen? Die Antwort lautet wohl nein: Der Baum ist ein öffentliches Gut, er muss sicher sein für die Ausflügler, die ihn aufsuchen. Er selbst hat die Linde als Erstklässler auf der Schulreise besucht. Geblieben ist ihm nur, dass es viele Kinder brauchte, um den Baum zu umspannen. Erst vor einigen Jahren wurde die Straße zur Linde verbreitert und geteert, hat er gehört. Es kurven jetzt mehr Autos hoch zur Linde. Einige Besucher murren, weil der Baum wegen der Arbeiten nicht zugänglich ist.

Was wäre aus der Linde geworden, wenn man sie sich selbst überlassen hätte? Wäre sie zusammengebrochen? Es hat ein paar Brände gegeben, die ihr arg zugesetzt haben. Wenn der Mensch sich nicht an ihr zu schaffen gemacht und ihr geschadet hätte: Vielleicht würde sie sich stolz und unberührt in die Höhe recken wie eh und je, Stahlseile und Unterhalt wären nicht nötig? Vielleicht aber braucht der Mensch nicht nur den Baum, sondern auch umgekehrt? Der Mensch pflegt und rettet den Baum. Das ist die Mission der Baumpfleger, dafür sind sie aufgeboten. Seit zehn Tagen arbeiten sie an diesem Uraltbaum. Er selbst ist zwanzig Jahre alt, der Baum zählt 700 Jahre oder mehr, sagt man. Das ist verrückt. Eine solche Zeitspanne kann man sich nicht vorstellen. Er drückt die Zigarette auf dem Boden aus, hilft mit dem Absatz nach.

Ein Ast fällt krachend zu Boden. Er erschrickt, immer noch passiert ihm das, obwohl er jetzt schon fast zwei Jahre bei der Baumpflege mitarbeitet. Manchmal ist er in Gedanken woanders, das kann gefährlich sein. Er hört, wie der Vorarbeiter mit dem Kollegen scherzt – alles bestens, dieser Ast musste runter.

In den vergangenen Tagen haben sie die Krone zurückgeschnitten. Man beginnt beim Schnitt immer in der Krone, kann eventuell entstehende Schäden im unteren Teil später korrigieren. Zum Teil arbeiteten sie mit Hebebühne, zum Teil mit Seilklettertechnik. Er selbst hat einen Kurs besucht und mag es sehr, in den Bäumen zu klettern.

Hoch oben in der Linde kam er sich vor wie in einem Adlerhorst. Er blickte auf die alte, graue Habsburg, auf den Grat von Lägern Burghorn, wo er einmal mit Kollegen wanderte, entdeckte den Säntis und weitere Berge, die er nicht benennen kann. Im Rücken von Linn, ganz nah, befindet sich der bewaldete Linnerberg, und im Norden weit hinter dem Bözberg kann man Berge im Schwarzwald ausmachen. Er ist schon in vielen Bäumen geklettert, hatte aber noch nie das Dach der Welt bestiegen, so kam es ihm vor in der Linde. Bald hatte er keine Zeit mehr für die Aussicht, sägte hier und dort gemäß Anweisung des Vorarbeiters einen Ast ab, der Kollege sicherte unten. Als die Arbeiten erledigt waren, genoss er einen letzten Höhenrundblick, bevor er sich abseilte.

Ein weiterer Ast fällt, er reißt viele kleinere Äste und Blattwerk mit sich, der Vorarbeiter flucht. Es riecht nach frischem Holz und ... ein paar letzten, duftenden Blüten, die sich entfaltet haben. Um den längsten Tag hat der Duft die Linde und die Arbeiter eingehüllt, fast benebelt, so stark war er. Man musste aufpassen, der Baum war umsummt von Bienen, einen Stich oder zwei musste man in Kauf nehmen, durfte keinesfalls überreagieren und sich damit in Gefahr bringen.

In einer Mittagspause, als sie sich alle nach dem Essen eine Zigarette angesteckt hatten, trat ein älterer Mann zu ihnen unter den Baum. Er stellte sich als Gemeindeammann Kohler von Linn vor, fragte, ob er sich eine Leiter borgen könne, statt eine von seinem Bauernhof zum Baum transportieren zu müssen. Der Vorarbeiter sagte ihm die Leiter natürlich zu, schließlich war der Auftrag zur erweiterten Baumpflege von der Gemeinde Linn ausgegangen, wenn auch der Kanton, Heimat- und Naturschutz und eine Firma viel Geld dazugegeben hatten. Als der Mann fertig war mit Pflücken und die Leiter zurückbrachte, sagte er zu ihnen oder sich selbst: «Letztes Jahr habe ich die Blüten für meine Mutter gepflückt. Sie hat den Lindentee geliebt, im Winter heiß und im Sommer kalt. Letzten Oktober ist sie gestorben. Den Tee aus diesen Blüten werde ich allein trinken.» Ohne auf Antwort zu warten, war der Gemeindeammann mit seinem Korb voller Blüten davongezogen.

Jürg bemerkt, dass der Vorarbeiter von der Leiter steigt und sie mit dem Kollegen zusammen verschiebt. Er zieht den Gehörschutz an und nimmt die Motorsäge, um das heruntergefallene Holz zu zerkleinern.

Linde Linn, 1. Juli

Er hat an diesem Sonntagabend das alte Drei-Gang-Velo des WG-Kollegen ausgeliehen, ist von Brugg nach Umiken geradelt und hat die alte Bözbergstraße gewählt. Die Ortsbezeichnungen Galgenacher, Gäbi und Gäbihübel beschwören eine Erinnerung herauf. Der Geschichtslehrer in der Kantonsschule Aarau hat von einer Hinrichtungsstätte gesprochen, die sich auf diesem Hügel befunden habe. Er springt vom Velo, mustert den harmlos aussehenden Hügel, dreht sich um und nimmt den großartigen Blick zurück auf Brugg wahr. Wenigstens haben die Todeskandidaten hier einen schönen letzten Ausblick genossen, denkt er. Ein zynischer Gedanke. Todeskandidaten? Der Lehrer hatte auch von hingerichteten Frauen berichtet, meist ledige Mägde, die ihr Kind umbrachten, weil sie als ledige Mütter keine Lebensgrundlage hatten. Der Geschichtslehrer war ein Achtundsechziger, er hatte sie auf sozial Benachteiligte und Ungerechtigkeiten aufmerksam gemacht. Jürg besteigt sein Velo und ist froh, den Gäbihübel hinter sich zu lassen.

Weiter geht's durch Hafen und Ursprung. Wie sind diese Orte zu ihren außerordentlichen Namen gekommen? Dazu weiß er nichts. Er keucht, muss sich die Steigung zur Bözbergpasshöhe auf dem Stalden erkämpfen. Wie leicht er an Werktagen hier im Kleinlaster seines Arbeitgebers hochfährt ...

Niemand würde ihm zutrauen, dass er am Sonntagabend mit diesem miesen Velo freiwillig hierherkommt. Er selbst hätte es sich nicht zugetraut. Und doch ist er jetzt bald da. Er fährt an den reifenden Kornfeldern vorbei und erblickt den Baum, der gleich aussieht wie am Freitagabend, als sie losgefahren sind, nachdem sie den Platz unter dem Baum gesäubert und die Abschrankungen weggeräumt hatten. Aber die Stimmung jetzt im späten Abendlicht ist anders. Ohnehin sieht der Baum nie gleich aus. Heute erscheint er unberührt, er hat seine Eigenständigkeit zurückgewonnen. Die Männchen, die an ihm herumgeturnt sind und sich an ihm zu schaffen gemacht haben, sind verschwunden. Er gehört wieder sich selbst. Allerdings werden die Männchen in der kommenden Woche noch einmal zurückkehren, ob der Baum will oder nicht.

Jürg wirft das Rad, das keinen Ständer hat, ins Gras, schlendert zur Linde und setzt sich auf eine der Bänke. Er zieht das Päckchen Zigaretten hervor, steckt sich eine an. Auf einer anderen Bank sitzt ein älteres Paar – sind es Leute aus Linn? Oft sitzen hier auswärtige Ausflügler. Das Paar schimpft über die vielen Blätter und Zweiglein am Boden. Dabei war Jürg überzeugt, am Freitagabend alle Spuren ihrer Arbeit zusammengekehrt zu haben.

Der Mann erhebt sich, späht durchs behelfsmäßige Gitter ins Innere des Stamms. «Die sogenannten Baumpfleger haben den Baum innen abgeschabt und mehr ausgehöhlt, als nötig war», stellt er fest.

Die Frau geht zu ihrem Mann. «Dort drin sind wir gesessen, weißt du noch? Hier habe ich meine erste Zigarette geraucht, verborgen im Baum.»

«Und ich habe hier das erste Mal geküsst.»

«War das vor unserer Zeit?»

«Das war unser Kuss», hält der Mann fest. «Und dann haben sie das Bauminnere zugemauert. Es wurde reklamiert, eine neue Generation von Jungen habe den Baum in Beschlag genommen, es werde im Dunkeln geknutscht und geraucht. Es bestehe Gefahr, dass der Baum Feuer fange, wie bereits in den Jahren 1863 und 1908.»

«Genau. Auch damals gab man den Jungen die Schuld am Brand. Vielleicht waren sie tatsächlich die Schuldigen. Wir dagegen haben unsere Stummel immer gut ausgetreten, fern vom Baum, den wir ja keinesfalls schädigen, sondern für unsere Treffen erhalten wollten.»

«Die ausgetretenen Kippen haben uns verraten. Der Gemeinderat hat in den Fünfzigerjahren diese blödsinnige Sanierung in Auftrag gegeben. Nur die Leitern des Elektrizitätswerks Aarau waren hoch genug für die Linde. Damals haben sie die Metallringe und Drahtseile angebracht und den Eingang der Linde zugemauert.»

«Wir konnten es nicht glauben, dass nun eine Mauer den Zugang zum Baum versperrt, und mussten einen anderen

Treffpunkt finden», bestätigt die Frau. Sie blickt in den Baum hoch. «Sie haben die Metallringe und alten Drahtseile entfernt. Da sind aber neue Seile gespannt, ohne geht es nicht mehr.»

«Und mit dem jetzt noch behelfsmäßigen Gitter werden sie wohl den Zugang zur Linde definitiv absperren. Wenigstens erlaubt das Gitter einen Einblick. Und vielleicht muss es auch sein, denn die heutigen Jungen würden den Baum ja sicher in Brand stecken mit ihren Joints, die sind rücksichtslos und haben vor nichts Respekt.» Er schielt hinüber zu Jürg, der eben seine Zigarette am Boden ausgedrückt hat.

Die Frau schaut noch einmal in den Baum hoch. «Richtig gut geküsst hast du damals. Das kann uns niemand nehmen und verbindet uns auf immer mit der Linde.»

Der Mann nimmt ihre Hand, sie beachten Jürg nicht und verlassen die Kuppe.

Jürg befindet sich allein unter dem abendlichen Baum. Einige Getreidefelder rund um die Linde sind abgeerntet, während der Woche haben sie Bauern mit Maschinen bei der Ernte beobachtet. Auf anderen Feldern stehen die Ähren noch, goldgelb und ziemlich ausgetrocknet, scheint ihm. Die letzten Tage waren trocken und windig, er spürt eine Abendbrise.

Er schaut nicht in den Baum hoch, genießt es, sich zurückzulehnen und den Blick schweifen zu lassen. Die Arbeit ist morgen. Sie werden weitere faule Stellen am Stamm entfernen und Holzschutzmittel auftragen. Das Abschaben, das der Mann bemängelt hat, ist nötig, das ist die Meinung des Vorarbeiters, und so steht es auch in den Lehrbüchern. Sie werden einen Baum mit einer gelichteten Krone, stabilisierten Ästen und behandelten Fäulnisstellen zurücklassen. Dann braucht der Baum sie nicht mehr.

Morgen ist der 2. Juli. Er streckt sich auf der Bank aus, schließt die Augen. Das ominöse Datum scheint vor ihm auf, vor zwei Jahren hat es sich eingebrannt. 2. Juli 1977. Es gibt ein Leben davor und eines danach.

Bis vor zwei Jahren war er ein mittelmäßiger Kantonsschüler in Aarau, Einzelkind, der Vater Polizeibeamter, die Mutter Hausfrau. Er ist im Einfamilienhaus in der Vorstadt aufgewachsen, durchaus glücklich, wenn auch eingeschränkt, weil der Vater hohe Erwartungen hatte: gute Noten, eine erfolgreiche Berufslaufbahn. Der einzige Sohn sollte höher aufsteigen und nicht nur ein kleiner Beamter werden wie der Vater, dem – aus ärmlichen Verhältnissen stammend – die Kantonsschule und ein Studium versagt geblieben waren.

Ein Freund aus der Klasse hatte bereits eine Woche zuvor an der Demonstration gegen das Atomkraftwerk Gösgen, das sich im Bau befindet, teilgenommen. In Kaiseraugst waren die Demonstrationen erfolgreich – das AKW dort wird gar nicht erst gebaut.

«Wagst du es, als Sohn eines Polizisten am 2. Juli mitzukommen?», forderte ihn der Freund heraus.

Jürg hatte sich bis dahin politisch nicht engagiert und zögerte einen Moment. Es gefiel ihm definitiv nicht, dass in nächster Nähe ein Atomkraftwerk errichtet wurde, das Menschen gefährden und dessen radioaktiver Abfall über Jahrtausende ein Problem sein könnte. Der Kühlturm, der als Symbol des AKW immer höher in der Landschaft aufragte, störte ihn. Dass eine Demonstration mit Polizeigewalt aufgelöst wurde, störte ihn ebenfalls. Er stellte sich das Zusammenleben unter den Menschen und in der Natur friedlich vor. Er hatte zugesagt, für sich aber nicht ausgeschlossen, unter einem Vorwand einen Rückzieher zu machen.

Dann aber war der Vater am Samstagmorgen ausgerückt: «Wir helfen den Solothurner Kollegen gegen diesen Abschaum, der gegen den Bau des AKW Gösgen demonstriert. Sie wollen das Areal blockieren. Das ist illegal! Wir werden ihnen das Handwerk legen!», hatte er der Mutter zugerufen und war aus dem Haus gestürmt.

Abschaum. Das hatte genügt. Er war mit dem Freund im überfüllten Zug nach Olten gefahren. Bei der Friedenskirche hatte sich eine Riesenmenge Leute getroffen, sie johlten, rollten Transparente aus. 6000 Leute waren es, stand später in den Zeitungen. Der Demonstrationszug setzte sich in Bewegung, sie waren eingeklemmt, wurden von der Masse vorwärtsgeschoben. Irgendwann wurde er vom Freund getrennt. Er kam ins Gespräch mit einem anderen Teilnehmer, der neben ihm ging. Stefan ist Landschaftsgärtner, er bewohnt mit anderen zusammen einen Bauernhof im Solothurnischen, an der Grenze zum Aargau. Gemeinsam mit Stefan landete er in der Gruppe, die den Zufahrtsweg zum AKW beim Bahnhof Däniken besetzte. Die Demonstranten waren friedlich, sie skandierten Parolen gegen das AKW, es wurden Barrikaden errichtet. Man tauschte Sandwiches und Trinkflaschen. Jürg erhielt einen Regenschutz und eine Schwimmbrille, denn es hieß, die Polizei könnte Wasserwerfer einsetzen. Einer stürmte herbei, der von einem Polizeieinsatz beim Postzentrum berichtete. Bei ihnen schien alles friedlich.

Plötzlich wichen die Leute zurück. Er drängte sich vor, wollte sehen, was los war. In der Dämmerung nahm er eine Horde Polizisten wahr, in Kampfmontur, mit Helmen und Stirnlampen ausgerüstet, die Schilde vorgestreckt. War da ein Ruf, hörte er seinen Namen? Er wich mit den andern zurück, die Polizisten rückten in einer Art Speerspitze vor. Auf einmal war ätzende Flüssigkeit in der Luft. Er streifte die Schwimmbrille über, zog das Tuch, das er umgebunden hatte, über Nase und Mund. Trotzdem hustete er und rang nach Atem. «Achtung, Gummischrot!», rief einer, einzelne wurden von Geschossen an Kopf und Brust getroffen. Panik brach aus, sie wurden in Richtung Bahnhof zurückgedrängt, drehten sich um, flohen Hals über Kopf. Er war froh, Stefan neben sich zu haben, denn mit der Schwimmbrille sah er fast nichts, die Augen tränten, beide husteten. Da waren die Bahngleise. Nur rüber, weg von der gewalttätigen Polizistenhorde mit ihren Blendelampen und Schilden. Sie stolperten über die Gleise, waren drüben. In diesem Moment raste ein Schnellzug zwischen Demonstranten und Polizisten durch, erleuchtete Fenster flogen vorbei, und es wurde ihnen bewusst, dass sie bei ihrer Flucht nur knapp dem Tod entgangen waren. Die Polizei zog sich zurück, die Demonstranten standen schlotternd hinter den Gleisen.

Vielleicht hatte er einen Schock erlitten, auf jeden Fall hörte er Schreie, einige stammten aus seiner Kehle. Stefan zog ihn mit sich, sie stolperten über Felder, es war warm und zum Glück dunkel. Tränen liefen ihm übers Gesicht. Irgendwann gelangten sie zum Bauernhof in der Nähe von Schönenwerd, wo Stefan wohnt. Stefan zündete eine Zigarette an, steckte sie ihm zwischen die Lippen und befahl ihm, ein paar tiefe Züge zu nehmen. Erst hustete er nur. Dann beobachtete er, wie Stefan den Rauch inhalierte und durch die Nasenlöcher wieder ausstieß. Er machte es ihm nach, und es gelang ihm immer besser. Das Rauchen entspannte. Für später versprach Stefan einen Joint, und er bot Jürg die zweite Matratze in seinem Zimmer zum Übernachten an.

Am nächsten Morgen war ihm klar, dass er den Hexenkessel des AKW Gösgen nicht noch einmal aufsuchen wollte. Ebenso unmöglich war es ihm nach den Vorfällen, in sein Elternhaus zurückzukehren. Stefans WG-Mitbewohner machten eine Kammer für ihn frei und beschlossen, ihn, den noch nicht Volljährigen, zu decken, falls der polizeiliche Arm der Aargauer bis in den Kanton Solothurn reichen sollte, was sie sich aber nicht vorstellen konnten. An der Kantonsschule meldete er sich für die letzte Woche vor den Sommerferien krank.

Ins Einfamilienhaus der Eltern ist er nur einmal zurückgekehrt, als er sicher war, dass die Mutter allein zu Hause war. Sie ließ ihn ein, er packte seine Kleider und wichtigsten Dinge in einen Koffer und verabschiedete sich von der Mutter, die ihn tränenüberströmt beschwor, auf die Rückkehr des Vaters zu warten. Er solle sich der Strafe unterziehen, die es absetzen würde, dann könne er sich wieder einordnen.

«Einordnen, Mutter – meinst du das ernst? Der Vater hat mir gezeigt, dass man friedliche Demonstranten mit äußerster Gewalt bekämpft. In dieses System will und kann ich mich nicht einordnen. Ich gehe fort. Sucht nicht nach mir, ihr werdet mich nicht finden.» Er war weggegangen, ohne sich noch einmal umzublicken.

Wer hatte ihm diese Worte eingegeben? Sie waren von selbst gekommen. Es musste einfach sein, er musste alles hinter sich lassen. Die Mutter hatte sich hinter den Vater gestellt, das konnte er ihr nicht verzeihen. In der Nacht quälten ihn oft Bilder der Gewalt, in seinen Träumen entkam er dem auf ihn zubrausenden Zug nicht. In den Zeitungen hatten sich die Polizei und die Bundesbahnen gegenseitig verantwortlich gemacht – niemand trug Schuld für den Vorfall am Bahnhof Däniken.

Jürg öffnet die Augen. Natürlich ist er nach den Sommerferien nicht in die Kantonsschule zurückgekehrt. Ein Freund von Stefan hat ihn in seiner Firma beschäftigt, ohne Fragen nach seinem Alter zu stellen. Im Januar wurde er zwanzig und damit volljährig und ist nun voll angestellt. Nach der Arbeit an der Linde wird er erst einmal Ferien machen. Er ist jetzt frei, wirklich frei, und will mit dem Interrail quer durch Europa reisen.

Er steht auf, blickt in den Westhimmel, der orangerot leuchtet. Zwischen grauen Schlieren ist die Sonne sichtbar, unaufhaltsam schiebt sie sich nach unten, wird bald hinter den Jurahöhen und den Kornähren im Vordergrund verschwinden. Er will sie noch nicht verlieren, schreitet mit großen Schritten aus, geht den Linnerberg hoch. Halb oben am Berg dreht er sich um, erblickt die Habsburg im stetig abnehmenden Licht. Die Sonne versinkt jetzt doch am Horizont, orange Schäfchenwolken bleiben zurück.

Die alte Linde erscheint graugrün im Dämmerlicht, sie hebt sich von hier oben gesehen nur wenig ab von den Bäumen in ihrer Nähe. Zwei Rinder auf der Weide haben aufgehört zu grasen und glotzen ihn an. Ja, er ist ein Fremdkörper hier. Und trotzdem fühlt er sich nach vielen Tagen Arbeit an der Linde in der Nähe des Baums zu Hause.

Dunkles Blau senkt sich über die Felder, die Habsburg ist erloschen, die Lichter von Brugg scheinen auf, Autos, die an der Linde vorbeifahren, schneiden mit ihren Scheinwerfern Lichtkegel in die eindunkelnde Landschaft.

Er tritt den Rückweg an. Die Umrisse der Linde zeichnen sich nur noch schwach ab, als er vor ihr steht. Er gleitet mit der Hand über ihre raue Rinde, klopft: «Bis morgen, Linde.» Er macht die paar Schritte zum alten Velo, hofft sehr, dass Dynamo und Lampe etwas taugen und er der Dunkelheit Licht entgegensetzen kann.

Linde Linn, 2. Juli

Am Nachmittag ist es windig und warm. Die Blätter rascheln im Wind, sie wischen sich den Schweiß von der Stirn. Jürg steht auf der Leiter und pinselt Holzschutzmittel auf bearbeitete Stellen. Das Wundschutzmittel steigt ihm in die Nase, und er glaubt, den Geschmack auf seiner Zunge zu spüren. Er schaut sich um. Der Vorarbeiter hat sich entfernt, wahrscheinlich, um sich am Waldrand zu erleichtern, der Kollege ist mitgegangen. Jürg verstrebt sich mit beiden Füßen im Stamm, legt die Handschuhe auf einen Ast, klaubt eine Zigarette hervor und zündet sie mit dem Feuerzeug an. Er inhaliert den Rauch und vertreibt den schlechten Geschmack auf seiner Zunge. Als er sieht, dass sich der Vorarbeiter und der Kollege der Linde nähern, drückt er die Zigarette aus und will sie in weitem Bogen wegwerfen, aber sie fällt ihm aus der Hand. Er überlegt, ob er unten am Stamm und im Bauminnern nachsehen müsste, ist sich jedoch sicher, sie sorgfältig ausgedrückt zu haben.

Der Vorarbeiter steht mit der Säge schon unter dem Baum. «Ich nehme ein paar letzte, optische Korrekturen vor, der Baum soll ein gutes Bild abgeben», erklärt er. Bald schneidet die Säge in die Stille des Sommernachmittags. Der Kollege zerkleinert mit der Motorsäge die heruntergefallenen Äste.

Als Jürg die Leiter hinuntersteigt, fällt ihm eine Schrunde auf, die er bis jetzt nicht beachtet hat. Eine Art Zapfen verschließt das Loch. Als er nach dem Zapfen greift, zerfällt dieser unter seinen Fingern zu Bröseln. Ein Zapfen im Baum? Eigenartig. Das Ding war wohl sehr alt, dass es gleich zerbröselte. Er starrt ins Innere des kleinen Lochs, sieht nur schwarz, schüttelt den Kopf.

Vor dem Zvieri nehmen sie den Baum zu dritt in Augenschein, halten dabei ihre Zigaretten in der Hand. Seit der ersten Zigarette in Gösgen vor zwei Jahren hat Jürg nicht mehr aufgehört zu rauchen, er mag den Rauch, der in seine Lungen strömt. Fast alle Gärtner und Baumpfleger rauchen in den Pausen. Man steht zusammen, es tut gut, sich beim Rauchen zu entspannen.

«Bald sind wir fertig», meint der Vorarbeiter. Er mustert die Linde, kneift die Augen zusammen. «Der Schnitt der Krone ist gut gelungen, Metallringe, Totholz und Fäulnisstellen sind entfernt. Die Linde kann wieder atmen und weiterleben.» Träumerisch schaut er in den Baum. Schon mehrmals hat Jürg über die enge Beziehung des Vorarbeiters zum Baum gestaunt, einmal hat er ihn dabei überrascht, dass er den Baum umarmte. Hinter seinem Rücken haben er und der Kollege über die Ergriffenheit des Vorarbeiters gelacht. Aber sie erkennen sein Wissen an. Im Gegensatz zu ihnen ist er gelernter Landschaftsgärtner und hat – obwohl nur wenige Jahre älter als sie selbst – bereits viel Erfahrung in der Baumpflege.

Jürg ist der Baum nicht mehr gleichgültig. Es ist nicht Bewunderung, sondern eine Art Kameradschaft, die er empfindet. Der Baum ist ein Kumpel. Gestern hat er sich mit einem Klopfen an die Rinde des Baums verabschiedet, heute hat er ihn mit einem Klopfen begrüßt, als die beiden anderen noch mit Ausladen beschäftigt waren.

«Wie lange wird der Baum noch leben?», fragt der Kollege.

«Hundert, zweihundert Jahre – wer weiß es schon? Die Linde ist abgehärtet an diesem windigen Standort. Über die Jahre und Jahrhunderte hat sie Abwehrkräfte entwickelt, die andere Bäume nicht kennen. Wir haben unseren Teil geleistet, alles Weitere liegt beim Baum.»

Zum Zvieri sitzen sie vor dem Restaurant *Zur Linde* wie fast jeden Tag. Die alte Wirtin des Restaurants, Elise Bossard, bedient sie allein, ihre Schwiegertochter ist abwesend. Beide Frauen haben ihre Männer verloren und führen das Wirtshaus gemeinsam, haben sie in den vergangenen Wochen erfahren. Bei gutem Wetter nehmen die Baumpfleger draußen unter der Linde Platz, bei schlechtem Wetter sitzen sie drinnen in der Nähe des großen, blauen Kachelofens. Frau Bossard kommt zu ihnen unter die Linde, stellt ihnen einen Teller mit großen, knackigen, dunkelroten Kirschen hin, sie bedanken sich.

Die Wirtin trägt die Haare in einem Dutt, eine weiße Strähne hängt ihr ins Gesicht. Sie stützt die Hände in die Seite, eine für sie typische Geste. «Zu danken habt ihr vor allem dem Gemeindeammann, er hat die Sanierung der Linde angeregt, sobald er ins Amt kam, und seine beiden Ratskollegen davon überzeugt.» Sie nickt in Richtung Nachbartisch, wo der Ammann mit zwei anderen Bauern sitzt, und streicht sich die weiße Strähne aus dem Gesicht. «Tüchtig ist er, schlägt seiner Mutter nach, der Lili. Sie hat sich für die Rechte der Bäuerinnen stark gemacht und für ihren Einsatz viel Lob, aber auch viel Kritik eingesteckt. Mutter und Sohn haben zusammengelebt im Bauernhaus an der Dorfstraße, der Garten vor dem Haus war zu Lilis Lebzeiten ein Schmuckstück. Leider ist sie letzten Herbst gestorben.» Sie räumt die Kuchenteller zusammen und verabschiedet die drei Bauern, die ihre Hüte aufsetzen und die Wirtschaft verlassen.

Jürg kennt das Bauernhaus in bester Lage im Dorf, ihm sind der verwilderte Garten und die Weinrebe aufgefallen, die sich an der Hauswand rankt. Der Vorarbeiter begleicht die Rechnung bei der Wirtin, die das Geld in ihr großes Portemonnaie steckt. Sie fährt sich mit der Hand über die Stirn, wirkt müde.

Im Moment, als sich die Baumarbeiter erheben, stoppt ein Auto mit kreischenden Bremsen neben ihrem Kleintransporter, den sie aus Bequemlichkeit auch für die Fahrt zum Restaurant benutzen. Ein Mann springt aus dem Auto und ruft: «Der Baum brennt! Ist der Gemeindeammann hier? Die Linde brennt lichterloh!»

«Der Gemeindeammann ist zurück auf seinem Hof», stammelt die Wirtin.

Die Augen des Vorarbeiters sind vor Schreck geweitet: «Steigt ein, schnell!», schreit er und wendet, sie folgen dem Auto mit überhöhter Geschwindigkeit. Vor dem Bauernhaus fährt eben der Gemeindeammann los und setzt sich an die Spitze.

Als die Linde in ihr Blickfeld kommt, erstarren sie. Helle Flammen züngeln aus dem Stamm, Rauchwolken steigen auf. Sie halten an.

«Ich habe die Dorffeuerwehr alarmiert und auch jene in Brugg», keucht der Gemeindeammann. «Eine Frau hat angerufen, vom Balkon ihres Hochhauses im Tal hat sie Rauch wahrgenommen und mit dem Feldstecher entdeckt, dass Feuer aus der Linde schlägt.»

Die Dorffeuerwehr braust heran, sie lösen die Seile der Abschrankung, entrollen den Schlauch, schließen ihn am Hydranten an, spritzen Wasser in den Baum. Der Rauch wird dicker, die Flammen züngeln immer noch in einem Teil des Baums bis in die Krone hinauf.

Leute vom Dorf strömen herzu, hilflos und ergriffen stehen sie da. Die Sirene der Feuerwehr von Brugg ertönt, das große Feuerwehrauto stoppt vor der Linde. Mehr Schläuche werden angeschlossen, zwölf Mann sind jetzt an der Arbeit, Leitern kommen zum Einsatz.

Die drei Baumpfleger schauen einander nicht an, jeder hat Angst, in den Augen des anderen zu lesen.

Die Leute vom Dorf halten Abstand zu den Baumpflegern, sie tuscheln. «Die Baumpfleger waren heute Nachmittag mit einer Säge am Werk», sagt einer. «In den Pausen haben sie geraucht.» Ein anderer meint: «Als sie im Wirtshaus waren, hielt ein Auto bei der Linde, Leute stiegen über die Abschrankung und vergnügten sich bei der Linde.»

Der Gemeindeammann starrt den Vorarbeiter an: «Ihr habt noch vorhin am Baum gearbeitet. Und jetzt das?»

Der Vorarbeiter zuckt mit den Achseln. Er erwidert nichts, kann nichts sagen, er hat Tränen in den Augen.

Die Feuerwehr spritzt Unmengen von Wasser in den Baum, es fließt von oben durch den Stamm hinunter. Endlich erlöschen die Flammen, der Rauch lässt nach.

Die Feuerwehrmänner stellen das Wasser ab. Der Kommandant wirft einen Kontrollblick in den schwarzen, noch immer leicht rauchenden Stamm, mustert den Baum dann mit Abstand wie vor einigen Stunden der Vorarbeiter. «Das war's. Die Dorffeuerwehr stellt die Brandwache. Sie wird uns alarmieren, falls das Feuer noch einmal aufflackert.»

«Warum nur fing die Linde Feuer?», fragt ihn der Gemeindeammann zornig.

«Funkenwurf? Ein Zigarettenstummel? Wer weiß es schon. Vielleicht kann der Brandexperte die Ursache feststellen. Der Wind hat mitgeholfen, dass das Feuer derart lodern konnte. Tut mir leid für eure Linde – hoffentlich erholt sie sich.»

«Verrückt, dass es gerade jetzt brannte, da der Baum für viel Geld saniert wurde», meint der Ammann.

«Die Linde wurde saniert?» Der Kommandant schaut noch einmal in den Stamm hoch. «Davon ist nichts mehr zu sehen. Alles schwarz. Der hohle Stamm wirkte wie ein Kamin.» Er weist seine Leute an, die Schläuche zusammenzurollen und die Brandstelle abzusperren. Dazu benutzen sie die Pflöcke der Baumpfleger, die sie aufrichten, und spannen die Seile neu. Kurze Zeit später fährt das Feuerwehrauto ab in Richtung Brugg.

Die Linde ragt wie ein Mahnmal in den blauen Himmel, ein Teil des Stamms und einige Äste sind verkohlt, der Baum tropft. Äste und Blätter liegen am Boden, Pfützen dehnen sich aus, es sieht aus wie nach einer Schlacht, noch immer steigt etwas Rauch auf. Die Brandwache steht breitbeinig vor dem Baum, niemand darf sich nähern.

Die Leute sind verstummt, sie werfen noch einen Blick auf den versehrten Baum und gehen nach Hause. Der Gemeindeammann verabschiedet sich nicht von den Baumpflegern. Er lädt den Mann, der den Brand im Wirtshaus gemeldet hat, zu sich auf ein Glas ein, um das Elend zu ersäufen, wie er sagt.

Die Baumpfleger bleiben mit dem Brandwächter allein zurück.

«Feierabend», erklärt der Vorarbeiter, «wir können nichts mehr tun.»

Jürg kann jetzt nicht schweigen: «Sind wir schuld am Brand? Bin ich es vielleicht? Wir haben alle geraucht und die Sägen gebraucht.»

«Schuldzuweisungen bringen nichts. Du hast es gehört: Vielleicht wird der Brandexperte etwas herausfinden, vielleicht auch nicht. Wir haben nach den Vorschriften gearbeitet. Mehr weiß ich auch nicht. Der Baum muss jetzt stark sein», seine Stimme bricht, er startet den Motor.

«Ich bleibe hier und kehre zu Fuß heim.» Jürg öffnet die Schiebetür, steigt aus und lässt die Tür zurück ins Schloss gleiten. Der Kleintransporter fährt los. Er steht der tropfenden, teilweise schwarz verbrannten Linde gegenüber. Ein trauriges Bild.

Wut steigt in ihm hoch. Wie kann es sein, dass man einen Baum retten will, ihn aber letztlich zerstört? So ein Widersinn. Überhaupt gibt es viel Widersinn in dieser Welt. Man baut ein Atomkraftwerk, das bei einem Unfall Tausende von Menschenleben auslöschen und ganze Landstriche unbewohnbar machen wird – diese Landschaft, die er kennt, die er mag, da, wo er daheim ist. Den Baum hat er kennen und schätzen gelernt. Gestern, am 1. Juli, hat er den Abend bei ihm verbracht und sich mit einem Klopfen von ihm verabschiedet. Heute, am 2. Juli, diesem ominösen Datum, ist alles anders. Die Arbeiten waren fast abgeschlossen. Statt dem Baum neue Kraft zu verleihen, haben sie ihn zerstört.

«Es tut mir leid, Linde», murmelt er vor sich hin. «Ich weiß nicht, warum es so gekommen ist. Vor zwei Jahren waren Staat und Polizei schuld. Dieses Mal bin ich wohl selbst mitschuldig. Ich muss überdenken, was ich tue, was ich bin. Ich wage nicht, dich anzusehen, kann nicht mehr anklopfen bei dir. Bitte verzeih mir.»

Mit gesenktem Kopf geht er an der Linde vorbei, passiert grußlos den Wachmann, der eben zur Kontrolle den Baum umschreitet, und schlägt den steilen Waldweg hinunter nach Schinznach ein.

Er braucht Zeit, sein Kopf muss frei sein für Entscheidungen, die es zu treffen gilt.

Susann, 2022

Mitte März
Das Gespräch mit der Stammkundin ist angeregt, sie begleitet sie durch den Laden, hält ihr die Tür auf, sie unterhalten sich über eine Neuerscheinung und schweifen ab zu einem früheren Buch dieser Autorin, das man gelesen haben muss.

«Wie viel ärmer wäre unser Leben ohne Bücher», hält die Kundin unter der Tür fest.

«Ganz meine Meinung. Wir haben nur *ein* Leben – in den Büchern tauchen wir in viele weitere Leben ein. Das ist bereichernd.»

Die Kundin nickt, lächelt ihr zu, verabschiedet sich.

Susann denkt einmal mehr, dass sie den richtigen Beruf gewählt hat. Ja, es gibt mühsame Kundschaft und manchmal Ärger, wenn eine Lieferung nicht eintrifft oder ihre Zahlen nicht so sind, wie sie sie gern hätte. Meist ist sie gegen Abend richtig müde, aber erfüllt vom Arbeitstag. Sie tut das, was sie tun will, niemand macht ihr Vorschriften. Elisa und Aushilfe Vroni sind zuverlässig, die Atmosphäre im Laden ist gut. Ihre Wohnung wird sie nie hergeben, das ist ihr Rückzugsort, ihr Zuhause, sie braucht die Sicht auf Berge und Wasser.

Sechs Uhr ist vorbei, noch eine knappe halbe Stunde ist der Laden offen. Sie füllt Lücken in den Regalen, stellt Bücher auf leere Ständer. Bei den Baumbüchern pflückt sie eins heraus, schlägt es auf, das Bild der Sommerlinde erscheint vor ihr.

Ach, Linde. Noch bist du im rauen Winter gefangen. Hier treibt der Frühling mit aller Macht Primeln und Krokus hervor. Einige Tage warst du im Nebelgrau verschwunden. Jetzt erscheinst du wieder auf der Webcam, filigran zeigst du dich vor dem Graublau des Himmels, noch ohne Blätter, dafür ist es zu früh. Ich werde mit meinem nächsten Besuch warten, bis du dich neu eingekleidet hast. Im Februar hat mir die Kälte auf deiner Anhöhe zugesetzt, lange brachte ich sie nicht aus meinen Gliedern. Kein Wunder, dass du so widerstandsfähig bist – alle Bisenlagen, alle Stürme hast du überlebt, während Jahrhunderten. Jetzt sammelst du deine Kräfte, bereitest dich auf den Frühling vor, du wirst dich wieder öffnen, dein Dach über die Leute ausbreiten.

Als ich im Februar zurückfuhr, habe ich eine Mail von Georg gefunden. Seine Frau war an diesem Morgen sehr schwach, das Personal hatte Georg und die Tochter an ihr Bett gerufen, in der Eile hatte er verpasst, mich zu benachrichtigen. Es hätte nichts geändert, ich wäre sowieso hingefahren. Bei Georg hat sich alles geändert, seine Frau ist am nächsten Tag verstorben. Wir wechseln ab und zu kurze Mails, Georg ist kein Mann der großen Worte, ich auch nicht. Er ist in der Trauer gefangen, flüchtet sich in die Arbeit. Ab und zu besucht er die Linde, einige Male hat er Fotos geschickt. Du bist noch immer die Winterlinde, das Licht um dich ist aber intensiver, der Frühling kündet sich an.

Sie klappt das Buch zu, denkt an das Lindenbild in ihrer Wohnung. Anfang März hat sie das Herbstbild ausgetauscht gegen ein Frühlingsbild von ihrem ersten Besuch im vergangenen Mai. Sie mag das volle Grün des Baums im späten Frühling.

Sechs Uhr dreißig. Sie fährt die Ständer und das Bücherkistchen auf Rollen herein, dreht das Schild an der Ladentür auf *Closed*. Noch ein Espresso, Kasse und Lichter ausschalten, den Computer herunterfahren. Sie schlüpft in die Jacke, nimmt Handtasche und Schlüssel, ein letzter Kontrollblick, sie verlässt den Laden und schließt ab.

Frühlingslicht auch hier, in der Bahnhofstraße. Die Schranken beim Bahnhof Interlaken West sind geschlossen wie so oft, manchmal ärgert sie sich, diesmal macht es ihr nichts aus. Der weiße Inter-City-Express zieht an ihr vorüber. Wo kommt er her, aus Berlin? Träge blinzelt sie in die Sonne. Manchmal spaziert sie noch an der Aare entlang, diesmal schlägt sie den Weg zur Kanalpromenade ein, das Wasser funkelt im Sonnenlicht. Sie öffnet die Haustür, steigt in den ersten Stock hoch, schließt die Tür mit den Glasfenstern auf.

Ihr Smartphone schrillt in der Handtasche, sie zieht die Jacke aus, nimmt es hervor. Die Nummer auf dem Display ist jene, die er in der letzten Mail angegeben hat, er hat auch ihre erhalten, sie haben die Nummern noch nie gebraucht.

«Bist du zurück vom Laden – störe ich?»

«Nicht wirklich», sie lässt sich aufs Sofa fallen, «ich lege nur grad die Beine hoch.»

«Auch ich bin geschafft. Aber die Arbeit tut gut, ich habe Kollegen um mich herum, die Aufgaben sind klar. Zuhause herrscht Chaos. Einen Monat nach ihrem Tod haben wir angefangen, die Sachen meiner Frau zu räumen. Meine Tochter wollte es so, sie sortiert Anitas Kleider, ich könnte das nicht.» Er hält inne. «Nadine will wissen, ob ich das Haus behalte. Sie lebt in einer WG in Zürich, sie braucht es nicht.»

«Und – willst du es behalten?»

«Nein. Nadine weiß noch nichts davon, das Räumen wird weitergehen. Ich suche eine Wohnung in Brugg oder Aarau. Anita stammte aus Ursprung, der Name des Dorfes hat mir gefallen, Ursprung ist nah bei der Linde. Jetzt brauche ich einen anderen Ursprung. Ich muss fort, die Bilder sind dauernd in meinem Kopf: Anita, die umherirrt, ihr fragender Blick.» Er räuspert sich. «Ich weiß, dass ich etwas Neues brauche, aber manchmal zweifle ich, ob ich es schaffe. Dann fahre ich zur Linde, setze mich unter den Baum, schaue in die Landschaft, bis Ruhe einkehrt in meinem Gedankenkarussell. Die Linde nimmt mich auf, sie hat mich all die Jahre geduldet.»

Er hat noch nie so lange gesprochen. «Von diesen Ausflügen stammen die Bilder, die du mir geschickt hast?»

«Dir kann ich von der Linde erzählen, du verstehst, was sie mir bedeutet.» Er überlegt. «Treffen wir uns noch im März an einem Freitag unter dem Baum?»

«Im März wird es nichts, ich sehne mich nach der Frühlingslinde. Mitte April – über Ostern – fahre ich mit meiner Freundin Jeannette ins Burgund.»

«Also am Freitag nach Ostern? Dann ist das Blätterdach schon ziemlich dicht.»

Sie stimmt zu, blickt zur Wand. «Weißt du, dass ich die Linde vor mir habe? Ihr Bild hängt in meinem Wohnzimmer, es ist die Linde im späten Mai des letzten Jahres.»

«Wie lange das her ist ... Du hattest kein Salz für dein Ei.»

«Du hast mir die Habsburg gezeigt und einiges von der Linde erzählt.»

«Ich kann dir noch mehr erzählen, und Salz werde ich mithaben.»

«Gut, wir sehen uns im April. Oder ruf mich an – wie heute.»

22. April

Hellgrün bist du wie die Wiesen um dich herum. Jedes einzelne Blatt, jedes Büschel zeichnet sich ab, die Blätter sind aufgefaltet, deine Äste und Stammteile sichtbar als dunkle Struktur, dein knorriger Stamm ist fest in der Erde verwurzelt. Du bist eine Offenbarung, Linde, in deinem hellgrünen Kleid, alt bist du und trotzdem frisch und neu. Keine Kunst könnte dich so erschaffen, voll und filigran zugleich.

Susann lehnt sich an den Stamm, sie ist noch allein, hat das frühere Postauto gewählt. Sie spürt die raue Rinde an ihrem Rücken, breitet die Arme aus, ein Moment des Glücks durchströmt sie.

Eine Wanderin nähert sich, Susann lässt die Arme fallen. Die Frau kommt heran, fragt für ein Foto, dreht ihr den Rücken zu, lehnt Gesicht und Oberkörper an den Stamm, auch sie breitet die Arme aus, versucht, den Stamm zu umfassen. Strahlend bedankt sie sich für das Bild: «Dieser Baum ist ein Quell der Kraft – ich wandere von Baum zu Baum, sammle Kraftorte.» Die Frau sitzt noch eine Weile still unter dem Baum, bevor sie weiterzieht. Ein Motorradfahrer braust heran, fotografiert die Linde, fährt weg. Ein älteres Wanderpaar kommt vom Linnerberg herunter, bleibt bewundernd stehen, geht weiter. Noch sind es einzelne Leute, die den Baum aufsuchen, mit zunehmender Sonne und Wärme wird der Besucherstrom anschwellen, bald ist die Wallfahrt zur Linde wieder in vollem Gang.

Susann setzt sich auf einen der Elefantenfüße. Die Bise ist auch an diesem Frühlingstag spürbar, nah am Stamm aber ist sie vor dem Wind geschützt. Sie blickt durch das Blätterdach in den blauen Himmel, senkt den Blick und verfolgt das Schattenspiel auf dem Kies unter dem Baum. Eine Grille zirpt, ein Raubvogel kreischt, Licht und Schatten wechseln ständig, Sonnengeplänkel, Vogelgezwitscher, der Wind streicht durch das bereits lange Gras. Die Lindenzeit hat begonnen. Sein unter dem Baum.

Vorhin ist sie durch Linn geschlendert, die Linnerfahne flatterte im Wind, im Dorf war es ruhig wie immer, einzelne Bäume blühen bereits. Ein Bauer werkelte vor seinem Hof, sie glaubte in ihm den alten Mann zu erkennen, mit dem sie im November beim Baum gesprochen hatte.

Sie schließt die Augen. Man wird träge unter der Linde, die Zeit zerrinnt zwischen den Fingern wie feiner Sand.

Ein Klopfen am Baum. Sie öffnet die Augen. Georg klopft an den Stamm, dreht sich zu ihr, setzt sich auf den Elefantenfuß gegenüber. «Guten Tag, Lindenfrau.»

«Sind wir schon nah am Mittag? Die Zeit bei der Linde läuft anders.» Sie blickt in den Baum hoch. «Der Himmel ist heute so blau, der Baum so grün – wieder einmal hat er mich überrascht. Hast du ihn eben mit einem Klopfen begrüßt?»

«Das ist ein altes Ritual zwischen mir und ihm.»

«Wie lange kennst du den Baum schon?»

Er schiebt die Brille auf der Nase hoch. «Schon viele, viele Jahre.»

Sie steht auf, späht durchs Gitter ins hohle Bauminnere, als ob es da noch Neues zu entdecken gäbe. Ihr Blick fällt auf eine Tafel, die halb unter Herbstblättern verborgen ist. «Hier steht, dass Bund, Kanton, Gemeinde, Natur- und Heimatschutz und private Gönner die Sanierung der Linde 1979 unterstützten.»

«Man wollte zu viel 1979. Zwar hat man den Baum von alten Drahtseilen befreit, die brutal in die Äste schnitten, Mauer und Zement wurden entfernt. Gleichzeitig hat man aber in die Hoheit des Baumes eingegriffen, Fäulnis bekämpft, zu viel geschnitten und die Wunden mit Holzschutzmittel verschlossen. Das ist unnötig, der Baum hat Selbstheilungskräfte, die muss man gewähren lassen, er muss ein Gleichgewicht finden zwischen Fäulnis, Wundheilung und neuem Holz. Der Baum braucht nur einen kleinen Schnitt alle paar Jahre, etwas Entfernung von Totholz. Damals stand bei der Pflege die Fäulnisentwicklung im Zentrum, heute ist es die Gesundheit des Baumes selbst. Die zunehmende Trockenheit macht ihm zu schaffen – in Dürrezeiten braucht er Wasser.»

«Warum weißt du das alles?» Sie setzt sich wieder ihm gegenüber.

«Weil ich als junger Mann 1979 an den Arbeiten beteiligt war und mich seither mit der Baumpflege befasse. Wir meinten damals, das Beste zu tun, haben wochenlang am Baum gearbeitet. Kurz vor Abschluss der Arbeiten geriet die Linde in Brand.» Sein Blick ist herausfordernd. «Vielleicht habe ich sie in Brand gesteckt mit einem Zigarettenstummel, vielleicht war es einer meiner Kollegen oder ein unvorsichtiger Spaziergänger oder ein Funke der Motorsäge. Man weiß es nicht, konnte die Schuld nicht zuordnen. Ich habe meinen Teil der Schuld akzeptiert, keine Zigarette mehr angerührt und einen Strich unter mein damaliges Leben gezogen. Sogar meinen Namen habe ich geändert: Früher nannten mich alle Jürg, eine Kurzform meines altmodischen Namens, die ich mochte. Seither bin ich Georg – so hatten mich meine Eltern getauft.» Er überlegt, kaut an der Lippe. «Der erste Bruch in meinem Leben war das brutale Niederschlagen einer Demonstration gegen das AKW Gösgen zwei Jahre zuvor – ich habe die Kantonsschule geschmissen und mich bei einer Gartenbaufirma beworben. Der zweite Bruch war der Brand der Linde – ich habe die eidgenössische Matura nachgeholt und ein Ingenieurstudium absolviert, weil es bei der Berechnung der Statik einer Brücke um exakte Zahlen geht, nicht um das Einfühlen in die Natur, bei dem ich versagt hatte. Jetzt befinde ich mich im dritten Bruch: Vielleicht wäre unsere Ehe auch ohne Anitas Demenz gescheitert. Durch ihren Tod kam das Ende abrupt und endgültig.» Er schüttelt den Kopf, blickt zu Susann, sein Blick ist jetzt weicher. «Entschuldige. Ich habe dich erdrückt mit meinen großen Worten und Enthüllungen.»

«Du bist nicht der Einzige mit Brüchen im Leben, Georg ... Jürg, ich mag den Namen. Der plötzliche Tod meiner Eltern bei einem Autounfall, die Scheidung, ja auch der Abschied von meinem Sohn, der nach Kanada zog – das waren Brüche in meinem Leben. Zurzeit plätschert mein Leben dahin, die Buchhandlung, mein Team, meine Wohnung, die Freundin, Ferien in Frankreich, die Berge, der See – das ist schon fast alles. Nicht zu vergessen die Linde – heute vollende ich mein Lindenjahr.»

«Erst war es mein Schuldbewusstsein, das mich zur Linde trieb. Sobald ich aber unter dem Baum saß, schien meine Schuld, so es denn eine war, nicht mehr wichtig. Ich fühlte mich immer wohl unter der Linde. Damals war ihr Inneres noch schwarz, bald trieb sie jedoch Äste und Blätter aus, sie zeigte mir, wie man sich selbst heilt. Vielleicht hältst du mich jetzt für einen Lindenjünger? Wahrscheinlich bin ich einer, auch wenn ich den Baum kaum je umarme.»

Sie schaut auf die blauen Himmelsflecken zwischen den Frühlingsblättern. «Lindenjünger, Lindenfrau – wieso nicht? Der alte Baum hat Kraft. Unglaublich, wie er die Blätter ausgetrieben hat, welche Energie! Er wirkt so frisch in diesem Frühjahr.»

«Der Kreislauf, den der Baum vorlebt, inspiriert und gibt Mut. Ich möchte ihn nicht verlieren.»

«Das wirst du auch nicht: Brugg ist so nah. Was ist mit der Wohnung, von der du beim letzten Anruf gesprochen hast?»

«Ich habe bei der Dachwohnung in der Altstadt unterschrieben, im Mai ziehe ich ein. Mein Haus ist verkauft, nächste Woche beginnt das ganz große Räumen.»

«Du bist schnellentschlossen, das ist gut.»

«Es muss schnell gehen, damit keine Zeit zum Nachdenken bleibt.» Er erhebt sich. «Wie wär's mit einem Mittagessen im *Roten Haus* in Brugg? Meine Wohnung ist in der Nähe, wir können sie nicht betreten, ich kann dir aber zeigen, wo sie ist.» Er klopft an den Baum zum Abschied.

Sie ist einverstanden, gleitet mit ihren Fingern über die raue Rinde. «Mein Jahr mit dir ist um, Linde. Ich komme wieder.»

Nachwort

Linden stehen für Frieden, Liebe, Gemeinschaft und vieles mehr. Die Linde Linn gehört zu den ältesten Bäumen der Schweiz. Ich lernte sie an einem eisigen Wintertag kennen. Schnee lag auf den Wiesen und den Ästen des Baums, der urwüchsige Stamm ließ das Alter erahnen. Die Bise zog über die Anhöhe, ich hielt es nicht lange aus. Aber die Faszination für die Linde ließ mich nicht mehr los.

Die Bilder des Baums trug ich mit mir, weitere kamen bei folgenden Besuchen hinzu. Fakten aus den Recherchen in den Archiven ergänzten die Eindrücke und Erlebnisse beim Baum. Die Linde Linn ist in etlichen Baumbüchern und vielen Artikeln ein Thema. Ein wichtiges Werk ist das Buch von Max Baumann *Leben auf dem Bözberg*, das die Geschichte der Gegend aufarbeitet. Vielfältige Texte finden sich im Magazin *Fokus Linn.*

Auf den Fakten wuchs die fiktionale Gestaltung. Magdalena und Samuel, die zu Pestzeiten bei der Linde lebten, sind fiktive Figuren, gewachsen auf diesem Faktenboden. Gut dokumentiert ist die traurige Geschichte der als Kindsmörderin verurteilten Elsbeth Kehrer, die beispielhaft für das Schicksal junger Frauen steht, die als ledige Mütter in die Fänge der Justiz gerieten. Diverse Unterlagen gibt es zum Auswandererverein und der Familie von Hans Jakob Bläuer. Das Lili-Kapitel basiert auf Fakten zum Leben und Engagement von Lili Kohler-Burg. Wichtig: Die Darstellung der Persönlichkeit von Lili, der Familienmitglieder und Personen aus ihrem Umfeld ist fiktiv. Rein fiktive Figuren sind Georg/Jürg und Susann.

So viele Leute bewegten sich um die Linde in vergangenen Jahrhunderten. Die Menschen sind fort, die Linde ist noch da. Man versammelt sich beim Baum wie eh und je, redet, sammelt Kraft oder träumt vor sich hin. Für so vieles steht die Linde – Zeit und Ewigkeit.

Therese Bichsel, 2023

Dank

Im Staatsarchiv Aarau konnte ich alte Kirchenbücher und Akten einsehen, bei der Gemeinde Bözberg Schriften und Korrespondenzen zur Auswanderung. Für den Einblick ins Chorgerichtsmanual danke ich der Kirchgemeinde Bözberg und für jenen ins Ratsmanual dem Staatsarchiv Bern. Protokolle und einige Briefe des Schweizerischen Landfrauenverbandes stellte die Gosteli-Stiftung (Archiv zur Geschichte der schweizerischen Frauenbewegung) in Worblaufen bereit.

Interessante Gespräche zu Linn und zur Linde konnte ich mit Gerhard Hirt (Redaktor, *Pro Linn*), Martin Erb (Baumsachverständiger), Max Baumann (Historiker) und Heinrich Kohler führen. Pia Thomann und ihr Team gaben mir Einblick in die Buchhandlung Bödeli in Interlaken. Besten Dank!

Danken möchte ich auch Verlagsleiter Thomas Gierl und seinem Team für das umsichtige Betreuen der Bücher, die bei Zytglogge erscheinen.

Ein herzlicher Dank geht an meinen Mann Hannes: Er unterstützte das Projekt jederzeit und begleitete mich bei vielen Lindenbesuchen.

Literatur / Quellen

Archiv für Agrargeschichte, Online-Portal. Dossier Lilly Kohler-Burg (1893–1978).

Baumann, Lotti: Eine Linnerin gründete die Landfrauenvereinigung, in: Fokus Linn, Nr. 5 (2019), S. 76–78.

Baumann, Max: Leben auf dem Bözberg: die Geschichte der Gemeinden Gallenkirch, Linn, Ober- und Unterbözberg. Baden 1998.

Baumann, Werner: Bauern im Industriestaat: agrarpolitische Konzeptionen und bäuerliche Bewegungen in der Schweiz 1918–1968. Zürich 1999.

Brunner, Michel: Wege zu Baumriesen: 20 Wanderungen zu alten Bäumen der Schweiz. Zürich 2011.

Bührer Winiger, Sanna: 90 Jahre gemeinsam engagiert, 1932–2022. Festschrift Schweizerischer Bäuerinnen- und Landfrauenverband. Brugg 2022.

Chorgerichtsmanual Kirchgemeinde Bözberg, 1708.

Del Buono, Zora: Das Leben der Mächtigen: Reisen zu alten Bäumen. Berlin 2015.

Derungs, Kurt: Baumzauber: die 22 Kultbäume der Schweiz. Grenchen 2008.

Hesse, Hermann: Bäume: Betrachtungen und Gedichte. Frankfurt a. M. 1984.

Hirt, Geri: Elise Bossard-Kohler – eine legendäre Wirtin, in: Fokus Linn, Nr. 6 (2020), S. 105.

Lattmann, Urs Peter: Restaurant zur Linde: oder von der Wohnstube zur Gaststube, in: Brugger Neujahrsblätter, Bd. 95 (1985), S. 147–154.

Matter, Karl: Vom Schatten der Linner Linde, in: Brugger Neujahrsblätter, Bd. 35 (1925), S. 33–36.

Pfister, Willy: Die Gefangenen und Hingerichteten im bernischen Aargau: die Justiz des 16. bis 18. Jahrhunderts. Aarau 1993.

Rahts-Manual der Statt Bern, 11. Juny–24. Aug. 1709. Staatsarchiv Bern, A II 624.

Rochholz, Ernst Ludwig: Schweizersagen aus dem Aargau. Zürich 1980.

Vogt, Werner: Sagen um die Linner Linde, in: Brugger Neujahrsblätter, Bd. 97 (1987), S. 123–132.

Wessendorf, Berthold: Die überseeische Auswanderung aus dem Kanton Aargau im 19. Jahrhundert. Aarau 1973.

Ebenfalls bei Zytglogge erschienen

Therese Bichsel
Anna Seilerin
Gründerin des Inselspitals
Roman
ISBN 978-3-7296-5046-6

Ein historischer Roman über die Gründerin des Berner Inselspitals. Bern im 14. Jahrhundert: Die Halbwaise Anna wird von ihrem Vater Peter ab Berg mit dem Kaufmann Heinrich Seiler verheiratet. Im Haus ihres Mannes fühlt sie sich fremd, ebenso in ihrer Rolle als Ehefrau. Ihr Mann stirbt vor der Zeit, sie muss sich als reiche, junge Witwe in der aufstrebenden Stadt allein behaupten.

Soll sie ein Leben als einfache Begine oder Nonne führen? Oder geht sie, obschon sie als Frau auf viel Widerstand treffen wird, ihren eigenen Weg und setzt sich für die Notleidenden ein? Als Bern von der Pest heimgesucht wird, trifft sie eine Entscheidung.

Ebenfalls bei Zytglogge erschienen

Therese Bichsel
Überleben am Red River
Roman
ISBN: 978-3-7296-0985-3

Angelockt von den Beschreibungen des verschuldeten Berner Patriziers Rudolf von May wanderten im frühen 19. Jahrhundert rund 170 Personen nach Kanada in die Gegend des heutigen Winnipeg aus. Die hoffnungsvoll begonnene Reise in ein neues Leben stand unter keinem guten Stern. Als die völlig erschöpften Auswanderer bei Wintereinbruch endlich die Kolonie am Roten Fluss erreichten, erwartete sie große Not. Die Frauen traf es besonders hart: Mädchen ab fünfzehn und alleinstehende Frauen wurden mit älteren Siedlern vor Ort zwangsverheiratet.

Der Roman basiert auf einer wahren Geschichte, die in Briefen, Zeitungsartikeln und Erinnerungen gut dokumentiert ist. Der Maler Peter Rindisbacher hat alle Stationen der Auswanderung in Bildern festgehalten. Peters Schwester Elisabeth sowie Anni Scheidegger, bei Beginn der großen Reise zehnjährig, stehen im Zentrum des Geschehens, das aus ihrer Perspektive erzählt wird.

Ebenfalls bei Zytglogge erschienen

Therese Bichsel
Die Walserin
Roman
ISBN 978-3-7296-5126-5

Eine eindrückliche Familiensaga auf verschiedenen Zeitebenen über mehrere Jahrhunderte, die exemplarisch für viele Auswandererschicksale in der Schweiz steht. Im Jahr 1300 lässt sich die junge Walserin Barbara mit ihrem Mann im hinteren Lauterbrunnental nieder, wo die Siedler Mürren, Gimmelwald und den Weiler Ammerten begründen.

Im 18. Jahrhundert stirbt Ammerten aus, nicht aber die Familien, die diesen Namen tragen. 1879 wandert Elisabeth Ammeter mit Mann und Kindern in den Kaukasus aus. Nach der Russischen Revolution muss die Familie Georgien verlassen. Lediglich Elisabeths jüngste Tochter Martha Siegenthaler-Ammeter kehrt dauerhaft in die Schweiz zurück.

Ebenfalls bei Zytglogge erschienen

Therese Bichsel
Großfürstin Anna
Flucht vom Zarenhof in die Elfenau
Roman
ISBN 978-3-7296-0851-1

Prinzessin Juliane von Sachsen-Coburg ging als Großfürstin Anna Feodorowna (1781 – 1860) in die Geschichte ein. Mit vierzehn wurde sie von Zarin Katharina der Großen nach Russland beordert und mit deren Enkel Konstantin verheiratet. Juliane musste zum russisch-orthodoxen Glauben übertreten und wurde zu Anna Feodorowna, Großfürstin von Russland. Ihr junger Mann, stellte sich heraus, war psychisch krank, die Ehe wurde zum Albtraum. Anna floh zurück nach Coburg und weiter in die Schweiz, wo sie sich freier fühlte. In Bern begründete sie ihr schönes Gut Elfenau. Die Regierung in Bern hofierte die Großfürstin, deren Schwager der mächtige Zar Alexander war.

Anna führte nicht nur ihr offizielles Leben. Sie war Mutter von zwei unehelichen Kindern, die sie verbergen musste. Das Leben, das sie sich erträumte, gelang nur in Ansätzen und jenseits der Konventionen ...

Ebenfalls bei Zytglogge erschienen

Therese Bichsel
Catherine von Wattenwyl
Amazone, Pfarrfrau und Spionin
Roman
ISBN 978-3-7296-0668-5

Eine Verhaftung wirbelt Ende des 17. Jahrhunderts viel Staub auf: Die Berner Adlige Catherine von Wattenwyl wird als Spionin des Franzosenkönigs Louis XIV festgenommen. Der folgende Prozess rückt das Leben einer Frau ins Zentrum, die sich nie an die Vorgaben ihrer Zeit gehalten hat.

Früh verlor Catherine ihre Eltern. Sie ritt besser als viele Männer, war der Medizin kundig und mischte sich in die Politik ein. Die Familie verheiratete die aufmüpfige junge Frau in erster Ehe mit einem jungen Pfarrer und in zweiter Ehe mit einem Gerichtsschreiber aus Neuenburg. Catherine wurde Mutter eines Sohnes. Sie betätigte sich ein weiteres Mal politisch, ließ dem französischen Botschafter Informationen aus der Berner Regierung zukommen, mit fatalen Folgen ...